IBERIO

Né en 1960, David Zukerman a été successivement ouvrier spécialisé, homme de ménage, plongeur, contrôleur dans un cinéma, membre d'un groupe de rock, comédien et metteur en scène. Pendant toutes ces années, il a également écrit une quinzaine de pièces de théâtre, dont certaines furent diffusées sur France Culture.

Paru au Livre de Poche :

SAN PERDIDO

DAVID ZUKERMAN

Iberio

ROMAN

CALMANN-LÉVY

ISBN : 978-2-253-26257-2 – 1re publication LGF

« C'est le désir qui crée le désirable,
et le projet qui pose la fin. »

Simone de Beauvoir,
Pour une morale de l'ambiguïté.

1

« Le fait que tu sois ma fille m'interdit la pitié », disait son père lorsqu'il estimait devoir corriger Mercedes. Et la cravache de jonc tressé s'abattait, lui mordant le gras des fesses. Six fois, il en allait de même, sans que jamais la douleur soit moins cuisante, sans qu'elle ait moins envie de hurler à s'en arracher les cordes vocales. Mais elle se retenait, car pleurer aurait été considéré comme une lâcheté et aurait provoqué des coups supplémentaires.

Quelle que soit la gravité de la faute commise, quels que soient les mensonges qu'elle inventait pour tenter de s'y soustraire, le bras de son père la cinglait toujours six fois. Le compte avait été fixé définitivement. Si l'explication que Mercedes donna des années plus tard à son fils ne l'éclairait en rien sur les bases de ce raisonnement, elle avait au moins le mérite de la simplicité.

— Trois pour la colère, deux pour la pitié, un pour le pardon, avait-elle dit calmement. Ton grand-père était un homme précis.

Mais Iberio avait beau retourner les chiffres dans sa tête, il ne comprenait pas. À cette époque, il ignorait encore de qui il était le fils et quel sang brûlait les veines de sa mère.

Mercedes Montalvo venait de la Meseta, de l'autre côté des sierras de Gredos et de Guadarrama, au cœur de la vieille Castille, là où, dit-on, il y a neuf mois d'hiver et trois mois d'enfer. Elle était née à six kilomètres exactement de Tordesillas et avait dû, pendant toute son enfance, faire le trajet à pied jusqu'à l'école. Six kilomètres dans la colère lorsqu'il faisait froid. Six kilomètres qui lui valaient la pitié de ceux dont les parents avaient de quoi payer le bus. Colère et pitié, deux sentiments dont seul Dieu aurait pu dire lequel humiliait le plus Mercedes.

— Pourquoi ne montes-tu pas ? lui avait un jour demandé le chauffeur, ému par ses lèvres que le froid bleuissait.

Autour d'eux, le silence : les autres enfants attendaient sa réponse.

— Je préfère marcher, avait-elle rétorqué.

— Par ce froid ?

— Je n'ai pas froid quand je marche.

Et elle avait poursuivi son chemin.

Oui, tout cela, Iberio l'ignorait. Nul doute qu'il eût trouvé une autre explication s'il avait su que son grand-père buvait six litres de vin par jour. Outre le fait qu'une journée de libations eût suffi à payer le bus de sa fille pendant un mois, il y avait aussi les ecchymoses sur le corps de Dolores, son épouse, qui pourtant s'enfermait lorsqu'elle faisait sa toilette afin de les dissimuler.

Esclave de son père, de ses frères, puis de son mari, Dolores était née au Pays basque. Son grand-père était mort dans la mine, écrasé par un bloc d'hématite, et son père, Miguel, l'artificier, avait vécu au contact de la dynamite jusqu'à ce qu'elle lui arrache un bras. À dix-sept ans, Dolores avait suivi son époux avec soulagement, abandonnant les mines de fer pour découvrir la culture sèche de la Meseta et l'élevage des ovins. Là, elle avait eu cinq enfants dont quatre étaient mort-nés. Quatre garçons. D'une caisse de vin, on avait fait un cercueil pour le dernier petit cadavre.

— Elle a bouffé les couilles de mes fils, disait le père de Mercedes lorsqu'il parlait d'elle.

Et il la haïssait, honteux de n'avoir qu'une femelle pour toute descendance. Elle était la plante vénéneuse qui s'était nourrie de ses frères pour mieux résister à l'âpre vie de la Meseta. Née la première, elle avait aspiré tout le suc de la matrice, ravagé le ventre de Dolores, qui ne pouvait désormais qu'engendrer des cadavres.

Déjà, Mercedes savait qu'elle ne serait jamais comme sa mère, condamnée à une nouvelle grossesse tous les deux ans, domestique miséreuse et sans droits, ravaudant parfois ses espadrilles avec du fil de pêche afin qu'elles durent plus longtemps. Non ! Mercedes n'appartenait qu'à elle-même et cela, bien avant sa rencontre avec un certain Ignacio, dans un bal.

C'était un samedi soir, les garçons se succédaient pour inviter Mercedes à danser, mais à chaque demande elle secouait imperceptiblement la tête de gauche à droite et ils tournaient les talons, dépités. Ignacio ne comprenait pas pourquoi cette belle fille était venue s'asseoir au milieu de la fumée et des flaques de bière, dans le frottement des pieds et les cris rauques. Manifestement, elle ne s'amusait pas ni ne le souhaitait. Elle se tenait très droite, observant la foule avec le sérieux d'un explorateur devant une espèce en voie de disparition. Mais, pour Ignacio, cela n'avait qu'une importance secondaire, seuls les seins de Mercedes retenaient son attention.

Sous les guirlandes et les lampions, bercé par l'accordéon et les guitares, Ignacio voyait des mains fébriles se glisser sous des jupes, des bouches s'unir avec voracité. Pour se donner le courage d'aborder l'objet de sa convoitise, il buvait bière sur bière.

Une fille avait enroulé ses jambes autour de la taille de son partenaire, découvrant des cuisses fermes, mais déjà épaisses, bientôt promises à l'envahissement de la cellulite. Elle avait la tête renversée, le visage luisant, et poussait des cris d'excitation, se laissant porter. Ignacio aurait bien aimé empoigner des hanches un peu grasses, voir de près briller l'émail des dents, mais par-dessus tout il rêvait d'enfouir son nez dans un corsage.

Lorsqu'il ne sentit plus sa langue dans sa bouche, Ignacio fut convaincu que les mots ne lui faisaient plus peur et il se lança finalement sur la piste, en remuant maladroitement sur la musique. Ses mouvements apoplectiques couraient après le rythme. Le sourire qui illuminait sa grosse face et s'accordait si parfaitement au vide total de ses yeux disparut soudain, comme un clou détaché, laissant tomber sa mâchoire qui ballottait à chaque trépidation. À quelques mètres s'épanouissait la poitrine de Mercedes et il oublia d'un seul coup ce qu'il voulait lui dire. Fasciné, il tituba, plongé dans une admiration béate. Il se dandinait, les jambes légèrement fléchies, les bras fouettant l'air, avec la grâce lourde d'un bourdon, hypnotisé par les mamelons qui pointaient sous la robe. Le monde avait été aspiré, plus rien n'existait hors les deux globes veloutés qui émergeaient du décolleté. Les yeux rivés sur cette piste d'atterrissage délicieusement ronde, il maintint son cap avec toute la concentration dont son esprit était encore capable.

Péniblement, il navigua au jugé, ignorant les autres danseurs qu'il chassait de sa trajectoire à coups d'épaule. Cuirassé concupiscent, il entra dans la rade. Pas un instant il n'hésita, la pulsion était trop forte. Il vint droit sur la fille et, sans même regarder son visage, agrippa ses seins.

Sous le choc, Mercedes vacilla, puis elle sentit les deux ventouses velues qui la malaxaient. Penché sur elle, l'œil extatique, le jeune homme s'appuyait, la clouant sur sa chaise. Instinctivement, elle remonta son genou. La braguette durcie roula contre sa cuisse et Ignacio recula brusquement, la respiration coupée, tandis qu'une onde douloureuse le tétanisait. Mercedes saisit le goulot d'une bouteille qui traînait et cogna de toutes ses forces. Le verre explosa contre le front d'Ignacio, qui s'écroula sur une table. Presque aussitôt, le sang se mit à gicler, aspergeant le plancher. Mercedes le toisa d'un œil glacial.

— Crève ! dit-elle d'une voix sourde, puis elle longea la piste et sortit.

Déjà, plusieurs badauds entouraient le blessé. Ils lui épongèrent le visage, mais le jeune homme ne sentait ni le sang ni la douleur ; tout à l'émotion que conservaient ses mains, il murmurait : « Ses seins !

ses seins ! », et personne ne put rien en tirer d'autre jusqu'à ce qu'on l'emmène chez le médecin.

Ce fut peu de temps après que Mercedes estima qu'elle était prête à parcourir la distance qui séparait la maison familiale de la petite mare située en face. Le lendemain du jour où son père assomma sa mère pour la dernière fois, Mercedes se posta du mauvais côté de la chaussée. Il faisait nuit et, dès qu'elle perçut le pas chaotique de son père, elle se mit à l'appeler. Elle l'appela patiemment, jusqu'à ce qu'il reconnaisse sa voix à travers la nappe vineuse qui clapotait entre ses tempes. Elle continua de l'appeler quand il quitta le chemin pour la rejoindre, croyant rentrer chez lui. Elle ne cessa que lorsqu'elle entendit l'eau se refermer sur sa tête.

Compta-t-elle les litres de liquide boueux qui, ce soir-là, emplirent les poumons de son père ? *Trois pour la colère, trois pour la pitié, aucun pardon* était la seule épitaphe qu'elle eût accepté de graver sur sa tombe. Mais cela aussi, Iberio l'ignorait. Mercedes n'évoquait jamais son adolescence. Sa vie n'avait commencé que lorsque son fils était venu au monde. C'était avec l'enfant qu'était née la mère.

Lorsque le bébé fut dans ses bras, Mercedes sut qu'elle quitterait l'Espagne.

— Il lui faut un nom, dit la sage-femme maigre et fatiguée.

— Iberio, répondit Mercedes. Pour qu'il n'oublie jamais d'où il vient.

Car le sang était bien tout ce que leur avait donné la terre de la Meseta. Quelques mois plus tard, Mercedes arrivait à Paris. Elle n'avait que seize ans et pas un sou en poche, mais une jeune fille qui a défiguré un inconnu et noyé son père possède en elle suffisamment de ressources pour parcourir deux fois le chemin de la vie. Mercedes aurait pu, comme les chats, en user neuf et faire peur à la mort.

Elle éleva son enfant avec calme et obstination. Aucun travail n'était pénible, aucune tâche n'était dégradante pour ce cœur de chair vive cerclé de métal. Elle fut ouvrière dans des usines de banlieue : Gennevilliers, Pantin, Montreuil, Vitry ; femme de chambre dans des hôtels ; technicienne de surface pour des sociétés d'intérim ; femme de ménage pour des particuliers. Humiliée par des maîtresses jalouses, repoussant les avances vulgaires des maris, elle paya mille fois le prix de son exceptionnelle beauté.

Elle faisait de temps en temps un terrible cauchemar qui la jetait hors de son lit. Elle se voyait dans le désert, incapable de procurer de quoi manger à son fils, qui pépiait de désespoir. Elle grattait la terre de ses ongles sans trouver le plus petit insecte, crachait dans la bouche de l'enfant pour l'hydrater, mais peu à peu celui-ci noircissait et se recroquevillait, devenant une larve cuite, et elle sentait son cœur se gonfler d'une rage impuissante. Alors, à coups de dents, elle se déchirait la peau des doigts et en offrait la pulpe à Iberio, le gavant, lui enfonçant sa propre chair entre les lèvres.

Quand elle émergeait de l'horreur, les draps collés aux flancs, les cheveux humides, elle tombait à genoux sur le lino de leur studio et, buvant le souffle régulier de son fils endormi, elle reprenait haleine. Dans ces moments-là, bien qu'elle ne crût pas en lui, elle avait envie de remercier Dieu.

Enfin, après neuf années d'une vie d'errance, elle devint concierge à Passy et connut un calme relatif. Pourtant, là encore, derrière les murs épais d'un bel immeuble du XVIe arrondissement, le tourment ne la lâchait pas.

Parce qu'elle souffrait pour son fils et qu'elle était prête à lui sacrifier sa chair, elle avait conservé la cravache de son père. Comme pour lui rappeler que la main qui nourrissait ne devait jamais meurtrir. Iberio regardait sans appréhension ses longs doigts voler vers ses joues, ils ne pouvaient y déposer qu'une caresse.

Pour un observateur extérieur, le mode d'éducation de Mercedes aurait pu paraître sévère, mais elle refusait qu'Iberio ressemble aux hommes qui l'avaient entourée dans son enfance. Jamais il ne serait celui qui levait la main sur une femme, jamais il ne deviendrait, à l'instar de son grand-père, un alcoolique violent, ni l'un de ces garçons qui se jetaient sur les filles dans les bals. Pour Mercedes, seul un apprentissage rigoureux pouvait corriger la propension des mâles à asservir les plus faibles. Elle ne passait rien à son enfant, exigeait de lui une obéissance absolue, réprimant le moindre écart sans jamais le frapper.

— Sans colère ni pitié ! annonçait-elle lorsqu'elle lui infligeait une punition. Et n'oublie pas que je t'aime !

Un jour, Iberio avisa la cravache suspendue à un clou.

— À quoi est-ce que ça sert, *Mamacita* ?

— À fouetter les chevaux.

— Mais nous n'en avons pas.

— Non, mais certains parents l'utilisent pour corriger les enfants désobéissants.

Iberio réfléchit un instant.

— Mais ici, il n'y en a pas, hein, *Mamacita* ? demanda-t-il avec une certaine inquiétude.

— Non, grâce au ciel, ici, il n'y en a pas, *cariño.*

— Alors, on pourrait la jeter, suggéra-t-il.

— On pourrait, répondit Mercedes, mais, si jamais un enfant devenait désobéissant, qu'est-ce qu'on ferait ?

— On serait sans pitié, mais sans colère non plus, énonça doctement Iberio.

— *Dios mío !* J'ai de la chance d'avoir un petit garçon aussi intelligent.

N'ayant jamais souffert d'aucune rivalité, étant le seul à pouvoir approcher Mercedes, Iberio grandissait dans la certitude égoïste que sa mère lui appartenait. Il ignorait l'affrontement qui oppose les fils à leur père et les fait marcher vers l'âge d'homme. De toutes les choses qui faisaient de la vie d'Iberio un mystère, la paternité était la plus obscure.

Mercedes, qui n'aimait pas lui mentir, lui avait simplement dit : « Ton père est mort avant ta naissance. Quand tu seras plus grand, je t'expliquerai tout. » Et comme le ton de sa voix n'admettait aucune discussion, Iberio n'avait pas insisté. Mais la question demeurait en lui. Tout le problème était de savoir quand sa mère considérerait qu'il aurait suffisamment grandi. Il traversa une longue période pendant laquelle il se mesura avec rigueur et obstination, annonçant avec espoir chaque centimètre gagné.

— Tu n'y es pas encore, *cariño*, concluait Mercedes, mais le jour viendra.

Pour Iberio, « le jour viendra » symbolisa bientôt un point déterminé de l'espace-temps, un repère absolu. Une fois atteint, il accéderait au savoir. À une date que sa mère était seule à connaître, il aurait les réponses à ses questions et sa vie baignerait dans la clarté. La confiance qu'il avait en Mercedes eut un effet placebo. Le sujet cessa peu à peu de l'obséder, il fut rangé dans l'un des placards de sa mémoire et l'angoisse se délita. Mais il continua à rêver de l'image paternelle. À huit ans, il imagina qu'il avait été pompier, à dix ans, agent secret, à treize, chercheur d'or dans le Montana.

— C'est beaucoup moins que cela, disait Mercedes. Mais je te dirai la vérité, même si elle est dure à entendre.

Le jour où elle lui fit cette réponse, Iberio fut convaincu que son père n'avait pas été un homme bon et cette pensée le fit pleurer. Sa mort était la seule explication supportable. Il aurait été désespérant d'imaginer un père qui ne l'aimait pas, ne lui donnait jamais de nouvelles ni ne s'inquiétait de sa santé. Il songeait à lui au passé et, à quatorze ans, il rêva qu'il avait été soldat. Mais, à quinze ans, il envisagea sérieusement l'hypothèse qu'il ait été un criminel.

Depuis qu'ils vivaient à Passy, chaque année, le 5 mai, sa mère recevait un énorme bouquet de fleurs accompagné d'une carte. Elle la lisait puis la brûlait dans un cendrier, se tenant à côté jusqu'à ce qu'il ne reste qu'une langue noircie qu'elle pilait calmement avec une petite cuillère.

Iberio fit de nombreuses suppositions. Avec le temps, il comprit qu'il s'agissait d'un anniversaire sans toutefois parvenir à découvrir lequel. Mercedes était née un 10 juillet, lui-même un 24 avril et nulle part dans la loge ne se trouvait le moindre indice concernant le 5 mai d'une quelconque année. Il espérait donc que, le jour dit, sa mère expliquerait aussi cet autre mystère, comme elle avait promis de le faire pour son père.

Mais rien n'était moins sûr. Le rituel n'avait jamais été interrompu et l'obstination avec laquelle Mercedes détruisait année après année toute trace des cartes laissait supposer à Iberio qu'elle n'envisageait pas d'en transmettre la teneur.

Pendant un certain temps, il imagina que le bouquet venait d'un amant éloigné, mais, lorsqu'elle s'en aperçut, Mercedes mit fin à cette croyance en peu de mots. Trois, exactement, pas un de plus.

— Toi seul comptes.

Pourtant, Iberio pensa ce jour-là qu'il n'emplissait pas entièrement la vie de sa mère. Il existait un domaine d'où il était exclu, pour lequel il ne pouvait prétendre à aucune explication. Il vécut donc entre deux mystères : l'un paternel, l'autre maternel. Du premier, il ignorait tout, mais il côtoyait le second. Et cette femme secrète le fascinait au moins autant que l'inconnu qui l'avait engendré. À la fois intime et étrangère, elle étendait son ombre sur lui.

Pour Iberio, sa mère avait la beauté évidente dont un enfant crédite toujours ceux qu'il aime. Mais lorsqu'il fut en âge de s'intéresser aux filles, il y eut ce matin d'avril où, s'éveillant, il vit par la porte de la salle de bains entrouverte le reflet de sa mère dans la glace. En toute autre occasion, il eût manifesté sa présence, pourtant ce jour-là, ému, il s'approcha sans bruit. Il contempla cette jeune femme qui, au sortir de la douche, séchait ses formes voluptueuses. Jamais une peau ne lui avait semblé aussi satinée, aussi dorée. Ses muscles souples se dessinaient à chaque mouvement. La grâce tranquille qu'elle mettait dans chacun de ses gestes, la pudeur naturelle avec laquelle elle s'occupait de son corps sans paraître s'enorgueillir de sa beauté touchèrent Iberio. Dans la lumière peu flatteuse de cette froide matinée, il fut ébloui.

En grandissant, il finit par chercher non plus son père, mais le type d'homme qui avait séduit Mercedes. Quel regard avait pu faire baisser le sien ? Car il était nécessaire qu'elle eût un jour dirigé l'eau noire de ses prunelles vers le sol pour qu'un mâle soit parvenu à l'approcher.

*

« Sans colère ni pitié. » Ayant entendu cette litanie durant toute son enfance, quoi de plus naturel qu'Iberio ait désiré l'immortaliser, même s'il ne la comprenait pas tout à fait ? Dans sa quinzième année, il rentra un soir et, sans rien dire, ôta son tee-shirt devant sa mère. Sur l'un de ses pectoraux, gravés dans sa peau crémeuse d'adolescent, brûlaient ces mots : *Sans colère ni pitié*.

La typographie qu'il avait choisie était l'Aquiline Two, une écriture script qui n'était pas sans évoquer celle d'un vieux parchemin rédigé à la plume.

Le sang quitta le visage de Mercedes, refluant vers le col de sa robe qu'elle tenait soigneusement fermée pour empêcher les hommes de siffler sa beauté. Elle saisit la cravache qui pendait à un clou et, sans lâcher son fils des yeux, se cingla méthodiquement. Elle se frappa les cuisses, les hanches et les seins. Comme elle avait la poitrine haute, elle s'entailla la lèvre avec l'anneau de cuir qui ornait le jonc tressé.

— Trois pour la colère, deux pour la pitié ! cracha-t-elle en plongeant ses prunelles dans celles d'Iberio. Et un pour ma bêtise, car je t'ai mal élevé ! Que dira la femme que tu épouseras lorsqu'elle verra ça ?

Iberio regardait avec terreur la bouche de sa mère saigner sur les mots, mâcher avec fièvre le jet pourpre de sa rage.

— Tu dois te garder intact jusqu'à l'âge d'homme. Après seulement, tu décideras. Couvre-toi devant moi !

Et d'un seul coup, elle brisa la cravache sur la table. Sa robe déchirée laissait voir un sein magnifique qu'une vilaine marbrure traversait. Des mèches de ses cheveux défaits collaient à ses joues et sur l'une d'elles, happés par la lèvre découpée, brillaient de minuscules rubis de salive sanglante. Pour la première fois de sa vie, Iberio découvrit un animal flamboyant et comprit que l'amour de sa mère était une eau profonde et redoutable. Il eut peur.

*

Iberio devenait un homme et la maxime maternelle restait gravée sur sa poitrine. Mercedes espérait que l'inscription finirait par disparaître, recouverte par les poils, mais son fils gardait un torse lisse et, lorsqu'il eut seize ans, elle sut qu'il porterait ses mots jusqu'à sa mort. Elle évita donc soigneusement de le regarder quand il se déshabillait et lui interdit, même en été, de se promener devant elle sans tee-shirt.

Malgré cela subsistaient encore des moments d'intense nervosité où, touchée par la grâce de l'adolescent, admirant la blancheur de ses dents, la fraîcheur de ses lèvres, la souplesse de son corps délié, elle se haïssait d'avoir provoqué la dégradation de sa beauté. Tout son être devenait alors aussi frémissant que l'échine d'un chat. Elle avait des mouvements brusques, renversait les objets, entrait dans une pièce en ignorant ce qu'elle venait y chercher ; avait trop chaud puis subitement froid et, quand Iberio lui apportait gentiment son châle, elle le lui arrachait presque des mains.

Un soir qu'elle l'attendait pour dîner, assise près de la fenêtre, elle le vit embrasser une fille dans la rue. C'était une blonde dorée, aux fesses pommelées, qui riait trop fort et avait de petits seins, ce qui rassura Mercedes. Elle songea amèrement que son fils lui avait peut-être déjà donné du plaisir, qu'elle était amoureuse, qu'ils se retrouvaient souvent. Elle sentit ses yeux se mouiller et, comme Iberio se dirigeait vers la porte d'entrée, elle s'enfonça les dents d'une fourchette dans la main pour se reprendre.

Lui ne se doutait de rien. À peine avait-il enregistré un léger durcissement dans l'attitude de sa mère, qu'il attribuait aux difficultés d'argent. Mercedes était fière et, depuis ce jour où elle s'était infligé de sanglants coups de cravache, il l'envisageait avec circonspection. Comme s'il avait croisé une étrangère dont il redoutait le retour. Il l'aimait pourtant, mais avec une timidité mêlée de fascination. Il se frottait aux jeunes filles, à leurs jeux séduisants, à leurs rires dont il ne savait jamais s'ils étaient moqueurs ou intéressés. Il ne connaissait pas les femmes. Il se demandait parfois, en serrant ses conquêtes contre lui, si Mercedes avait elle aussi ces petites avancées du bassin quand on l'embrassait, si elle s'écrasait sur le corps de l'autre pour y chercher de quoi calmer sa fièvre, si sa gorge émettait des plaintes, si ses dents happaient la chair du cou. Mais il chassait vite ces pensées, gagné par un malaise qu'il refusait d'approfondir, sentant confusément que, dans son cœur, la femme ne pouvait cohabiter avec la mère.

Mercedes était devenue une entité, un mystère femelle, un être hybride dont la présence majestueuse obscurcissait le rayonnement du père inconnu. Il était fier d'elle, du respect qu'elle imposait aux hommes malgré sa beauté. Dans la simplicité de sa condition, elle savait garder une distance qui la haussait et, bien qu'elle fût à leur service, elle intimidait les résidents.

Elle n'était que concierge, mais les visiteurs qui frappaient à la porte de la loge pour la première fois restaient toujours saisis quand elle leur ouvrait. Souvent, ils s'excusaient, pensant s'être trompés, et, comme l'immeuble était situé dans le XVIe arrondissement, ils s'inclinaient maladroitement, croyant s'adresser à l'une des locataires. Même les ouvriers et les fournisseurs se courbaient un peu devant elle et châtiaient leur langage. Lorsqu'elle nettoyait le hall, pas un ne se serait risqué à une plaisanterie en voyant ses hanches somptueuses pudiquement offertes et, quand elle les précédait dans l'escalier, ils baissaient les yeux, se concentrant sur les marches avec des mines de petits garçons.

Nombreux étaient les hommes qui se posaient la même question qu'Iberio. Ceux qui rendaient régulièrement visite aux habitants de l'immeuble et qui, avec le temps, entretenaient avec la concierge des relations d'amicale courtoisie ne pouvaient s'empêcher de prêter une liaison à cette mère célibataire. Ils interrogeaient donc les locataires de temps à autre, d'un air détaché, espérant découvrir quelque chaude anecdote. Comme personne ne pouvait fournir le moindre indice, les conjectures allaient bon train, car ceux qui se nourrissent de rumeurs n'acceptent jamais que la beauté soit sage, surtout lorsqu'il s'agit d'une femme.

Pourtant, tous devaient convenir que rien ne ternissait la réputation de la concierge. Jamais on n'avait vu un homme lui rendre visite, et la distance qu'elle maintenait envers tous lui avait valu avec les années un brevet d'honorabilité que même les bigotes du quartier ne pouvaient démentir.

Seul Ezra Goldweiser savait que la découverte de certains faits aurait entraîné de façon inéluctable une interprétation défavorable. Il était l'unique résident de l'immeuble à partager une certaine intimité avec la concierge, mais jamais il ne se serait risqué à en faire étalage. Il avait deux excellentes raisons pour être aussi farouchement attaché à la discrétion. La première était que son association professionnelle avec Mercedes cesserait immédiatement si elle était connue, et la seconde était qu'il éprouvait pour elle une passion qui confinait au mysticisme.

Ezra Goldweiser était peintre. Il avait découvert très tôt qu'il ne serait jamais un novateur et, lorsqu'il avait percé, il s'était estimé heureux de voir ses œuvres exposées régulièrement et se vendre de plus en plus cher. Sa recherche sage et son exécution parfaite en faisaient un artiste mineur, mais reconnu, ce qui lui permettait de vivre richement. Néanmoins, à plus de cinquante ans, il se levait encore de bonne heure et travaillait avec passion.

Chaque matin, Mercedes montait le courrier aux locataires, échangeant avec eux de gentilles banalités, ignorant les regards admiratifs des maris et la secrète jalousie des épouses. Elle avait un mot aimable pour chacun et savait s'attarder juste le temps nécessaire à l'entretien de la courtoisie. Au début, elle avait été étonnée d'apprendre que, lorsqu'elle sonnait à sa porte, Ezra avait déjà derrière lui trois heures de travail. Se levant à six heures pour faire le ménage du hall et des escaliers, elle avait toujours pensé que les artistes étaient des êtres indolents. Le peintre, en pantalon et chemise tachés, l'avait agréablement surprise. Comme il était le dernier qu'elle visitait, elle s'était peu à peu attardée chez lui, examinant avec curiosité ses toiles qu'elle trouvait belles sans trop comprendre pourquoi. Parfois, elle acceptait de boire un café en sa compagnie, mais en laissant la porte de l'appartement ouverte. C'était autant pour préserver sa réputation que dans l'éventualité où un locataire aurait eu besoin de ses services.

Ezra l'avait évidemment beaucoup observée pendant les cinq premières années où elle exerça sa fonction, mais son regard attentif ne l'avait jamais mise sur ses gardes. Il savait être respectueux, ne tentait pas de la complimenter, ne se troublait jamais. Elle avait l'impression d'être considérée et cela lui était agréable. L'œil du peintre n'était jamais en repos, il entreprenait sans cesse de nouvelles études, et la concierge qui le visitait chaque matin devint peu à peu son sujet. Tandis qu'il l'observait dans la lumière qui traversait la verrière, son esprit cherchait à rendre la carnation de sa peau, la souple tension de ses gestes, la profondeur sérieuse de son regard.

Le jour où il lui offrit de poser pour lui, Mercedes resta un long moment silencieuse, le jaugeant, essayant de deviner si ses intentions étaient aussi claires qu'il le laissait paraître. Durant toutes ces années, elle s'était vu proposer divers emplois chez les locataires. Elle faisait du ménage, du repassage, et tous ces travaux joints à son petit traitement de concierge lui constituaient un salaire honorable. Sans être luxueuses, ses fins de mois n'étaient plus difficiles et elle parvenait à vivre. Mais il y avait Iberio. Il grandissait, avait besoin de vêtements, et bientôt il irait à l'université.

— Poser comment ? demanda-t-elle, soudain méfiante.

— Nue, évidemment, répondit le peintre avec naturel.

Mercedes se détourna et fit quelques pas. Ezra se mordit la lèvre. Il avait été trop abrupt et il pensa qu'elle allait refuser.

— Personne ne doit le savoir, sinon ce sera terminé, monsieur Goldweiser, dit-elle brusquement.

— Je comprends. Vous pouvez compter sur ma discrétion.

Mercedes hocha la tête.

— Et vous ne peindrez pas mon visage, ajouta-t-elle avec fermeté.

Ezra hésita, saisi par cette injonction qui amputait son projet d'une part importante de son intérêt. Mais il sentit qu'il lui était impossible de transiger.

— Comme vous voudrez, soupira-t-il, regrettant déjà cette décision.

La concierge n'en avait pas terminé. Elle marqua encore un temps.

— Jamais il ne sera question d'autre chose entre nous, énonça-t-elle enfin, plongeant son regard dans le sien.

Le peintre sut aussitôt que Mercedes ne lui pardonnerait pas le moindre écart et, bien qu'il fût heureux qu'elle ait accepté, il ressentit une grande tristesse en comprenant que son amour ne serait jamais payé en retour.

— Bien entendu, répondit-il, songeant que sa voix manquait de fermeté.

Et le calvaire commença le premier jour où elle posa.

La veille, il avait longuement réfléchi à la façon dont il pouvait aider la jeune femme à se montrer nue devant lui. Lui offrir l'usage de sa salle de bains pour y laisser ses affaires, comme il l'avait pensé tout d'abord, c'était la forcer à traverser tout l'atelier pour le rejoindre, ce qui pouvait sembler humiliant ;

aussi avait-il finalement opté pour un paravent derrière lequel il plaça un fauteuil, un peignoir et une carafe d'eau. Elle n'aurait qu'un pas à faire pour venir prendre la pose.

Mais lorsqu'elle arriva, Mercedes balaya d'un seul coup les attentions du peintre. Elle refusa le café qu'il lui proposait, préférant se mettre immédiatement au travail. Ezra sentit qu'elle voulait garder un rapport strictement professionnel et il en fut blessé. Comme il lui indiquait le paravent, elle haussa les épaules.

— Ce n'est pas la peine, dit-elle, puis elle se déshabilla rapidement devant lui.

À la vue du corps magnifique qu'elle dévoilait avec indifférence, Ezra chancela. Ce fut un éblouissement, la vision brutale d'un être splendidement sensuel. Il se retourna, faisant mine de s'affairer à son matériel, sa bouche n'était plus qu'une éponge desséchée. Une bouffée de désir lui monta au visage, puis s'évapora aussitôt pour laisser place au désespoir. Là encore, il la sentait inabordable, plus protégée par sa désinvolture que par une armure. Il s'était attendu à de la pudeur, à de la gêne, et avait envisagé de se montrer compréhensif pour l'aider, mais son calme et sa détermination rendaient la situation froide, impersonnelle. Soudain, il n'était plus qu'un médecin devant lequel on ne cache rien. Elle ne concevait même pas qu'il puisse être excité par sa nudité ; pour elle, il n'était pas un homme. Il s'aperçut qu'il avait espéré secrètement qu'elle serait troublée par son regard, ce qui lui aurait permis de l'atteindre. Au lieu de cela, elle attendait calmement qu'il lui indique ce qu'elle devait faire. Il réalisa brusquement avec quelle force elle pouvait maintenir une distance infranchissable entre elle et les autres.

Il l'avait alors dirigée, se montrant plus précis qu'il ne l'était habituellement avec les modèles, dissimulant ses sentiments, évitant de la toucher, se forçant à la considérer d'un œil clinique. Il avait travaillé pendant trois heures, lui autorisant de courtes pauses pendant lesquelles elle enfilait le peignoir et marchait pour se délasser. Elle était attentive et patiente, ce qui l'exaspéra. Quand il décida de s'arrêter, elle se rhabilla, le remercia et lui serra la main avant de partir. Il ne fit rien pour la retenir, encore sous le charme de son sourire. Tandis que l'ascenseur descendait, sa raison lui souffla qu'elle ne devait plus poser pour lui.

Mais la nuit, comme il ne pouvait dormir, ne trouvant aucune excuse pour lui signifier sans être grossier qu'il ne voulait plus la voir, il révisa son premier jugement. Il était ridicule de ne pas achever l'étude commencée et il décida de poursuivre son travail sans réaliser le tableau qu'il avait initialement prévu. Après cinq ou six séances, il pourrait cesser honorablement d'user de ses services. Il sombra dans le sommeil vers quatre heures, à demi convaincu par son hypocrisie, obsédé par le plus beau corps de femme qu'il eût jamais contemplé, brûlé par cette chair ronde et ferme qui faisait battre son cœur.

En quelques semaines, il avait achevé son étude, mais sournoisement il en commença une autre. Ezra savait qu'il se mentait : il avait maintenant besoin de Mercedes. Jadis, il s'était amusé de la voir boutonner son col. À présent, observant qu'elle ne se maquillait jamais, ne portait aucun bijou, s'habillait avec une rigoureuse simplicité, il songeait que pour ne pas être admirée il eût fallu qu'elle cache son visage, qui subjuguait, lui aussi.

Parfois, il jouissait pauvrement de se savoir l'unique locataire de l'immeuble à profiter des trésors que dissimulaient les robes jansénistes de la concierge. La seule coquetterie qu'il lui connaissait était son attrait pour les dessous de coton blanc qui, sur sa peau mate, faisaient le même effet que la lingerie la plus raffinée. Il avait fréquenté de jolies femmes parées de soie et de dentelle, distillant de coûteuses fragrances, mais aucune ne pouvait rivaliser avec cette simple concierge des beaux quartiers qui achetait ses culottes en solde au supermarché et se parfumait d'un savon au miel.

Ezra avait donc continué d'employer Mercedes. Il savait que celle-ci n'avait accepté de poser que parce qu'il occupait seul le dernier étage de l'immeuble. La porte de l'ascenseur donnant directement sur son palier, il était difficile de voir qui entrait chez lui. Il avait été décidé que les jours où Mercedes viendrait travailler ne seraient jamais les mêmes, afin d'éviter d'attirer l'attention des locataires par de trop visibles habitudes. Mais le plus contraignant était qu'elle lui ait interdit de dessiner son visage. Cet excès de précautions le désespéra au fil des mois. Il souffrait de cette méfiance continuelle.

Lorsque Iberio atteignit sa seizième année, Mercedes posait pour le peintre depuis un an, sans que jamais celui-ci ait osé lui avouer quels tourments il endurait. Il ne savait ce qui, de sa frustration ou de son mutisme forcé, était le plus lourd à porter.

Comme tous les passionnés, Ezra rêvait de posséder l'objet de son désir. Il en rêvait le jour, la nuit et même pendant leurs séances de travail. Désespéré, il avait renoué avec ses habitudes adolescentes et se masturbait avec une fureur qu'il voulait expiatoire. Il plongeait dans des visions somptueuses, des voluptés moites et odorantes ; il était submergé par le ravissement d'une liturgie charnelle, honteux de la vivacité toujours renouvelée avec laquelle il se raidissait en évoquant la croupe de son modèle.

— Je bande pour ma concierge ! constatait-il, atterré.

Et il répétait la phrase à voix haute, la déclamant, s'écoutant articuler les mots avec un délicieux frisson. Il ne savait plus s'il devait rire de cette passion ancillaire ou de sa piteuse sexualité. Les séances de pose l'épuisaient doublement. Il lui fallait tant se contenir, brider ses sentiments et masquer ses émotions qu'il s'écroulait souvent sur son lit dès que Mercedes le quittait.

Depuis quelque temps, sa libido l'avait entraîné vers une autre recherche anatomique. Il avait réalisé une série d'études nettement pornographiques, néanmoins de très belle facture, où sa concierge s'offrait telle qu'il la rêvait. Pour la première fois en un an, il avait transgressé une des clauses du contrat en donnant son vrai visage au modèle.

Ezra se sentait doucement glisser et il s'effrayait de trouver la folie au bout de la pente. Il ne se reconnaissait plus, s'inquiétait de ses réactions. Quand il s'empoignait la verge, il le faisait avec une rage obsessionnelle dont il rougissait par la suite. Il était attaché à cette femme comme une bête affamée à la mamelle, cherchant goulûment à obtenir un plaisir interdit et sans espoir. Chaque fois qu'elle se tenait nue devant lui, il entendait les paroles qu'elle lui avait assenées le premier jour. L'écho tranchant de son « jamais » claquait à ses oreilles. Jamais il ne s'enivrerait du parfum de sa peau, jamais il n'éprouverait entre ses bras la sublime inconscience du vertige. *Jamais* devint le mot le plus haïssable. C'était un mur, une butée gigantesque, une digue projetée à travers le temps. Il voyait s'envoler ses cinquante ans et plus tard, il en avait la certitude, ses vieux jours seraient empoisonnés par les deux syllabes de ce mot inhumain qui ruinait déjà sa raison. En le prononçant, avait-elle pensé à toutes les souffrances dont elle lui injectait les germes ?

Il aurait voulu s'arracher à l'image de ce corps, dissoudre les visions qui dansaient sous son crâne quand s'étirait la nuit, oublier la splendeur de ce chef-d'œuvre naturel. Au lieu de cela, il lui fallait jouer la comédie du détachement, se borner à l'ultime poignée de main qui mettait fin à chacune de leurs séances, alors que durant tout le temps qu'il noircissait son papier gros grain il ne songeait qu'à une seule chose : happer cette bouche qui le narguait et goûter la saveur de ses lèvres.

Alors, un soir, il plongea. Il prit un taxi et se fit conduire dans les quartiers chauds de Paris. Là, il déambula, examinant les prostituées une à une, reniflant l'odeur des simples échanges commerciaux, des désirs impérieux comblés pour quelques billets. Il s'engagea dans des ruelles, s'approcha des encoignures, frôla des femmes aux cuisses parées de résilles. Il croisa même des êtres hybrides aux formes voluptueuses siliconées. Il erra longtemps, sentant croître son appétit de vulgarité, rêvant d'explosions dans les reins de succubes hystériques.

Enfin, il trouva ce qu'il cherchait. Une fille dont la poitrine et les hanches généreuses contrastaient avec les joues creuses et les attaches fines. Il la réquisitionna pour la nuit, acceptant son prix avec indifférence, puis s'engouffra avec elle dans un taxi.

La loge de la concierge, protégée de la lumière du hall par d'épais rideaux de velours vert, semblait fermer pudiquement les yeux sur les allées et venues nocturnes. Lorsqu'ils passèrent devant ses vitres, Ezra éprouva un pincement désagréable et il accéléra le pas, tirant la fille par le bras.

Une fois dans son atelier, il lui demanda de se déshabiller et lui fit prendre la pose. Elle s'exécuta paresseusement avec un petit sourire de compréhension salace, habituée aux caprices de ses clients. Lui s'installa devant une page vierge et commença à dessiner.

Les seins de la fille étaient lourds et défiaient les lois naturelles de l'équilibre. Leur volume menaçait de courber son buste fragile. Des veines bleutées transparaissaient sous le derme tendu. Sur la feuille épaisse, les doigts d'Ezra sculptaient son corps, moulant d'ombre ses proportions, exagérant la finesse de la taille, durcissant les fesses qu'une infime peau d'orange avilissait par endroits.

Comme il le lui demandait, la fille commença à se caresser doucement. Elle ne cessait de lui sourire, guettant sur son visage concentré l'excitation qu'elle suscitait. Lui continuait de faire courir la pointe grasse de son fusain, superposant une nouvelle image à celle du modèle, salissant de vulgarité les formes parfaites de Mercedes, éprouvant une douloureuse satisfaction à la création d'un monstre libidinal et vorace. La fille suçait ses doigts, tandis que de l'autre main elle pétrissait ses seins. Le fusain griffait la feuille, bordant de broussailles noires une vulve de papier. La braguette d'Ezra le comprimait tant que, soudain, il rejoignit la fille et se libéra de son pantalon.

À l'aube, comme la verrière laissait s'épanouir la rose du jour, Ezra paya la fille qui le quitta sans un mot. D'un geste las, il jeta dans la poubelle trois préservatifs usagés et monta se coucher. Il avait fait à peu près tout ce qu'il avait voulu de ce corps, il en gardait encore le parfum douceâtre. Elle avait refusé qu'il l'embrasse, c'était son unique regret. Il se demanda mollement si la concierge était déjà levée lorsque la fille avait franchi le hall, puis il ferma les yeux et ne rêva plus.

2

La fille s'appelait Louise. Elle revint souvent, car Ezra s'était habitué à ce substitut. Les deux modèles avaient des physiques analogues et, bien que la beauté de Louise semblât grossière et inachevée comparée à celle de la concierge, son imperfection même évoquait un succédané de Mercedes que le peintre accueillait avec joie.

Les premiers temps, Ezra fit prendre à Louise les poses qu'il avait indiquées l'après-midi à Mercedes. Il avait besoin d'un rituel identique pour les deux femmes. Il avait cessé de s'interroger sur la déviance de sa sexualité, se rendant compte qu'elle lui permettait de moins souffrir. Il acceptait son désir comme tel, tirant parfois une certaine jouissance des deux faces de sa personnalité. Tout en étudiant la beauté de Mercedes pendant la journée, il anticipait le plaisir qu'il obtiendrait de Louise la nuit venue, ainsi que le sommeil sans rêves qui s'ensuivrait. Lorsqu'il dormait, le travail du lendemain était plus serein.

Au bout de quelques mois, il réalisa le tableau auquel il songeait depuis la première séance de pose avec la concierge. La toile était violente. D'un bleu sombre, presque noir, émergeait un visage féminin recouvert d'un tissu rugueux, humide, moulant les contours de la tête et dont les plis serrés soulignaient cruellement les traits. De cette femme inconnue, on ne voyait que deux magnifiques épaules et son opulente poitrine.

Pour respecter le souhait de son modèle, le peintre l'intitula *Anonyme I*.

Le tableau ne ressemblait en rien à ses précédentes créations, Ezra en fut immédiatement conscient. Loin des recherches formelles qu'il avait menées jusqu'alors, il semblait s'ouvrir à la vie, à la violence exacerbée. Il devenait obsessionnel. Face à son œuvre, il accepta bientôt l'avilissante vérité. Tourmenté, il ne pouvait que représenter sa concupiscence. Il s'enfonça dans la frustration avec le désespoir énergique d'un condamné. Puisqu'il était cet homme rongé, son travail ne pouvait que suivre le même chemin. Le désir éclaboussait la toile et peu importait qu'elle se vende. Il fallait simplement que se matérialise d'une façon ou d'une autre ce qui bouillait en lui.

Déjà grandissait le projet qui symboliserait tout ce qu'il voyait en Mercedes. Une série d'*Anonymes*, tous numérotés, tous fragmentaires, parcelles de perfection, morceaux de chair inconnue qui, assemblés, formeraient le corps entier de la Vénus. Dans son atelier, sous la verrière, l'abondante lumière le guiderait dans sa tâche, il trancherait d'abord et réunirait ensuite. Plus il y pensait, mieux il envisageait les détails.

Et l'on dirait à coup sûr qu'il s'agissait d'un symbole, d'une vision poétique. Un jour ou l'autre, entre les petits-fours salés et le champagne, un poseur parlerait d'érotisme impressionniste, mais personne ne pourrait imaginer que dans son immeuble, six étages plus bas, sous lui pour ainsi dire, demeurait le modèle qui l'avait rendu fou. En vérité, il s'en fichait. L'art n'était plus sa préoccupation, la peinture devenait un moyen, la toile, un support. Il ne souhaitait s'adresser à personne d'autre qu'à lui-même.

Les nuits, il continuerait de posséder Louise comme un désespéré en pensant à sa concierge, et cela seul comptait. Le reste n'avait aucun attrait, parce que dépourvu de vraie sensation. Quand il s'enfonçait en elle, tendu, gonflé, il vivait pleinement. Il payait, la fille s'offrait et il jouissait. Tout était simple, à sa mesure, à sa portée.

Au bout d'un certain temps et comme il lui proposait davantage d'argent, Louise accepta de l'embrasser. Ezra était devenu un client régulier, plutôt gentil, il était normal de lui octroyer un bonus. La première fois qu'il goûta ses lèvres, il éjacula presque immédiatement contre son ventre. Louise trouva cela flatteur et reposant.

Durant la deuxième année de sa collaboration avec la concierge, Ezra dessina le jour, forniqua la nuit, et maigrit. Mercedes regardait grandir son fils et fondre le peintre en proportions équivalentes, ignorant qu'elle était la cause des deux effets. Elle n'avait d'yeux que pour les jeunes filles qui maintenant venaient attendre Iberio devant l'immeuble. En première L au lycée Janson-de-Sailly, il était un élève sérieux dont les bons résultats dans toutes les matières, excepté en mathématiques, le maintenaient au-dessus de la moyenne de sa classe. Janson-de-Sailly était réputé pour accueillir en majorité les enfants issus de la haute bourgeoisie et de l'aristocratie parisiennes. Grâce à l'emploi de sa mère qui leur octroyait à tous les deux une adresse dans les beaux quartiers, Iberio bénéficiait d'un accès à cet établissement prisé.

Ezra refaisait constamment ses études, suivant en gémissant les évolutions de son modèle. Repoussant sans cesse la peinture de ses autres *Anonymes*, il guettait jour après jour ces étranges mutations, s'effondrant en comparant le dessin de la veille à la pure beauté qu'il découvrait le matin. C'était une peau plus mate qui luisait différemment à la lumière, des cheveux plus noirs, une chair plus ronde, un regard plus pénétrant. Les poses trahissaient avec mille nuances la force ou la fragilité, l'amour ou la sécheresse, l'égoïsme ou le sacrifice. C'était un caractère mouvant, imprécis, douteux, une flamme chancelante au fond des yeux sombres, une hésitation dans la voix, un rire douloureux ou un sourire mélancolique. Et tout cela affleurait, glissait en un éclair, ridait subrepticement le ton de Sienne claire du visage de Mercedes.

Son corps, s'il traduisait par ses attitudes les sentiments de la concierge, ne pouvait les rendre avec subtilité. Ezra se désespérait de ne pouvoir y associer la complexité d'émotions et de pensées qu'il lisait sur ses traits. Il devinait une énigme chez cette femme et rêvait de la percer. Par pudeur, il n'osait l'interroger. Il faisait montre d'une délicatesse inouïe tant était grande sa peur de voir cesser leurs séances de travail. Mercedes parlait peu et Ezra respectait ses silences qu'il sentait parfois chargés d'intensité.

Comme tous les gens actifs, la concierge n'aimait pas rester immobile, car elle plongeait en elle-même et ses pensées la dévoraient aussitôt. Sous son crâne, une tempête qu'elle aurait voulu chasser grondait et l'étourdissait. Elle voyait Iberio se détacher d'elle et trouver ailleurs d'autres centres d'intérêt. Souvent, elle le surprenait à l'observer avec un tel sérieux qu'elle en frémissait. Il la détaillait et se noyait dans ce qu'il découvrait. Quand, exaspérée, elle plantait ses yeux dans les siens, il s'éveillait en sursaut et détournait la tête avec une feinte indifférence. Mercedes éprouvait alors l'envie de se ruer sur son fils pour lui ouvrir le crâne et y lire ses pensées.

Et puis il y avait cette Clothilde, la fille d'un pâtissier. Au début, elle venait attendre Iberio dans le petit square face à l'immeuble. Elle s'asseyait sur un banc et fumait des cigarettes à la chaîne. Des Chesterfield Light dont elle jetait les mégots dans la rue, par-dessus la grille. Mercedes ignorait au juste quand cela avait commencé. Un soir, après le dîner, Iberio avait pris son blouson et l'avait rejointe.

Elle n'aimait pas Clothilde. Elle trouvait vulgaire cette façon de lancer d'une pichenette ses mégots aux alentours. Elle jugeait trop délurée cette fille de commerçants des beaux quartiers qui portait des chemises d'homme déboutonnées par-dessus des débardeurs moulants.

— Elle est tellement fière de ses seins qu'elle te les jette à la figure ! avait-elle remarqué froidement devant Iberio comme il se préparait à sortir.

— *Mamacita !*

— On est en mai, je me demande ce qu'il lui restera à montrer en août !

— Tu ne crois pas que tu exagères ?

— Cette fille te fait de l'œil avec ses poumons et c'est moi qui exagère ?

— Je m'en vais.

— Je le vois bien, *burrito* ! Je ne suis pas encore aveugle !

— À plus tard, m'man !

— C'est ça, à plus tard. J'espère qu'au moins elle t'autorise à les toucher, murmura Mercedes entre ses dents.

Elle était tiraillée par d'étranges sentiments. Elle ne pouvait s'empêcher de regarder avec fierté Iberio collectionner les aventures, mais elle sentait la jalousie la tarauder de plus en plus souvent. Ce qui la rendit agressive lorsque Clothilde frappa à la porte de la loge. La première fois qu'elle lui ouvrit, la jeune fille, qui ne l'avait jamais vue, laissa s'écouler une poignée de secondes avant de pouvoir articuler un son. Pour une fois, la concierge savoura avec perversité le pouvoir de sa beauté, comme un guerrier profite d'une attaque-surprise. Elle poussa même le vice jusqu'à jouer les idiotes et attendit patiemment que Clothilde avale sa salive, ne faisant absolument rien pour la tirer d'embarras.

— Bonsoir, bredouilla la jeune fille qui ne savait si elle devait ajouter « madame » ou « mademoiselle » tant la concierge lui semblait jeune. Pourrais-je parler à Iberio, s'il vous plaît ?

Mercedes se tourna vers la porte qui donnait sur leur appartement.

— Iberio, c'est pour toi, dit-elle de sa voix la plus impersonnelle.

Puis elle abandonna Clothilde sur le seuil comme s'il ne s'agissait que d'une pauvre chose sans importance. Iberio lança un coup d'œil assassin à Mercedes en la croisant. Perfide jusqu'au bout, celle-ci arbora un sourire angélique.

— C'est une pure beauté, ta mère ! s'exclama Clothilde lorsqu'ils furent tous les deux dans la rue.

— Oui.

Laconique, Iberio s'inquiétait de la suite des événements. Depuis peu, il se rendait bien compte qu'aucune de ses petites amies ne trouvait grâce aux yeux de sa mère, mais jamais elle n'avait, comme ce soir, affiché un tel mépris. Et ce qui le préoccupait davantage était le manque total de perspicacité de Clothilde.

Complètement sous le charme, celle-ci prit l'habitude de venir chercher Iberio dans l'espoir d'approcher de nouveau la déesse qui l'avait accueillie.

— Voilà Poumon Gracieux ! persiflait Mercedes chaque fois que Clothilde poussait la porte de l'immeuble.

— *Mamacita !*

— Excuse-moi, j'ai la vaisselle à faire.

Et elle s'enfermait, tandis que Clothilde lançait des coups d'œil désespérés par-dessus l'épaule d'Iberio.

— Ta mère passe sa vie dans la cuisine, je pense que tu devrais l'aider un peu, remarqua-t-elle un jour. Si tu veux, je viendrai te chercher plus tard.

— Pas la peine.

— Mais ça ne me dérange pas, tu sais.

— Elle adore faire la vaisselle, ça la détend, mentit Iberio.

— J'aimerais bien la connaître.

— Elle a toujours beaucoup à faire.

— Ah ! Tu vois ? Tu devrais lui donner un coup de main.

Iberio l'embrassait pour la faire taire. Mais Clothilde, qui était une jeune fille têtue manquant singulièrement de subtilité, se mit à rendre visite de plus en plus souvent aux Montalvo. Mercedes ne pouvait se cloîtrer indéfiniment dans la cuisine, d'abord parce que celle-ci était exiguë et que la vaisselle des repas était somme toute réduite, ensuite parce que la fuite n'était pas dans les habitudes d'une femme de la Meseta. Elle fit donc face à l'intruse. Elle tenta de la décourager par de froids monosyllabes et de longs et pesants silences qui mettaient Iberio à la torture. Mais Clothilde s'ingéniait à développer les pires lieux communs, qu'elle réussissait à agrémenter d'une banalité encore plus affligeante avec entrain et conviction. La météorologie, cet éternel outil que les commerçants de France utilisent avec brio, eut bien sûr sa préférence. Elle fit un rapport régulier des températures au degré près, vanta les arrière-saisons, les anticyclones, et fustigea les perturbations.

— Elle n'a sans doute pas remarqué que nous avions nous aussi des fenêtres, observa Mercedes. Il faudra que tu m'expliques un jour comment tu choisis les filles, Iberio.

Elle avait élevé son fils dans le respect des femmes et, dès qu'elle avait senti les premiers bouillonnements de la puberté, elle lui avait fait un cours sur la sexualité. Un cours à la Montalvo, bien sûr.

— Quand une fille te dit non, c'est non, lui avait-elle assené, il n'y a pas à discuter. Jamais tu ne dois la forcer à faire quoi que ce soit. *Entiendes ?* Si un jour j'apprends que tu en maltraites une, je te couperai moi-même ton engin !

Mais en découvrant Clothilde, elle regretta de ne pas lui avoir inculqué plus de discernement dans le choix de ses conquêtes. Pour sa propre protection et indirectement pour leur tranquillité à tous les deux, car, même si Iberio enfilait prestement son blouson dès que Clothilde pénétrait dans le hall, celle-ci refusait de le suivre tant qu'elle n'avait pas salué Mercedes.

— C'est une question de politesse, Iberio, lui dit-elle un soir.

La politesse, c'est de ne pas emmerder les gens, pensa très fort Iberio, qui en vint assez naturellement à rompre leur relation. Clothilde pleura beaucoup, le serrant dans ses bras, lui malaxant la nuque avec passion pour prolonger cette belle histoire. Iberio résista, bien qu'encore émoustillé par le contact de ses seins contre lui, et lui expliqua qu'ils resteraient bons amis et qu'avec le temps elle finirait par l'oublier. Enfin, il utilisa l'argumentaire des séparations, copieusement employé par les deux sexes, tout en réalisant qu'il tombait lui aussi dans les lieux communs.

C'était ignorer l'étrange faculté d'adaptation de la fille du pâtissier. Trois jours après leur rupture, alors que Mercedes croyait le chapitre clos et qu'Iberio goûtait une liberté toute neuve, on frappa à la porte de la loge. Clothilde se tenait sur le seuil, les yeux humides, un brave sourire empreint d'une tristesse fièrement contenue sur les lèvres. Contre ses seins, plus avantageusement découverts que jamais, la jeune fille serrait une boîte en carton sur laquelle était inscrit en grosses lettres rondes : *Offrez du plaisir, offrez des gâteaux !*, et en petits caractères : *Lefrançois, maître pâtissier depuis 1965.*

N'importe qui aurait été touché par ce présent dont la vue avait de quoi charmer les sens d'un tempérament gourmand, mais Mercedes n'avait de penchants ni pour les excroissances mammaires ni pour le sucre. Elle leva cependant un sourcil naturellement dessiné en accent circonflexe et attendit patiemment l'explication qu'elle devinait toute prête.

— C'est…, croassa Clothilde, pour vous dire que…

Elle tenta un nouveau début de phrase pour enrayer la vague sentimentale qui la submergeait.

— Je voulais…, poursuivit-elle sans plus de succès.

Rien n'y fit. Le nez de la jeune fille rougit brusquement, s'humidifia, et une larme perla entre ses cils. Elle poussa maladroitement la boîte entre les mains de Mercedes en reniflant bruyamment.

— Art'ouare, marmonna-t-elle.

Puis elle se rua sur la porte du hall qui claqua lourdement, étouffant ses sanglots. Par la fenêtre, Iberio la vit s'éloigner en courant.

— Qu'est-ce qu'elle a voulu dire ? interrogea Mercedes en posant la boîte sur le comptoir d'accueil.

— Sans doute « tarte aux poires », remarqua son fils en soulevant le couvercle du carton.

— Les beaux poumons ne suffisent pas, conclut Mercedes d'un air navré.

Iberio constata une nouvelle fois qu'elle n'avait eu besoin que de six mots pour traduire sa pensée.

— Trois syllabes de plus et tu aurais fait un alexandrin, maman.

— Qu'est-ce que tu veux dire ?

— Que tu pourrais faire de la poésie.

— « Alexandrin » ! Inutile de me rappeler que je n'ai pas d'instruction.

— Mais…

— Mange ta tarte !

— Ce n'est pas la mienne.

— Est-ce que tu imagines que Poumon Gracieux est venue me faire un cadeau ?

— C'est possible.

— Tu oublies que c'est à toi qu'elle montre ses seins.

— Ça n'a aucun rapport. Elle t'aime bien.

— Je n'ai pourtant rien fait pour ça.

— Peut-être, mais c'est ainsi.

Mercedes se figea brusquement.

— Mais alors, elle va revenir.

— Il y a des chances.

— *Burrito !* Si elle me raconte encore quel temps il fait dehors, je te gifle. Tu vois où tes envies nous mènent ? Tu vas aller remercier Poumon… cette jeune fille, et lui dire…

— Oui ?

— Fiche-moi le camp, garnement !

— Ça, c'est un octosyllabe, *Mamacita* !

— *Lárgate*[1] *!* cria Mercedes en lui lançant un magazine à la tête.

C'est ainsi que le lendemain Ezra se vit offrir une moitié de tarte aux poires.

— Tu aimes la pâtisserie ? demanda-t-il le soir même à Louise.

---

1. Dégage !

Il racla soigneusement la pâte et en étala le contenu sur les seins et le ventre de la jeune fille qui gloussait. « Vous avez maigri, ça vous fera du bien », avait dit Mercedes en lui tendant la boîte.

— Maintenant, à table ! s'exclama Ezra en plongeant entre les cuisses de Louise, qui riait aux éclats.

*

Nue, assise sur un tabouret face à la verrière, Mercedes contemplait la perspective bucolique qui s'étendait devant elle : les escaliers bordés de végétation longeant la colline de Passy. Depuis plusieurs jours, Ezra avait commencé *Anonyme 2*. La toile avait pour objet le ventre et les hanches de la concierge. Il avait fait un tracé dans l'exact prolongement du premier tableau. Il était impératif que chacun d'eux soit autonome tout en s'inscrivant dans la vue d'ensemble du corps entier. Les nombreuses études qu'il avait réalisées lui avaient permis de comprendre comment il pouvait mettre chaque partie en valeur tout en conservant une cohérence à la pose de son modèle. Il n'avait pas montré *Anonyme 1* à Mercedes, elle ne connaissait que les esquisses qu'elle venait rarement regarder en fin de séance. Elle les contemplait silencieusement, un léger sourire au coin des lèvres, comme si elle ne se reconnaissait pas. Elle avait décidé une bonne fois pour toutes qu'elle était ignorante et abandonnait son image à l'œil du peintre. La seule chose qui lui importait était qu'il ne reproduise pas son visage.

Ezra s'interrogeait toujours sur les motifs de cette interdiction. De nombreuses femmes auraient été flattées d'inspirer un artiste. Fières de leur beauté, elles eussent sans aucun doute revendiqué une bien moins évidente perfection physique que celle de Mercedes. Celle-ci, au contraire, s'obstinait à vouloir passer inaperçue. Ezra pensait parfois qu'elle lui aurait arraché les yeux si elle avait eu connaissance des études pornographiques cachées dans le placard de sa chambre.

Tandis qu'il travaillait, scrutant les ombres que créait la lumière sur le ventre voluptueux de son modèle, Ezra nota l'expression soucieuse qui amincissait ses lèvres charnues. Depuis quelques jours, elle s'était enfermée dans un mutisme qui la rendait indifférente à tout ce qu'il lui disait. Elle avait attaché ses cheveux en un chignon à la diable et de fines mèches moussaient sur sa nuque, contrastant avec la dureté qui glaçait ses prunelles. Elle se tenait très droite, ainsi qu'il le lui avait demandé, et, depuis l'heure et demie qu'elle gardait la pose, pas une fois son dos ne s'était arrondi. C'était comme si elle s'était oubliée dans l'effort musculaire.

C'était une séance paisible pour le peintre. Le travail avançait sans peine, mais sans enthousiasme excessif. Tandis qu'il brossait son fond, il pouvait laisser vagabonder son esprit et se sentait étrangement philosophe. Il repensa à la scène dont il avait été témoin quelques jours plus tôt en pénétrant dans le hall de l'immeuble.

Iberio avait manqué le renverser en sortant et avait marmonné une vague excuse, tentant d'adoucir la colère qui le faisait trembler. Ezra l'avait suivi des yeux tandis qu'il tournait au coin de la rue, puis il avait entendu sa mère crier son nom et presque aussitôt la porte de la loge s'était ouverte à la volée. La jeune femme s'était figée en reconnaissant le peintre.

— Bonsoir, Mercedes, avait-il dit pour rompre le silence.

Elle avait hoché la tête et remué les lèvres, mais sa voix était demeurée au fond de sa gorge. Pour ne pas la gêner, Ezra avait gagné l'ascenseur et enfoncé le bouton d'appel, mais il avait pu apercevoir la concierge s'essuyer discrètement les joues du bout des doigts avant de rentrer chez elle.

Il ignorait le motif de leur dispute. Il savait que les heurts entre Mercedes et son fils étaient rares. Il était évident qu'Iberio admirait et respectait sa mère, peut-être même la craignait-il un peu, aussi n'avait-elle pas l'habitude d'élever la voix. L'incident qui avait provoqué cette altercation devait être suffisamment grave pour les bouleverser tous les deux. Ezra n'avait jamais vu Mercedes au bord des larmes, et Iberio était un garçon calme peu enclin aux frémissements d'émotion.

Le peintre regardait le merveilleux profil de son modèle se durcir. Nul doute que ce qui avait jeté la mère et le fils l'un contre l'autre continuait de la ronger. Elle demeurait mutique. Ezra songea que depuis deux ans qu'elle posait pour lui il ne la connaissait toujours pas. Cela tenait au fait que la concierge ne parlait jamais d'elle. Mais aujourd'hui, à la lumière de la scène dont il avait été témoin, Ezra pouvait enfin rapprocher deux visions contradictoires. Penser à Mercedes tout en la peignant l'aidait à travailler. Il lui fallait la découvrir, dans tous les sens du terme, pour parvenir au bout de son projet. Il avait appris qu'elle adorait flâner le soir après le dîner. Elle partait pour de longues promenades à travers Paris et avait un attachement particulier pour le canal Saint-Martin, qu'elle suivait parfois jusqu'au canal de l'Ourcq. Elle pouvait marcher des heures durant et rentrait les joues rosies, les yeux brillants. Il savait aussi qu'elle était toujours pieds nus, chez elle. « C'est un vrai bonheur, on se sent libre », disait-elle. Mercedes ne supportait aucune contrainte, pas même celle des chaussures. Elle détestait également la passivité que provoquait la télévision et se moquait de la fascination à laquelle succombaient des millions de Français. Ezra en avait conclu que poser lui était pénible et il lui en savait gré. C'était devenu entre eux un sujet de plaisanterie.

— Nous allons encore souffrir, aujourd'hui, disait-il lorsqu'elle entrait dans l'atelier.

— Moi, surtout, monsieur Goldweiser, vous ne faites que regarder ! répondait-elle en riant.

Il avait d'elle l'image d'une jeune femme active, toujours gaie, forte aussi, car jamais elle ne se plaignait. Pourtant, il imaginait sans peine les difficultés qu'avait dû rencontrer cette mère célibataire lors de son immigration. À présent, il superposait les grands yeux sombres embués de chagrin au regard déterminé qui avait accompagné son « jamais » quand elle avait accepté leur association. « Jamais il n'y aura autre chose entre nous ! » Il pouvait aisément lui faire confiance sur ce point, car il avait la désagréable certitude qu'elle saurait exactement quoi faire s'il se permettait le moindre geste déplacé.

Et aucun homme ne partageait sa vie, de cela aussi il était convaincu. Il aurait bien aimé découvrir quand elle avait eu son fils. Il avait fait un calcul approximatif et estimait qu'elle ne devait pas avoir plus de quinze ou seize ans lorsqu'elle avait accouché. Il scrutait son corps, elle n'en gardait aucune trace. Son ventre était plat, musclé, ses seins fermes, sa taille extraordinairement fine, ses fesses hautes et rebondies. Rien ne subsistait de la venue au monde d'Iberio. Seule son extrême jeunesse au moment de la conception et une vie active pouvaient expliquer qu'à près de trente-deux ans elle soit encore si fraîche.

Mercedes détourna un instant la tête de la baie vitrée et se massa la nuque. Ses seins pointèrent tandis qu'elle levait les bras.

— Arrêtons-nous un peu, vous êtes fatiguée, remarqua Ezra.

— Merci, soupira-t-elle.

Ezra nettoya sa brosse, évitant ainsi de lorgner les sphères parfaites sur lesquelles fleurissaient deux fiers mamelons. Mercedes quitta le tabouret et fit quelques pas, étirant ses longues jambes. Elle se servit un verre d'eau fraîche qu'elle but à grands traits. Un peu de liquide jaillit sur son menton et coula entre ses seins, progressant lentement jusqu'à son nombril. C'est là que vint mourir le filet d'eau, absorbé par la petite cavité. Comme un bijou translucide, il réfractait la lumière dorée.

Ses chaussures traînaient sur le sol et son soutien-gorge était accroché sur l'accoudoir d'un fauteuil. Le peintre aimait voir ses effets abandonnés dans son atelier. Il éprouvait une sensation rassurante à baigner dans la féminité de la concierge, imaginant l'espace d'un instant qu'elle vivait avec lui. Cette trace légère de son passage lui faisait espérer qu'elle oublie un jour quelque chose qu'il pourrait conserver temporairement pour prolonger son plaisir.

Il s'assit, alluma une cigarette et recracha la fumée avec volupté. Mercedes tourna le visage vers lui et sourit. Elle avait plusieurs fois tenté de lui arracher la promesse qu'il cesserait cette mauvaise habitude. Il eut une moue désabusée et haussa les épaules. Les oiseaux pépiaient et, dans la lumière chaude de ce studieux après-midi, le peintre savoura cette silencieuse complicité. Il suivait le léger frottement de ses pieds sur le plancher, qu'elle faisait à peine craquer, et les soupirs qu'elle exhalait en s'étirant. Il se laissa envahir par un calme bienfaisant, émerveillé par l'onde douce qu'elle lui prodiguait sans le savoir. Plein de sa présence, amoureux de sa chaleur, il ferma les yeux et écouta le bonheur chanter en lui.

Mercedes s'assouplissait langoureusement. Ses muscles anormalement durcis résultaient d'une mauvaise nuit qu'elle avait passée à chercher sa place dans un lit trop chaud. Les occupations de la matinée lui avaient apporté quelque répit. Elle avait lavé le hall à grande eau, astiqué les cuivres des portes ainsi que la plaque du docteur Ménard, qui luisait maintenant comme un miroir. Elle avait fait les vitres des parties communes et, vers dix heures et demie, avait distribué le courrier, après quoi elle avait aspiré le tapis de l'escalier et essuyé la rampe. Au troisième, elle avait remplacé une ampoule grillée et nettoyé le verre du plafonnier, puis elle avait préparé le déjeuner et, vers quatorze heures, elle était montée chez le peintre pour sa séance de pose. Mais ses pensées l'avaient envahie de nouveau.

Mercedes renversa la tête en arrière, appuyant les mains au creux de ses reins. Elle ferma un instant les yeux, se forçant à expirer lentement. L'image d'Iberio flottait, emprisonnée sous ses paupières closes. Iberio dont le regard intense la mettait au supplice, déclenchant une vibration douloureuse dans son ventre, Iberio qui rabâchait sans cesse la même question : « Qui était mon père ? »

Et Mercedes mesurait le ravage du temps à l'irrémédiable déchirure qu'entraînerait la vérité. Pendant dix-sept ans, elle avait eu un répit. « Lorsque tu seras grand », avait-elle dit. Elle avait réussi à faire patienter l'adolescent, mais elle ne pourrait pas freiner le jeune homme. Aujourd'hui, il lui fallait une réponse. Et parce que la mère comprenait le besoin du fils, parce que son amour pour lui était entier, elle souffrait à l'avance et les mots qu'elle allait devoir prononcer brûlaient sa gorge. Ils restaient accrochés en elle, irradiant sa chair comme une plaie ouverte. Ils étaient terribles à articuler, ces quelques mots qui eussent suffi à détruire leur vie à tous deux. Ils dessinaient une ligne tranchante, menaçant l'attachement qui les unissait. Ils pouvaient ruiner d'un seul coup tout ce qu'avait bâti Mercedes, tout ce pour quoi elle s'était battue. La vérité défigurerait l'avenir.

Et elle ne pouvait s'y résoudre. Toutes ces années, Mercedes Montalvo les avait nettoyées, empilées, puis les avait soudées les unes aux autres pour en faire une existence neuve, sans lien avec le passé. Elle s'était débarrassée des scories, avait tué les germes et, prévoyante, elle avait interdit toute intrusion dans cette cellule familiale réduite à sa plus simple expression. Seule, elle avait monté un mur. Ce qu'il lui avait coûté de larmes et de sang, elle refusait de le revivre.

Mais il y avait le regard d'Iberio. Le poids de ses yeux sombres l'oppressait. Lorsqu'il l'observait, elle sentait son âme s'ouvrir en deux et il lui semblait que la terre allait l'avaler. Elle tremblait et elle devait trouver une épuisante énergie pour ne pas se laisser deviner. Pour conserver un visage impassible, lisser le tumulte de ses peurs, elle devait puiser dans ses réserves qui fondaient chaque jour davantage devant la farouche exigence de son fils.

Jamais elle ne lui avait menti et cette loyauté était comme un piège qui maintenant la happait. Durant ces dix-sept années pendant lesquelles ils avaient grandi côte à côte, tandis qu'il entrait dans la vie et que pas à pas elle devenait une mère, aucune vérité n'avait échoué sur la barrière de ses dents. Elle avait simplement guetté le moment favorable pour lui expliquer son passé, persuadée que la décision lui appartenait. Il suffisait d'attendre qu'Iberio soit en âge de comprendre, qu'il puisse envisager sans souffrir un avenir qui, à la lumière de sa révélation, ne serait plus jamais le même. Mais plus elle réfléchissait à ses réactions, anticipant dans son cœur les variations des sentiments de son fils, plus se levait le voile qui avait obscurci ses yeux. Elle réalisa bientôt que le moment était passé, qu'il eût fallu parler avant. Maintenant, la vérité trop lourde à dire, trop pesante à porter la poussait au mensonge. Elle aurait voulu soulager sa conscience et inventer une histoire indolore. Elle aurait aimé oublier sa promesse et la confiance qu'elle avait fait naître en son fils afin de le tromper. Oui, aujourd'hui, elle s'exhortait à la duplicité, espérant devenir une femme capable de feindre sans perdre le sommeil. Mais elle avait en partie échoué et c'était cela qui la tourmentait tandis qu'elle posait pour le peintre.

Mercedes s'allongea sur le parquet et releva les jambes à l'aplomb du mur. Un bras replié sur son visage, elle laissa la fraîcheur relative du bois monter dans ses reins. Elle avait la tête trop pleine de ce moment où Iberio lui avait rappelé son engagement. Ce moment où, prise au dépourvu, elle avait cillé. Son fils avait été témoin de son trouble et en une seconde elle avait vu naître le doute sur son visage.

— Tu n'as jamais eu l'intention de me le dire, hein ? avait-il lancé.

Rien n'avait été aussi douloureux que ce premier détachement d'elle.

— Bien sûr que si.

— Non, je le vois.

— Iberio, je t'assure que tu te trompes…

— Tu mens.

Ces mots, comme une gifle, l'avaient mise hors d'elle.

— Jamais tu ne dois me traiter de menteuse, tu entends ? Jamais !

Il était sorti, faisant claquer la porte de la loge. Elle l'avait appelé, criant sans doute son nom, car dans le hall le peintre s'était figé devant elle.

Ezra écrasa sa cigarette dans une coupelle de cuivre. Une mouche, prise dans le nuage de fumée, montra un abdomen gonflé aux reflets verts et fonça en vrombissant jusqu'à la verrière, qu'elle heurta avec un bruit sec. Ezra se leva en soupirant. Au loin, la cloche de Notre-Dame-de-Grâce sonna quatre heures. Le peintre se tourna vers Mercedes. Immobile, les jambes toujours en appui contre le mur, le visage enfoui dans la saignée du coude, elle semblait dormir. Ezra caressa des yeux le galbe de ses cuisses et se racla la gorge. Comme elle ne bougeait pas, il s'approcha et vit une larme rouler vers le lobe de son oreille. Elle resta un instant suspendue, puis, abandonnant la chair tendre, s'écrasa sur le plancher, dessinant une étoile dans la poussière.

Le peintre fut tellement surpris qu'il se retint instinctivement de respirer. Mercedes demeurait immobile et silencieuse. Hormis l'empreinte humide qui ornait le bois, rien ne trahissait son chagrin. Ezra hésitait, n'osant faire un geste, pestant contre le vide de son cerveau. Fallait-il retourner à ses pinceaux comme s'il n'avait rien remarqué, ou au contraire avoir une parole réconfortante ?

— Mercedes ? murmura-t-il après un long moment.

— *Sí, vengo*[1].

Il fut étonné qu'elle lui réponde en espagnol. Il aimait les *s* sifflants, un peu mouillés, qu'elle conservait aussi en français. Sa voix étrangement calme força son respect. Il se détourna et alla se planter devant sa toile, bricolant ses brosses, ses chiffons et ses tubes. Une ou deux fois, il toussa pour briser le silence. Il perçut un léger craquement, un souffle parfumé de miel et, lorsqu'il leva la tête, elle avait de nouveau

1. Oui, je viens.

pris sa place, l'œil sec, survolant l'horizon avec indifférence. Il resta un moment à la regarder, essuyant sans raison son pinceau déjà propre, n'osant pas se mêler de sa vie, mais tenaillé par l'envie d'y entrer. Il se remit pourtant à travailler, davantage pour se donner une contenance et l'observer tout à loisir que par nécessité. Et tandis qu'il la scrutait, une autre Mercedes naissait, une femme infiniment plus attirante que la chair voluptueuse qu'il peignait. Une femme qu'il ne vit pas s'éveiller sur la toile, mais dans son cœur, un être complexe qu'il n'avait fait que pressentir tant il se perdait dans la contemplation de son corps. Il enviait l'imaginaire dans lequel plongeaient ses grands yeux sombres et à qui elle offrait la lumière de son visage. Il ne pouvait que suivre avec avidité l'intensité avec laquelle elle se statufiait. Elle n'était plus avec lui, elle s'était échappée. Les rayons du soleil s'inclinèrent de plus en plus et il lui sembla que Mercedes les absorbait, ne laissant autour d'eux que la lueur rasante d'une fin d'après-midi. Et comme les objets perdaient leurs contours, une pointe s'enfonçait en lui, faisant éclore le regret d'une occasion manquée. Enfin vaincu, il posa son pinceau et s'essuya les mains. Elle était toujours immobile et il n'osa pas la déranger. Un long moment s'écoula, monastique.

— Merci, dit-elle à son tour.

Il comprit brusquement que rien ne lui avait échappé et qu'elle avait apprécié sa discrétion. Il hocha la tête et lui rendit son sourire, mais plus tard, lorsque la porte se fut refermée sur elle, il baissa les yeux et un sanglot fit tressaillir ses épaules.

3

Mme Chanterelle ferma soigneusement sa porte, poussant du plat de la main sur le montant afin de s'assurer que le pêne était bien engagé, puis donna deux vigoureux tours de clef dont les claquements métalliques résonnèrent dans l'escalier. Elle considéra ensuite le battant d'un œil sévère, comme pour le défier de se rouvrir en sa présence, faisant tinter son trousseau une dernière fois en le glissant dans une petite pochette de cuir. Mme Chanterelle fermait toujours soigneusement sa porte. Bien que celle-ci fût désormais blindée et munie d'une serrure trois points Système JPM-SP, Mme Chanterelle ne pouvait s'empêcher de douter de son efficacité. Elle jugeait avec suspicion l'unique clef qui servait à clore son royaume. Elle eût préféré avoir trois verrous, et donc trois clefs, afin de les manœuvrer elle-même. Pour Mme Chanterelle, trois verrous faisaient plus de bruit et étaient plus efficaces que trois points qui se déclenchaient en même temps. D'ailleurs, le mot « verrou » intimait davantage de respect que le mot « point ». Les points fermaient les phrases, les verrous protégeaient les portes. Son mari le savait mieux que personne puisqu'il avait fait installer les trois verrous qui, pendant vingt-sept ans, avaient assuré leur sécurité.

C'est ce qu'elle avait expliqué à l'ouvrier qui lui avait posé le blindage de sa porte quelques jours plus tôt. À quoi l'impertinent avait rétorqué que les verrous ne lui avaient pas évité d'être cambriolée. Même si c'était vrai, il n'en demeurait pas moins que c'était une grossièreté de le lui faire remarquer. La violation de son sanctuaire était une abomination dont il n'eût fallu parler qu'à mi-voix. D'autant que, dans ce cas précis, c'était la porte qui avait cédé, pas les verrous. Elle ne s'était pas privée de le dire à l'impertinent ouvrier. Ça lui avait cloué le bec.

Ce cambriolage était une énigme et pas seulement parce que le fait était rare dans ce quartier hautement sécurisé. Le voleur avait pénétré dans l'appartement en brisant le panneau inférieur de la porte, ce qui accréditait la thèse de Mme Chanterelle selon laquelle les verrous avaient tenu. Surtout, fait absolument délirant, non seulement il n'avait rien emporté, mais encore il avait déposé une pile de CD de variété française : Jean-Jacques Goldman, Pascal Obispo, Laurent Voulzy, Alain Souchon. Bref, une sorte de compilation de tout ce qui passait sur les ondes depuis plus de vingt ans. Hormis la porte brisée, rien n'avait été abîmé. Personne n'avait rien entendu. On ne comprenait pas non plus comment avait été déjoué le digicode du rez-de-chaussée. Deux policiers s'étaient déplacés pour faire les constatations d'usage et dresser un procès-verbal, mais, dans la mesure où rien n'avait été dérobé, les choses en étaient restées là. Les proches voisins de Mme Chanterelle l'assurèrent de leur sympathie. C'étaient eux qui l'avaient prévenue en découvrant au matin sa porte fracturée. La vieille dame était à Dax pour y faire sa cure annuelle. Elle était revenue en catastrophe et, réalisant que rien ne manquait, elle avait dû se résoudre à prendre des mesures pour garantir sa tranquillité. Mme Chanterelle n'avait pu s'empêcher de chercher un message obscur dans la pile de CD qui trônait dans son salon. Ce genre de musique n'avait jamais été sa tasse de thé. Elle préférait l'opéra. Qui pouvait lui en vouloir au point de commettre cet acte stupide et si peu clair ?

Et elle avait dû supporter les remarques de l'ouvrier persifleur qui lui avait installé sa nouvelle porte. Poursuivant son idée, elle avait cependant demandé au gougnafier si, « par hasard, comme ça, arrêtez-moi si je me trompe », il ne serait pas encore plus efficace d'adjoindre les trois précieux verrous au blindage.

— Il vaudrait mieux poser une serrure six points ! s'était exclamé l'imbécile prétentieux.

Il l'avait ensuite abreuvée de détails techniques incompréhensibles, dissertant sur les pieds-de-biche, les dormants, la poussée et les renforts de gonds, avant de conclure que de toute manière, quand on avait affaire à un professionnel, une porte finissait toujours par céder.

Mme Chanterelle avait eu un sursaut d'horreur.

— Mais oui, ma petite dame ! Le jour où vous perdrez vos clefs, il faudra bien que le serrurier vous ouvre ! avait-il ajouté en s'esclaffant.

— Dans ce cas, il était inutile de me vendre cette serrure trois points, avait-elle clamé avec acidité, et encore plus inutile de me vanter les six points. De toute façon, en vingt-sept ans, je n'ai jamais égaré mes clefs !

Elle avait ramassé les trois verrous et les avait enfermés dans le placard de l'entrée. *Puisqu'une porte de ce prix-là finit toujours par s'ouvrir, je ne vais pas en plus lui faire cadeau de mes verrous !* avait-elle songé.

Tandis qu'elle attendait l'ascenseur, Mme Chanterelle s'indignait encore à l'évocation de ce triste souvenir. Ce qui l'avait mise définitivement hors d'elle, c'était le « ma petite dame ». Elle pénétra dans la cabine les joues teintées de colère et remarqua à peine la porte qui se refermait, oubliant d'appuyer sur le bouton du rez-de-chaussée. *« Ma petite dame », non, mais ! Et d'une condescendance, avec ça ! Pour le prix qu'on le paie, il pourrait être poli !* fulminait-elle. La cabine s'éleva brusquement. *Allons bon, voilà que je monte*, pensa-t-elle, réalisant que quelqu'un de plus rapide appelait l'ascenseur. Machinalement, elle vérifia son brushing dans la glace.

Au sixième étage, la porte s'ouvrit sur la concierge. Mercedes eut une légère hésitation, qui n'échappa pas à l'œil exercé de Mme Chanterelle, puis sourit.

— Vous m'avez devancée, gloussa la vieille dame pour expliquer sa présence.

— Cinquième ? demanda poliment Mercedes.

— Non, non, j'en viens.

Mercedes enfonça la touche du rez-de-chaussée. Tandis que la cabine s'ébranlait, Mme Chanterelle constata qu'un bouton de col manquait sur la robe de la concierge. Celle-ci en ôta délicatement le fil, puis regarda l'ombre des étages glisser devant la vitre de la porte. Mme Chanterelle continua discrètement son inspection. La coiffure de la concierge semblait faite à la hâte, les mèches de ses cheveux folâtraient sur son col. La vieille dame renifla, ce qui chez elle était le signe évident d'un début de réflexion. *On dirait qu'elle s'est habillée rapidement*, songea-t-elle. *Rhabillée ?* fut l'association qui lui vint immédiatement à l'esprit. Mme Chanterelle fit le lien avec l'hésitation qu'avait eue la concierge en la découvrant derrière la porte. Continuant sur sa lancée, elle explora la situation, rassemblant les indices. *Le sixième, c'est Goldweiser !* Mme Chanterelle eut toutes les peines du monde à contenir son excitation. *Elle vient de chez le peintre !*

Elle scruta le profil de la concierge dont le regard demeurait perdu à l'intérieur d'elle-même. Ces grands yeux en amande que les fins sourcils étiraient davantage vers les tempes, ce nez délicat, cette bouche admirablement ourlée, tout dénotait une nature voluptueuse, animale. Et ce corps, mon Dieu ! ce corps fait de courbes harmonieuses et pleines, qui rayonnait d'une chaude vitalité ! Plus Mme Chanterelle la détaillait, plus il lui semblait que se rabougrissait sa propre carcasse. Jamais, même dans sa jeunesse, elle n'avait été belle. M. Chanterelle la trouvait piquante, au temps de sa vigueur il lui en avait maintes fois donné la preuve, mais elle n'avait qu'une séduction limitée. Avec l'âge, son peu de charme avait fondu et sa silhouette était à présent osseuse. Elle n'était plus qu'une petite musaraigne d'immeuble que la prévoyance de son défunt époux avait mise à l'abri, lui offrant une existence paisible qu'elle finissait de croquer dans une douillette opulence. Seule, sans enfant, elle n'avait plus pour s'occuper que l'étude de ses congénères et scrutait leurs habitudes d'un œil impitoyable.

Le peintre et la concierge ? C'était à peine une question qui lui traversait soudain le cerveau. Son sens de l'observation venait de lui apporter sur un plateau les détails d'une affaire qu'elle résolvait déjà, ne pouvant s'empêcher d'associer de sombres turpitudes au statut d'artiste. Le courrier était distribué le matin, le ménage avait été fait, alors quelle raison pouvait amener la concierge au sixième étage en fin d'après-midi ? *Le sexe, bien sûr !* songea Mme Chanterelle. Elle ne pouvait détacher les yeux du bouton manquant sur le col de la robe. Et les mèches folles qui encadraient le visage de la jeune femme disaient assez la gymnastique à laquelle elle venait sans doute de se livrer dans l'atelier.

Mme Chanterelle renifla de plus belle. Se faisant, elle inspira une bouffée du savon au miel qui imprégnait la peau de la concierge. Un parfum qu'elle associa aussitôt à une sensualité débordante. Rien à voir avec la discrète senteur de jasmin dont elle se vaporisait elle-même. Celle d'une dame honorable dont l'excellente réputation s'accordait au standing de l'immeuble. Elle scruta le profil marmoréen de la concierge d'un œil aigu, cherchant à retrouver le trouble qu'elle y avait décelé lorsqu'elle était tombée nez à nez avec elle. *Elle ne s'attendait certainement pas à me trouver là*, se dit-elle avec aigreur. *Seule la culpabilité peut expliquer sa surprise. Une conscience tranquille n'a jamais rien à redouter*, conclut-elle aussitôt.

La cabine heurta les butoirs et Mercedes poussa la porte, la tenant ouverte devant la vieille dame.

— Merci bien, lança celle-ci d'une voix flûtée en trottinant vers le porche.

En sortant dans le soleil mourant dont les rayons réchauffaient encore ses artères, elle songea avec gourmandise qu'elle venait de dénicher une affaire à éclaircir qui lui procurerait certainement de quoi révolutionner les cancans habituels. Elle regretta de s'être déjà fait couper les cheveux au salon de coiffure Jean Louis David dont elle était une fidèle cliente. Il faudrait attendre le mois prochain pour y colporter sa nouvelle. Au moins allait-elle avoir un excellent sujet de discussion pour accompagner le thé chez son amie Édith.

*

Nue, allongée sur une méridienne d'un rouge bordeaux qui faisait un écrin à la pâleur de sa peau, Louise observait les mouvements de la main d'Ezra. Le fusain crissait contre le papier gros grain. Le peintre soupirait de temps à autre, comme s'il devait fournir un effort physique intense pour la dessiner. Elle ne pouvait s'empêcher d'y voir une réminiscence de sa respiration lorsqu'il la besognait. Pourtant, l'énergie dépensée ici lui coûtait davantage, ses expirations semblaient plus lourdes, plus difficiles. Par moments, elle apercevait le haut de son front. Le pli profond qui se creusait entre ses sourcils révélait la concentration dont il faisait preuve.

Elle soupira à son tour. Elle était là depuis une heure et commençait à s'ennuyer. À peine s'était-elle dévêtue, tout à l'heure, qu'il s'était installé devant son chevalet. Il lui jetait de temps à autre un coup d'œil, mais elle ignorait si c'était pour la surveiller ou vérifier sa pose. Il semblait plus préoccupé par son travail que par elle.

Un comble !

La plupart de ses clients réguliers ne tardaient pas à se mettre en train dès qu'elle était nue. En général, elle se retrouvait sur le dos ou à quatre pattes, suivant leur humeur, souvent à genoux face à eux, les aidant à faire glisser leur pantalon et leur sous-vêtement jusqu'à leurs chevilles. Elle devait rapidement dérouler le préservatif pour être certaine de se protéger. Elle était devenue une experte dans l'art d'enfiler la membrane caoutchouteuse, les surprenant par son extrême dextérité.

Mais pas ce soir. Elle devait se contenter de regarder le peintre travailler, attendant qu'il se décide à la rejoindre. Le temps passait et elle commençait sérieusement à douter qu'il vienne sur la méridienne. Elle bâilla et s'étira. Ezra ne remarqua même pas qu'elle bougeait et quittait la pose. Elle promena une main lasse sur ses seins et son nombril, se gratta la cuisse. Dans quelques minutes, elle finirait par s'endormir tout à fait s'il ne se décidait pas. Elle appuya la tête sur l'accoudoir et ferma les yeux. Après tout, du moment qu'il payait, le client était roi. Elle était à sa disposition pour se plier à ses désirs. Ne rien faire était encore le moins fatigant et, s'il ne voulait qu'une vague compagnie, elle n'avait pas l'intention de l'en dissuader. Elle était toujours mieux ici qu'à arpenter les contre-allées de l'avenue Foch en guettant le chaland. Certains jours, ses pieds la faisaient horriblement souffrir. Les hauts talons allongeaient peut-être ses jambes, mais ils martyrisaient sa voûte plantaire et provoquaient des tensions jusque dans son dos. Dès qu'elle ôtait ses chaussures, les premiers pas à plat étiraient son tendon d'Achille et le simple fait de se déplacer vers la salle de bains lui arrachait des plaintes. Finalement, elle était aussi bien couchée ici. Sa nudité ne la gênait pas, elle était accoutumée à se montrer dans le plus simple appareil devant des inconnus.

Depuis un an qu'elle venait chez le peintre, elle avait eu le temps de réfléchir et de l'observer. Elle avait rapidement compris que le sexe n'était pas sa motivation première. Certes, il la prenait régulièrement, en cela ses habitudes ne différaient pas de celles des autres. Les clients avaient tous des désirs analogues : devant, derrière, dans la bouche. Leur imagination était assez limitée, finalement. Même les pervers, qui aimaient échafauder des histoires tordues, ne la surprenaient plus. Quand on avait exécuté un scénario, on les avait tous joués. Elle devenait tour à tour une infirmière, une secrétaire, une adolescente, parfois leur mère ou leur femme, utilisait des accessoires, débitait ses répliques sur un ton précis, mais, au fond, c'était un simulacre identique : un rapport de pouvoir sans lequel ils ne pouvaient avoir d'érection. Lorsqu'on avait compris ça, tout était plus simple.

Mais avec le peintre, c'était autre chose. Louise ne sentait aucune domination refoulée, aucune faiblesse avouée. Surtout : le sexe n'était pas primordial. Depuis le début d'ailleurs, elle prenait la pose et il la dessinait réellement. Elle avait vu ses études, il en avait tout un stock rangé dans de grands cartons numérotés. Il avait du talent. Elle n'y connaissait pas grand-chose, évidemment, mais son travail la touchait. Elle constatait qu'il pouvait rendre les différentes postures, donner la texture de la chair, souligner l'abandon ou la tension des muscles. Et puis chaque esquisse traduisait un sentiment. Cela l'avait surprise. Elle s'était contemplée et, pour la première fois depuis longtemps, sa propre nudité l'avait émue. Elle était demeurée muette d'abord, comme face à une inconnue qui vous évoque quelqu'un. Puis elle avait compris qu'il s'agissait d'elle, transformée par le regard du peintre. Il avait capté la provocation dans ses yeux et la façon qu'elle avait d'abandonner l'une de ses jambes à moitié repliée sur le bord du coussin, ouverte avec une insolence languide. Comme pour mettre l'homme au défi de céder à son désir. Elle avait été surprise qu'il ait vu cela, elle l'avait cru trop occupé par sa propre obsession. Cela l'avait remuée et elle avait commencé à le considérer autrement.

Lorsqu'elle était rentrée chez elle au petit jour, elle n'avait pu dormir immédiatement. Elle avait pris un bain, comme elle le faisait chaque fois avant d'aller se coucher, mais quelque chose avait bougé en elle. Elle avait paressé, rajoutant de l'eau chaude par intermittence, fumant cigarette sur cigarette, puis elle s'était enveloppée d'une grande serviette et s'était préparé du café en écoutant les oiseaux s'éveiller. Elle l'avait bu lentement sur son petit balcon, en regardant les premiers travailleurs quitter leur maison d'un pas encore incertain. Et elle songeait au peintre qui, là-bas, dans l'un des plus riches quartiers de Paris, s'acharnait sur ses esquisses.

Ce soir, en arrivant, elle lui avait demandé s'il voulait bien lui donner l'un des dessins qu'il avait faits d'elle. Il l'avait regardée un instant, puis avec un haussement d'épaules lui avait désigné le carton ouvert sur la grande table.

— Sers-toi, avait-il dit d'un air las avant de se remettre au travail.

Elle s'était approchée et avait feuilleté les études, faisant défiler les souvenirs des nombreuses nuits qu'elle avait passées chez lui. Elle s'y contemplait, plus ou moins fatiguée au hasard des saisons, détaillant les stigmates que laissaient les clients sur sa chair comme autant de traces de l'usure que lui infligeait sa vie. Elle constata combien elle avait changé et elle eut peur. L'œil du peintre ne l'avait pas épargnée et elle put mesurer la vitesse à laquelle son corps allait se dégrader dans les années qui suivraient.

Les dates au bas des feuilles lui servaient de repères. Elle se revoyait en décembre, lors de la vague de froid, peu après que la fièvre l'eut clouée au lit pendant plusieurs jours. Elle avait encore les yeux brillants quand elle était retournée chez le peintre. Puis en janvier, la mélancolie de ses traits disait assez le peu d'espoir qu'elle mettait dans la nouvelle année. En février, elle avait commencé à grossir et, en mars, ses fesses et ses cuisses le montraient assez. L'hiver, elle mangeait davantage, des nourritures roboratives constituées de viandes en sauce. Durant le mois d'avril, elle avait beaucoup travaillé et son visage se creusait tandis que son corps s'affaissait. Un pli amer déformait sa bouche et se voyait toujours en mai et en juin. La peau relâchée de son ventre racontait la perte de poids de l'été, quand elle avait tenté de se reprendre en main en suivant un régime. Elle n'était pas revenue avant octobre. Elle avait un peu voyagé avec un régulier qui l'avait emmenée en camping-car à La Baule. L'homme se savait atteint d'un cancer du pancréas et avait voulu vivre avec elle une dernière période d'insouciance. Il était mort quelques mois plus tard. Elle était allée à son enterrement, car il était l'un de ses premiers clients. C'était un veuf sans histoire, aux désirs calmes et conventionnels, qui ne laissait derrière lui personne pour le pleurer. Elle avait recueilli son chat, un gros animal roux baptisé Burgrave. L'une des études d'Ezra montrait la griffure qui déparait la main gauche de Louise. Lorsqu'elle avait voulu le faire entrer dans une caisse de transport, le chat avait pris peur. Une fois chez elle, il était resté prostré sous le buffet pendant trois jours.

Louise avait choisi la première étude, celle où elle se jugeait la plus fraîche. Elle avait dans les yeux une excitation trouble et sa pose était équivoque, mais elle dégageait de l'énergie et une certaine gaieté imprégnait son visage. Et puis elle aimait le sourire qu'elle envoyait au peintre, elle le trouvait spontané.

Pendant qu'elle fouillait, Ezra avait repris son travail et ne s'occupait plus d'elle. Louise s'était penchée et avait saisi le second carton, celui qui était appuyé contre les pieds de la table. Elle l'avait ouvert sans bruit.

Ce fut là qu'elle découvrit Mercedes.

Les études réalisées par Ezra la première année respectaient l'interdiction de la concierge. Il n'avait fait que dessiner son corps, laissant la tête inachevée, ne traçant qu'une forme approximative du visage sans en approfondir les traits. Elle crut d'abord qu'il s'agissait d'esquisses exécutées d'après un tableau réputé, car la grande beauté du modèle faisait écho à de vagues réminiscences de la peinture classique. Les connaissances de Louise en la matière n'étaient rien moins que fragmentaires, aussi associa-t-elle les différentes poses de Mercedes à la noble délicatesse de certaines toiles illustres et reproduites à l'envi dans les publicités. Il y avait dans ses postures une élégance naturelle, une tenue jusque dans l'abandon qui rappelait celle de nus légendaires.

Au cours de la deuxième année, constatant que Mercedes ne regardait presque jamais son travail, Ezra s'était enhardi. Il avait commencé à marquer un peu plus ses yeux ou ses pommettes, à détailler par petites touches légères son nez ou sa bouche. Louise vit donc un visage émerger peu à peu du flou brouillonné des débuts. Il surgit au fur et à mesure des pages, se précisant, s'affinant jusqu'à se révéler enfin. Elle fut subjuguée.

Tout en parcourant les feuilles, elle ne pouvait s'empêcher de noter la perfection physique du modèle et la beauté de ses traits. C'était une jeune femme en qui subsistait quelque chose de l'enfance, une pureté farouche qui sautait aux yeux de Louise, habituée à jauger ses rivales. Le visage affichait une réserve sérieuse, un calme volontaire, une certaine rigueur, aussi. Pour la prostituée, il devint évident que la femme qu'elle contemplait avait un aspect virginal démenti par son âge. Elle lui donnait à peine trente ans, mais son regard conservait la clarté anachronique de l'adolescence. Elle semblait encore sauvage.

Arrivant dans la nuit et repartant avant l'aube, Louise n'avait jamais croisé Mercedes. Elle n'osa pas interroger le peintre. Elle referma le carton, le remit en place discrètement, puis, tenant l'esquisse qu'elle avait choisie, s'approcha d'Ezra.

— Je peux prendre celui-là ? demanda-t-elle.

Il avait cessé de dessiner pour regarder la feuille.

— Si tu veux.

Et il était revenu à son travail.

Elle le considéra un instant. Il était près de deux heures. Il avait allumé un halogène au-dessus du chevalet et ne semblait pas s'apercevoir du temps qui s'écoulait, ni se rappeler pourquoi il l'avait retenue. Louise sourit et roula soigneusement le dessin qu'elle attacha avec l'un de ses élastiques à cheveux, puis l'enveloppa dans un foulard et le plaça à côté de ses affaires.

La grande baie vitrée était occultée par un rideau que le peintre tirait toujours lorsqu'elle venait. Louise regrettait de ne pouvoir profiter de la perspective qu'offraient les hauteurs de Passy. Elle ne connaissait que la pièce principale de l'appartement en duplex. Un escalier de bois menait à une mezzanine qui surplombait le salon et desservait certainement les chambres et la salle de bains. Elle n'était jamais montée à l'étage. Il y avait suffisamment de sofas pour s'étendre en bas, car la partie réservée à l'atelier ne représentait qu'un tiers de l'espace, séparé du reste par deux portes coulissantes qui s'ouvraient et se fermaient à volonté.

Voyant que le peintre la négligeait, Louise se promena parmi les meubles qui composaient le salon. Des buffets ventrus, une haute bibliothèque à colonnades, une longue table de campagne, des chaises à dossiers rembourrés, toute une collection glanée chez les antiquaires dont le bois noirci, massif, évoquait la pérennité séculaire. Plusieurs livres d'art étaient sortis, elle les feuilleta : Gauguin, Matisse, les impressionnistes, le fauvisme, la Renaissance italienne, Goya. Une histoire de la peinture qui lui était étrangère, mais dont, parfois, une image lui semblait vaguement familière sans qu'elle puisse en donner la provenance.

Plus tard, comme Ezra bâillait et s'étirait, il aperçut la méridienne délaissée et chercha Louise autour de lui. Il la trouva assise à la table, tournant les pages d'un livre. En s'approchant d'elle, il vit qu'elle admirait des reproductions de Degas. Il s'arrêta, ému par l'image studieuse qu'elle renvoyait. Elle se tenait très droite, accentuant la cambrure de ses reins, le visage incliné, les mains posées à plat sur le bois. Cette fille nue, dont les seins opulents caressaient presque la page, absorbée dans la contemplation de la *Chanteuse au gant*, fut une vision charmante. Jamais il n'aurait eu l'idée d'associer Louise à une telle composition, et pourtant il fut saisi par le tableau qu'elle lui offrait malgré elle. Il l'observa en silence un long moment et elle dut le sentir, car elle tourna brusquement la tête vers lui.

— Tu as envie ? demanda-t-elle avec une expression où la soumission le disputait à l'ennui.

Il comprit qu'il la dérangeait. Les yeux de Louise conservaient encore l'émerveillement qu'avait provoqué Degas. Et soudain, il fut ému. Pour la première fois depuis un an, il la regarda vraiment et son cœur se serra. Il ne se sentait plus la force de la priver de sa découverte.

— Non, murmura-t-il en posant la main sur sa nuque.

Il se pencha lui aussi sur le livre, s'abîmant avec elle dans la contemplation des reproductions. Sa paume glissa sur l'épaule de Louise, il la pressait doucement contre lui, la berçant contre sa hanche avec un affectueux respect. Elle sentit qu'il voulait partager son émoi et elle s'abandonna avec confiance. Ses yeux revinrent au tableau de la *Chanteuse*. Elle admira le noir profond du gant, la lueur de la rampe qui frappait la bouche ouverte de la femme d'un éclat blafard, laissant ses paupières baissées dans l'ombre, son corsage et sa manche soulignés de fourrure, la rose qui tranchait sur ses cheveux blonds. Plus elle la regardait, plus grandissait sa fascination. Elle commençait à appréhender la maîtrise du peintre, sa science du détail, la délicatesse de ses effets.

Ils restèrent ainsi un long moment, tournant les pages, faisant défiler les œuvres : *Femme au tub*, *Les Blanchisseuses*, *Mélancolie*, *La Famille Bellelli*. Ils étaient silencieux, voyageant dans l'évocation d'un XIXe siècle où chantaient les pastels et les huiles. Puis, comme sonnaient trois heures, Louise frissonna.

— Tu devrais t'habiller, dit Ezra.

Louise hocha la tête. Comprenant qu'il avait perdu toute envie d'elle, elle se leva pour aller prendre ses affaires. Comme d'habitude, il avait placé les quelques billets pliés qui payaient ses services à côté de son sac. Lorsqu'elle fut prête, Louise eut une hésitation, puis elle songea que malgré tout elle avait posé pour lui et empocha l'argent.

Lui ne s'occupait plus d'elle. Penché sur le livre, il continuait d'en feuilleter les pages. Il s'arrêta sur le portrait d'*Emma Dobigny*, détaillant le profil d'une jeune femme rêveuse en robe bleue. Emma était un modèle célèbre de l'époque ayant posé pour Chavannes, Corot et Tissot, avant de mourir, oubliée, à soixante-quatorze ans.

Louise attendait, son dessin protégé par le foulard à la main. Elle regardait le carton qui contenait les études de Mercedes rangé sous la table. Elle aurait voulu interroger Ezra pour savoir qui elle était. Elle se doutait que ce n'était pas une prostituée, la jeune femme n'avait rien de commun avec elle et ce qu'elle exprimait disait assez qu'elle ne menait pas ce genre de vie. Elle se demanda s'il s'agissait d'un modèle professionnel ou d'une connaissance du peintre.

— J'y vais, lança Louise en marchant vers la porte.

Mais Ezra ne l'entendait pas. Plongé dans la contemplation du Degas, il semblait s'être évadé de son atelier, voyageant dans le temps, revisitant l'impressionnisme d'un XIXe siècle à jamais disparu. La main sur la poignée, Louise regardait son dos courbé au-dessus du livre et sa tignasse brune ébouriffée. Elle reporta son attention sur le chevalet qu'entourait un désordre de fusains et de papier, la table maculée de peinture sur laquelle s'amoncelaient pêle-mêle les pinceaux, les brosses, les tubes, la palette souillée, les couteaux, l'essence de térébenthine et les chiffons. Sous la lumière éclatante de l'halogène, l'atelier avait l'aspect d'un chantier. Louise se demanda si Ezra allait poursuivre son étude ou tenter de dormir. Elle le savait insomniaque, mais pourtant incapable de paresser au lit le matin.

Elle vit qu'il était déjà trois heures vingt et la fatigue s'abattit sur elle tout à coup. Elle allait devoir descendre la rue de la Tour jusqu'à la station de taxis pour rentrer chez elle. Elle vivait au sud de Paris, dans un petit immeuble au cœur de la Butte-aux-Cailles, un quartier affectionné par les retraités, les employés de bureau et les étudiants dont les moyens restaient modestes. Au début, elle avait été heureuse de trouver un logement là-bas. C'était une façade de respectabilité éloignée de son lieu de travail sur l'avenue Foch. Chaque fois qu'elle y retournait, elle avait l'impression de s'absoudre de sa vie nocturne. Elle y menait en apparence l'existence d'une jeune femme sage et rangée. Elle aimait y oublier sa pratique et cette double vie bien agencée l'avait jusqu'à présent satisfaite. Mais depuis quelque temps, la fréquentation du peintre lui avait ouvert un horizon insoupçonné. Elle voyait s'écouler les années et, n'ayant aucun projet, elle commençait à s'inquiéter. Que ferait-elle lorsqu'elle serait trop vieille pour racoler ? Elle enviait cet homme que la passion de son art emplissait et dont l'énergie la fascinait.

La vaste pièce lui apparaissait comme une cathédrale chaleureuse où s'épanouissait la créativité. Un vaisseau toujours en mouvement protégé du monde extérieur par une coque solide, un lieu magique que nimbait une lumière abondante et féerique. La main sur la poignée, Louise ne se décidait pas à partir. Il lui semblait que dehors la tristesse et le froid l'attendaient. Demain, elle devrait encore s'étendre sous des corps étrangers, subir des assauts. Et l'argent, tout à coup, devint négligeable. Elle ouvrit la porte.

— Il est tard, tu ne veux pas rester ?

Louise se figea. Le palier était dans la pénombre, l'immeuble entier était plongé dans un profond sommeil. Elle se retourna vers le peintre. Il avait abandonné le livre sur la table et la regardait. Les traits tirés, il semblait épuisé.

— Pourquoi pas, s'entendit-elle répondre.

Et elle réalisa qu'elle n'avait aucune envie de rentrer chez elle.

4

La porte de la loge était grande ouverte. Hugo, le facteur, était en train de déposer le courrier de l'immeuble sur le comptoir. Il prenait son temps afin de n'oublier personne, vérifiant les adresses sur les enveloppes. S'il travaillait aussi lentement, ce n'était pas seulement par conscience professionnelle, mais aussi pour profiter de Mercedes. La splendide concierge du 108, rue de la Tour était le point culminant de ses matinées. Hugo bénissait le ciel qui lui offrait chaque jour l'occasion de la voir, car il y avait toujours du courrier pour l'immeuble.

Mercedes attendait patiemment à ses côtés, classant les lettres par étages afin de gagner du temps lorsqu'elle monterait les distribuer. Pendant ce temps, le facteur inspirait par le nez pour se pénétrer du parfum de la jeune femme : une senteur de miel qui le ravissait. Parfois, il parvenait à échanger quelques phrases avec elle, se délectant de son accent hispanique qu'il jugeait excitant au plus haut point. Ses *r* roulaient légèrement sous sa glotte, ses *s* avaient un petit sifflement humide. L'écouter parler lui donnait des frissons. Il aurait voulu s'attarder un peu plus, mais il ne trouvait pas de raison plausible pour le faire. Sans être revêche, la concierge savait se montrer distante et, bien qu'elle répondît aimablement à ses questions, elle n'entretenait pas la conversation, ce qui le mettait au supplice. Il dépensait des trésors d'ingéniosité pour tenter de cerner les sujets qui auraient pu l'intéresser. En désespoir de cause, il demandait des nouvelles d'Iberio, car il avait compris que son fils était tout pour elle.

— Il va bien, dit Mercedes d'un air vague.

— Et qu'est-ce qu'il fera après son bac ?

— Il se cherche encore, comme tous les garçons, fit-elle en haussant les épaules.

— Bien sûr, bien sûr, murmura Hugo, dont le cerveau tournait désespérément à vide, ne trouvant rien à quoi s'accrocher.

Il aurait aimé qu'elle l'interroge elle aussi sur ses enfants afin de pouvoir établir une relation de connivence parentale, mais la concierge le fixait de son beau regard tranquille.

— Il y a encore autre chose, aujourd'hui ? finit-elle par demander, car elle le voyait s'attarder.

— Non, c'est tout, dit-il avec une gaieté forcée tout en fermant le rabat de sa sacoche.

— Alors, à demain, Hugo, dit-elle.

— Oui, c'est ça, à demain, madame Montalvo.

Et il rejoignit lentement son vélo qu'il avait garé sous le porche, musardant, fouillant inutilement ses poches. À cet instant, la porte de l'ascenseur s'ouvrit et Louise sortit de la cabine. Mercedes se retourna et Hugo suspendit son geste. La concierge n'avait jamais vu la jeune femme au visage fin qui s'approchait, mais elle devina immédiatement son métier, tout comme Hugo qui avait empoigné machinalement le guidon de sa bicyclette et demeurait la mâchoire pendante. Le chemisier largement échancré qui comprimait la forte poitrine de Louise, sa jupe trop courte, ses hauts talons et le trait épais de mascara qui ourlait encore ses yeux disaient assez qu'elle travaillait surtout la nuit, et Mercedes se demanda quel locataire faisait appel à ses services. Elle n'en voyait que trois, car les autres étaient ou trop âgés, ou affligés d'épouses qui ne s'absentaient jamais. Le docteur Ménard lui semblait le candidat idéal. Sa femme l'avait récemment quitté en apprenant, disait-on, qu'il la trompait avec des professionnelles. Mais M. Salez, qui avait toujours été vieux garçon, et Ezra, célibataire endurci et libre penseur, auraient pu également rechercher ce genre de fille.

Louise se figea en découvrant la concierge devant elle. Elle serra instinctivement le dessin du peintre contre son cœur. Le soleil qui éclaboussait la loge faisait ressortir le teint hâlé de Mercedes. La noirceur de ses cheveux tranchait sur les murs blancs et, bien qu'elle ne portât qu'une simple robe de coton bleu sagement boutonnée, la ligne de son corps évoquait des formes harmonieuses qui ne pouvaient s'ignorer. Louise reconnut immédiatement le modèle du peintre et ne put s'empêcher de constater qu'elle était encore plus belle au naturel. Elle resta sans voix, la fixant avec un peu trop d'intérêt. Mercedes soutint calmement le regard de cette inconnue, anachronique à cette heure du jour dans un immeuble de standing, et dont le visage reflétait une préoccupation inhabituelle.

— Je peux vous aider, mademoiselle ? demanda-t-elle.

Louise parut ne pas entendre la question. Elle demeura sans réaction, puis, soudain, réalisa l'inconvenance de son attitude.

— Non, je vous remercie, murmura-t-elle, sortant brusquement de sa léthargie, je pensais à autre chose.

Et elle marcha vers la lourde porte cochère.

— Bonne journée, dit la concierge.

— Oui, à vous aussi, répondit Louise précipitamment avant de s'élancer dans la rue.

La poitrine de la jeune femme tressautait tandis qu'elle martelait le trottoir de ses talons. Mercedes émit un soupir en surprenant le regard concupiscent du facteur qui la suivait des yeux, tentant d'enfourcher maladroitement son vélo. *Les hommes et le sexe, c'est toujours un problème*, pensa-t-elle. Puis elle ramassa le courrier sur le comptoir et s'engagea dans l'escalier.

*

Habituellement, Ezra évitait de partager son lit. Il avait toujours eu du mal à s'abandonner auprès de quelqu'un. En dehors de l'amour, la chair des autres gênait son intimité. Le sommeil était un moment de fragilité extrême durant lequel il lui était nécessaire de demeurer seul pour se reconstruire, purger son esprit et s'apaiser.

Pourtant, cette nuit, il avait trouvé le repos au côté de Louise.

Il était déconcerté. Cette fille choisie dans la rue, avec laquelle il entretenait une liaison tarifée depuis un an, lui apportait une quiétude inattendue. Sa notoriété lui ayant assuré une aisance confortable, il n'avait aucun problème d'argent. Il n'avait d'ailleurs que peu de besoins en dehors de son matériel de peinture : quelques livres, une nourriture frugale, pas d'élégance vestimentaire particulière. Il ne possédait ni voiture ni résidence secondaire et menait une vie studieuse. Les quelques billets qu'il abandonnait à Louise pour ses prestations, si nombreuses et régulières soient-elles, ne représentaient qu'une portion congrue de son budget, à peine un pourboire. Il s'aperçut alors qu'il était en train d'oublier qu'il la payait et que cette relation était en passe de prendre l'apparence d'une liaison. Louise devenait alternativement un modèle ou une maîtresse compréhensive.

C'était un leurre pitoyable, car la proximité de Mercedes pesait toujours sur lui. Sa passion pour la sculpturale concierge ne faisait qu'empirer. Loin de s'éteindre grâce à Louise, son adoration le dévorait comme un feu couvant sous la cendre. *Anonyme* était son unique production depuis quatre ans. Il était incapable de penser à autre chose qu'au corps parfait dont il reproduisait jour après jour les détails. La série, qui devait former une toile de deux mètres sur trois une fois assemblée, l'obsédait. S'il commençait à en avoir une idée plus précise, la contrainte qu'il s'était imposée de morceler ce corps tout en faisant de chaque partie un tableau se suffisant à lui-même rendait la tâche ardue. Il ne cessait de changer ses perspectives, modifiant la pose d'ensemble, déplaçant continuellement son axe. Son univers s'était réduit à cette femme, son art devenait un haïku graphique.

Lors de son arrivée dans l'immeuble, cette mère célibataire l'avait ému. Même s'il avait été ébloui par son exceptionnelle beauté, ce qui l'avait avant tout marqué était le garçon de dix ans qui l'accompagnait et qui laissait supposer qu'elle l'avait eu vers l'âge de quinze ans. Car l'œil exercé du peintre avait su lire dans la peau élastique, la chair ferme, le teint mat dont les pores resserrés gardaient encore l'aspect satiné de la jeunesse.

Année après année, il l'avait observée dans son énergique célibat. L'absence du père avait fait ressortir le caractère farouchement indépendant de la concierge. Sa détermination forçait l'admiration et l'enfant grandissait dans un cadre presque rigide. Elle débordait d'amour pour son fils, mais ne lui passait rien. Ezra avait regardé croître cet enfant solitaire et intelligent, d'une excessive politesse avec les locataires. Avec le temps, il était devenu un adolescent réservé et sérieux. L'adoration qu'il avait pour sa mère se teintait d'une certaine crainte qui intriguait le peintre. Cela, et le fait que Mercedes n'avait aucune liaison. Qu'une jeune femme aussi désirable traverse un tel désert affectif le laissait pantois. C'était contre nature, incompréhensible. Le temps passait et Ezra supputait, échafaudait des théories.

La concierge quittait rarement son poste. Elle remplissait sa fonction avec rigueur et efficacité. L'immeuble était impeccablement tenu, le courrier était délivré avec ponctualité, les poubelles sorties régulièrement. Les différents services qu'elle rendait assuraient le confort et la tranquillité des habitants : elle recevait les livraisons, arrosait les plantes chez ceux qui s'absentaient, faisait le ménage et le repassage chez d'autres, renseignait les visiteurs. L'accueil était d'une propreté maniaque et le peintre supposait qu'il en allait de même pour l'appartement de fonction qui en dépendait. Derrière la loge séparative se trouvait un petit F3 qu'auraient envié beaucoup des concierges de Paris, cantonnés dans des pièces parfois insalubres. L'architecte, qui tenait à ce que rien ne dépare le standing de l'endroit, avait créé un espace de dimensions modestes, mais pourvu des mêmes commodités que le reste de la copropriété : deux chambres, un salon, une cuisine et une salle de bains.

Ezra avait regardé vivre Mercedes tout au long de ces années, sentant son cœur s'amollir, glissant subrepticement de l'intérêt vers la sympathie, puis vers l'attendrissement et l'affection. Finalement, il avait dû admettre que son attirance s'était muée en un attachement plus profond. Aujourd'hui, après sept ans d'une fréquentation qui n'avait pu aboutir qu'à faire poser Mercedes nue devant lui, il envisageait l'avenir avec pessimisme. Il ne voyait aucune échappatoire. Il soupira en regardant la ville qui s'étalait derrière la verrière. L'église Notre-Dame-de-l'Assomption qui s'élevait à l'horizon lui sembla tout à coup dérisoire : une coupole de pierre froide où ne résonnaient que d'inutiles prières.

La sonnette de l'entrée le tira de sa rêverie.

Mercedes se tenait sur le palier et, pendant un bref instant, Ezra, encore plongé dans ses pensées, fut submergé par une bouffée d'espoir. Mais la concierge n'apportait que le courrier.

Mercedes fut frappée par le regard triste du peintre. Cependant, outre le fait qu'elle gardait toujours un flegme à toute épreuve face aux locataires, elle n'avait aucune raison d'imaginer qu'elle pût en être la cause. Elle tendit ses lettres à Ezra et se préparait à redescendre lorsqu'il lui proposa de prendre un café avec lui.

— Si vous voulez, répondit-elle, plus intriguée qu'elle ne l'aurait cru par le visage défait qu'il présentait.

Le peintre, qui ne s'attendait pas à ce qu'elle accepte, fut agréablement surpris. Il se dirigea vers la cuisine où une pleine cafetière distillait son arôme puissant. Comme à son habitude, Mercedes entra en prenant garde de laisser la porte grande ouverte au cas où quelqu'un réclamerait sa présence. Depuis qu'elle posait pour lui, elle n'avait plus aucune raison de redouter les avances du peintre, qui se montrait courtois et très professionnel. Au reste, par le passé, il n'avait jamais éveillé sa méfiance. Elle avait bien remarqué l'intérêt qu'il lui portait et devinait qu'il la trouvait attirante, mais alors que bien des hommes se croyaient autorisés à tenter des manœuvres d'approche plus ou moins subtiles, lui ne s'était jamais départi d'une excessive politesse et d'une grande réserve. En sept ans, il avait fini par lui inspirer confiance et elle commençait à apprécier sa compagnie.

Mercedes posa son paquet de lettres sur la table et, en attendant le café, s'avança vers le chevalet qui trônait dans l'atelier. L'étude de Louise était encore en place. La concierge contempla un moment la jeune femme représentée nue, allongée sur la méridienne sur laquelle elle-même s'étendait si souvent. L'ennui était visible sur les traits du modèle dont la pose alanguie et les cuisses écartées révélaient le mont de Vénus avec une certaine provocation. Mercedes fut immédiatement sensible à l'indifférence que dégageait Louise. Elle eut la très nette impression qu'elle s'offrait, et le peintre avait parfaitement rendu son attente. Le corps avait une opulence un peu épaisse qui tranchait avec son visage aux joues creusées, au nez étroit et aux lèvres fines. Elle se fit la réflexion que la tête semblait avoir été transplantée sur ce corps voluptueux avec lequel elle était en contradiction. Cette opposition présentait un contraste piquant, une dualité intéressante et énigmatique à la fois. Plus Mercedes la contemplait, plus elle était marquée par l'idée saugrenue que le modèle souffrait du pouvoir attractif de son physique, le subissant comme une fatalité qu'elle s'était résolue à exploiter. Elle mit un certain temps à percevoir quelque chose de familier dans son visage, puis, d'un seul coup, elle se rappela la jeune femme qu'elle avait croisée un peu plus tôt dans le hall.

Vêtue, elle ne l'avait pas reconnue. Sa poitrine était maintenue par le corsage, ses hanches cachées par la jupe, mais ici, ses formes se répandaient avec impudence sur la méridienne. Pour la concierge, il était évident qu'il s'agissait d'une prostituée. Sa démarche, son maquillage, tout dénotait sa profession. Que le peintre l'utilise comme modèle était assez logique. Après tout, ce genre de femme se déshabillait facilement.

Mais usait-il aussi de ses compétences sexuelles ?

Ezra s'approcha avec le plateau qu'il déposa sur la table. Il s'aperçut que l'étude de Louise était encore sur le chevalet. D'habitude, il prenait soin de ranger son atelier quand il accueillait la concierge pour une séance, mais la nuit précédente il n'avait pas achevé son travail et, lorsqu'il avait invité Mercedes à entrer, il l'avait oublié. Pendant un instant, il se demanda s'il devait lui donner une explication. La pose de Louise était identique à celle qu'il avait fait prendre à Mercedes deux jours plus tôt, et il était probable qu'elle l'avait remarqué. Il préféra cependant garder le silence, attendant qu'elle aborde le sujet si elle en éprouvait le besoin.

La concierge affichait un air serein qu'il lui était difficile d'interpréter. Les bras croisés, la tête légèrement penchée, elle observait le dessin. Elle semblait réfléchir. Il versa le café et s'approcha d'elle pour lui tendre l'une des tasses.

— Merci, dit-elle en la prenant, avant de revenir à sa contemplation.

Elle demeura silencieuse un moment, pendant qu'il buvait à petites gorgées le breuvage chaud.

— Alors, c'est difficile, dit-elle tout à coup.

— Quoi donc ?

— Votre projet.

— Pourquoi dites-vous ça ?

Pendant un instant, il fut décontenancé.

— Parce que vous avez besoin de deux modèles pour le faire, conclut-elle brusquement.

Ezra éclata de rire. Mercedes le toisa d'un œil froid.

— Ne vous moquez pas de moi, je n'y connais rien.

— Loin de moi cette idée, dit-il aussitôt en comprenant qu'il l'avait vexée. Je trouve votre réflexion très…

— Très quoi ? demanda-t-elle, soupçonneuse.

— Eh bien, très logique, au fond.

— Ah oui ?

Elle abandonna la tasse sur la table et lui fit face, les mains sur les hanches. Il posa sa tasse à son tour et s'approcha d'elle, mais elle fit un pas en arrière pour l'éviter. Ezra battit en retraite.

— Pardon si je vous ai froissée, dit-il, mais vous avez raison. Je ne me rendais pas compte à quel point j'étais en difficulté. J'avais besoin de travailler avec quelqu'un d'autre pour voir les choses différemment.

Mercedes continuait de le regarder avec méfiance. Ses yeux noirs scrutaient son visage pour y chercher la trace du mensonge.

— J'ai été surpris que vous le remarquiez.

— Ça n'était pas bien compliqué, vous m'avez demandé la même pose.

— C'est vrai.

— Et puis j'ai croisé la jeune femme tout à l'heure.

— Ah bon ?

Ezra reprit sa tasse pour se donner une contenance. Louise était partie si tard qu'il était presque impossible qu'elle évite la concierge. Il but une gorgée de café pour dissimuler sa gêne. La tenue de travail de Louise était suffisamment équivoque pour que Mercedes en tire ses propres conclusions. Il imaginait déjà les cancans qui ne manqueraient pas de se propager si Mme Chanterelle l'avait aperçue. Il allait devoir demander à Louise de s'habiller autrement lorsqu'elle lui rendrait visite dorénavant.

Pour la première fois, le peintre se sentait nu devant Mercedes. Jusqu'ici, il avait réussi à garder secrètes les turpitudes de son désir ancillaire, mais soudain il ressentait le malaise d'un homme démasqué par sa femme. Il en concevait de la honte et cela le mettait en colère. Il n'était pas lié à Mercedes, n'avait aucun droit sur elle, de même qu'elle n'en avait aucun sur lui, pourtant, sa culpabilité lui montait aux joues. C'était comme si elle avait découvert les études pornographiques qu'il cachait dans sa chambre. Il réalisa brusquement que son avis lui importait.

Mercedes continuait d'observer le peintre. Son attitude l'intriguait. Il lui tournait le dos à présent, affectant de s'abîmer dans la contemplation de la vue splendide qu'offrait la verrière. *Les hommes et le sexe, c'est toujours un problème !* songea-t-elle pour la seconde fois de la journée, comprenant immédiatement qu'Ezra couchait avec son modèle. Elle but son café tranquillement, attendant qu'il lui dise quelque chose, mais, comme il restait silencieux, elle termina sa tasse et la posa sur le plateau.

— J'ai encore à faire, dit-elle, récupérant le courrier avant de se diriger vers la porte.

Elle s'arrêta sur le palier, traversée par un doute.

— Vous n'aurez peut-être plus besoin de moi, maintenant, lança-t-elle.

Ezra se retourna brusquement.

— Pourquoi ?

— Si la jeune femme revient poser, je veux dire.

— Mais pas du tout. Vous m'êtes nécessaire pour terminer mon travail !

Il avait montré plus de véhémence qu'il ne le souhaitait et se maudit intérieurement de son manque de sang-froid.

— Ah, bon !

Elle était étonnée par le ton de sa voix.

— Ne pensez pas cela, Mercedes, notre arrangement tient toujours, sauf si cela vous gêne…

— Non, non, pas de problème. Je me demandais, simplement. Je vous l'ai dit, je n'y connais rien.

— Revenez mardi après-midi, si vous pouvez.

Elle réfléchit un instant. M. Salez avait besoin d'elle pour son repassage, mais elle pourrait finir à temps.

— Je m'arrangerai. Vers quinze heures, ça ira ?

— Oui, lança Ezra, quand vous voudrez.

Mercedes hocha la tête et disparut dans le couloir, tirant la porte derrière elle. Elle descendait les marches menant au cinquième lorsque Mme Chanterelle entendit ses pas. La vieille dame revenait de ses courses matinales et elle se pencha furtivement pour observer la cage d'escalier. La main de la concierge glissait lentement sur la rampe tandis qu'elle lisait les adresses sur les enveloppes. *Elle était encore chez le peintre*, songea Mme Chanterelle, se réjouissant de l'intuition qui l'avait fait rentrer à cette heure.

Depuis leur rencontre dans l'ascenseur quelques semaines plus tôt, Mme Chanterelle exerçait une surveillance constante des allées et venues de la concierge. Elle n'était qu'à un étage du peintre. Son ouïe fine la maintenait en éveil et elle savait reconnaître le pas de chacun de ses voisins, identifier le bruit de leur porte, différencier jusqu'au cliquetis de leur clef dans la serrure. Au reste, si la plupart utilisaient l'ascenseur, seule la concierge empruntait l'escalier lorsqu'elle distribuait le courrier ou faisait le ménage. On pouvait donc toujours localiser l'étage où elle se trouvait.

Mme Chanterelle rentra silencieusement chez elle et demeura en faction derrière le judas optique. Mercedes frappait à présent chez le juge Baer, son voisin de palier, retiré depuis quinze ans de la magistrature, mais dont le prestige rejaillissait encore sur toute la maison. Un important courrier lui était adressé. Avec les nombreuses lettres, il y avait aussi plusieurs revues auxquelles il était abonné et son quotidien, *Le Monde*, un journal sérieux que feu M. Chanterelle avait longtemps lu, mais qu'elle-même trouvait assommant. Elle lui préférait *Gala*, une publication plus gaie et beaucoup plus croustillante. On y apprenait qui fréquentait qui dans le gotha, ce qui alimentait les conversations avec Agathe, la coiffeuse de chez Jean Louis David.

La voix de basse profonde du juge Baer résonna soudain dans l'escalier. Le vieux magistrat étant un peu sourd, il parlait toujours trop fort. Mme Chanterelle l'entendit complimenter Mercedes, comme il le faisait chaque fois, sur « la merveilleuse fraîcheur de son opulente beauté ». S'il n'avait été si honorable, Mme Chanterelle aurait sans aucun doute suspecté de coupables envies, mais, depuis sept ans, elle était habituée à ses adjectifs colorés ; il trouvait chaque jour des métaphores alambiquées et, en son for intérieur, Mme Chanterelle ne pouvait s'empêcher d'admirer ses manières de vieux gandin et sa galanterie « vieille France ». On disait qu'en son temps le juge avait collectionné les conquêtes jusque dans les coulisses du Théâtre-Français. Célibataire endurci, il était venu couler les jours heureux d'une retraite dorée dans un somptueux appartement de trois cents mètres carrés, après avoir vendu son hôtel particulier de l'avenue Montaigne, dont il s'était lassé.

— Ma chère, même vêtue de haillons, vous seriez capable de réveiller les sens d'un barbon tel que moi ! lança le juge à la concierge.

— *Silencio !* Si vous continuez, je finirai par vous envoyer Iberio, répondit la voix moelleuse et chantante de Mercedes.

— Pitié, non ! Vous êtes la seule à me faire quitter mon fauteuil ! s'exclama le vieux séducteur.

Mme Chanterelle étouffa un rire nerveux en pensant que ses pieds étaient l'unique partie de son corps que le magistrat de quatre-vingt-huit ans pouvait encore lever. Déjà, la porte claquait. Mme Chanterelle retint son souffle. Les marches de l'escalier grincèrent et elle entendit presque aussitôt frapper chez les Rollin, au quatrième gauche. À cette heure, Mme Rollin faisait son ménage et l'on percevait le bruit de l'aspirateur par la fenêtre ouverte sur la cour. C'était tout ce qui parvenait de l'appartement où ce couple tranquille et sans histoire vivait au rythme immuable du soleil : se couchant et se levant tôt, partant dès les beaux jours à Yverdon-les-Bains pour y faire une cure thermale. Les anciens chocolatiers de la rue Mouffetard menaient une vie agréable après avoir laissé à leurs enfants la gestion de leur florissant commerce.

La porte resta close après que la concierge eut frappé. L'aspirateur empêchait qu'on l'entende. Mme Chanterelle sortit et s'avança sur le palier. Mercedes toqua chez les Sandoval, au quatrième droite. *Inutile,* pensa la vieille dame, *ils sont déjà partis travailler !* Mais elle connaissait la délicatesse de Mercedes qui signalait toujours sa présence avant de glisser le courrier sous la porte.

Elle vit la robe bleue de la concierge fouetter ses jolis mollets tandis qu'elle s'éloignait vers l'appartement de M. Salez, au troisième droite. Quelques coups brefs contre le bois et le chuintement des enveloppes passant sous l'huis furent les dernières choses qu'elle perçut. Mercedes distribua rapidement le courrier du troisième gauche, chez les Dompierre, puis s'élança vers le deuxième et disparut tout à fait. Mme Chanterelle se pencha par-dessus la rampe, cherchant à deviner ce qui se disait plus bas. Deux portes claquèrent encore, des voix murmurèrent – la concierge devait être maintenant chez le docteur Ménard –, puis ce fut le silence.

5

Iberio n'était pas certain de ce qu'il voulait faire. De guerre lasse, il s'était inscrit en faculté de droit peu avant les épreuves du bac, poussé par Mercedes qui depuis un an ne le lâchait pas, l'exhortant à choisir cette voie. Dans l'un de ses magazines, elle était tombée sur un reportage relatant la carrière de Jacques Vergès. Sur la photo, l'avocat fumait un gros cigare cubain assis derrière son bureau. Son luxueux appartement de la rue de Vintimille, décoré de tapisseries et de meubles du XVIIe et du XVIIIe siècle, avait achevé de la convaincre. C'était la voie que devait emprunter son fils. Elle avait découpé l'article et s'était empressée de lui en faire la lecture.

— C'est de ça que tu rêves ? Me voir défendre Klaus Barbie ? lui avait-il demandé.

— Quel Barbie ? *Burrito !* Tu choisiras qui tu veux défendre, mais regarde au moins la carrière de cet homme !

Il avait soupiré. Il ne servait à rien de discuter avec Mercedes quand elle avait une idée en tête. Cependant, même si depuis il avait brillamment obtenu son diplôme, son avenir lui semblait toujours obscur.

Il se sentait seul, sans mentor pour le conseiller. Sa famille se réduisant à sa mère, il n'avait aucun exemple de réussite autour de lui. Les Montalvo étaient sans appui, sans autre passé que le voyage qu'ils avaient effectué ensemble depuis l'Espagne et dont Mercedes n'avait raconté que le périple après la frontière. Iberio ignorait ce qui était arrivé avant.

— Il ne reste plus que nous deux, *querido*, avait sobrement résumé Mercedes.

— Comment ça ? avait-il demandé.

— Ton grand-père s'est noyé d'abord, ensuite ta grand-mère est morte en couches et le bébé n'a pas survécu. J'étais seule, alors j'ai décidé de quitter l'Espagne avec toi. Tu étais mon unique bagage, *amado mío*.

À ce point de la conversation, l'inévitable question revenait toujours sur les lèvres d'Iberio. Son père était l'autre partie de sa famille et, même s'il était décédé, il devait avoir des parents, des frères, des sœurs peut-être, qui le reliaient à eux.

— Personne, je te l'ai dit. Nous sommes les derniers Montalvo de la Meseta.

Le silence s'installait souvent après cette constatation. Iberio étudiait le visage de Mercedes. Il y voyait la fierté qu'elle mettait à n'avoir jamais attendu l'aide de quiconque. Après le long périple de neuf années qui les avait chahutés de place en place, ils avaient enfin posé leurs valises et trouvé un endroit où s'arrêter. Dans cet immeuble imposant, au cœur de Passy, Mercedes avait à la fois un logement et un emploi que se jalousaient habituellement les autres concierges et dont la passation s'achetait. Comment l'avait-elle obtenu ? Iberio l'ignorait, mais, ce jour-là, il décida de ne pas lâcher sa mère avant d'avoir une réponse.

— Je n'ai rien fait de malhonnête, si c'est cela qui t'inquiète, *cariño*.

— Alors, raconte-moi.

— « À l'homme d'honneur, on ne demande pas sa généalogie ! » avait soupiré Mercedes.

— « On ne mesure pas l'huile sans avoir les mains grasses », avait répliqué aussitôt Iberio.

Mercedes avait éclaté de rire devant son à-propos.

— Bravo, *cariño* ! avait-elle lancé en ébouriffant les cheveux de son fils. C'est très simple : j'ai rendu service à quelqu'un qui a voulu me remercier.

— Raconte !

— *Dios mío !* Cet enfant m'épuise !

— *Por favor, Mamacita*[1] *!*

— *Ya voy !* Tu te souviens de Mme Lallemand ?

— Oui, bien sûr.

Comment aurait-il pu l'oublier ? Mariée à un riche industriel qui la laissait le plus souvent seule, elle n'avait pour toute compagnie que celle de Mercedes, qui faisait son ménage chaque semaine. C'était une grande femme triste et désœuvrée dont le visage fermé ne s'éclairait que lorsqu'elle voyait Iberio. Elle avait pour lui les plus touchantes attentions.

— Elle t'adorait !

— Je sais.

— Ce que tu ne sais pas, c'est qu'elle ne pouvait pas avoir d'enfant. Son mari s'était fait une raison, de toute façon il n'était jamais à la maison, toujours

1. S'il te plaît, maman.

à travailler aux quatre coins du pays. Mais elle, la pauvre, elle se désespérait. À cette époque, on vivait à Créteil. Tu t'en souviens ?

Iberio revit le minuscule studio qu'ils occupaient. Dix-huit mètres carrés au septième étage d'une tour grise dont l'ascenseur souvent hors service forçait Mercedes à monter à pied les sacs de courses. Ils dormaient sur deux matelas qui, empilés l'un sur l'autre dans la journée, faisaient office de canapé. Iberio avait sa chambre dans une petite alcôve où une commode récupérée sur le trottoir lui laissait à peine la place de jouer. Mais c'était son espace, fermé par un rideau pendant la nuit.

Il se rappelait les disputes des voisins, les cris, et parfois les coups. La musique retentissait constamment, comme si une radio avait été branchée en continu dans le couloir. Il revoyait l'amoncellement de sacs-poubelle que les locataires ne se donnaient plus la peine de descendre, se contentant de les jeter depuis l'étage dans la cage d'escalier. Les murs souillés d'excréments, de tags, les boîtes aux lettres vandalisées, tordues, que plus personne ne pouvait fermer. Il se rappelait l'appartement de la nourrice chez qui sa mère le déposait chaque jour avant d'aller travailler. Un endroit sombre et encombré, où trois autres marmots s'ébattaient, que cette femme revêche rudoyait sans vergogne pour les faire obéir. Et par-dessus tout, il se souvenait des dimanches et de la lueur indigo qui entrait par les fenêtres : celle des bleus de travail qui séchaient sur les balcons et qui filtraient les rayons du soleil. Quelle que soit la saison, hiver comme été, les week-ends avaient la couleur de l'azur. Dans la cité, la population était en majorité constituée d'ouvriers.

Oui, Iberio se rappelait parfaitement cette époque. Le monde avait l'aspect effrayant d'une jungle de béton grise et froide, nappée du brouillard des gaz d'échappement.

— Tu sais, je me levais très tôt pour aller travailler chez Mme Lallemand. Je prenais la rue des Vieux-Bassins pour aller à la station Pointe-du-Lac. Elle était bordée d'arbres et de bosquets. Un matin, vers sept heures, j'ai vu un paquet au pied de l'un d'eux. Je n'aime pas être en retard et je pars toujours en avance, mais ce jour-là, sans raison, je me suis arrêtée. De loin, on aurait dit un tas de vieux chiffons et je me souviens d'avoir pensé que les gens jetaient vraiment leurs saletés n'importe où, que la ville ressemblerait bientôt à notre cage d'escalier. Mais plus je m'approchais, plus quelque chose en moi se serrait. Quand j'ai été tout près, j'ai vu le paquet bouger. C'était un bébé, Iberio, un petit qui ne devait pas avoir plus de quelques jours. Il était emmitouflé dans une couverture crasseuse et il me regardait en battant des pieds et des bras, comme s'il voulait sortir de sous le bosquet. Il ne criait pas, ne pleurait pas. Il m'observait, simplement, et s'agitait.

J'ai cherché autour de moi, mais la rue était vide. De l'autre côté des haies, j'entendais gronder la circulation de l'avenue de la Pompadour. Et je me suis dit : *Dios mío ! Ce petit est là depuis combien de temps à respirer les gaz d'échappement ?* Heureusement, il faisait doux, on était en mai. Avant que j'aie pu réfléchir, le bébé était dans mes bras, me donnant des coups de pied et agrippant mon doigt tellement fort que j'ai pensé qu'il allait m'arracher la peau. Je ne savais plus ce que je faisais. J'étais là, toute seule, avec ce petit qui n'était pas à moi, et je me suis remise en route vers le métro. Plus je m'éloignais, plus je me disais : *Quelqu'un va crier, la mère va me courir après en hurlant et on m'arrêtera comme une criminelle !* Mais je ne pouvais m'empêcher de marcher.

Il me fallait cinquante minutes pour aller travailler et pendant tout le trajet je n'ai vu que le visage du petit avec ses grands yeux bleus. Le cœur me cognait tellement que mes tempes bourdonnaient. Je ne sais même plus s'il y avait du monde dans la rame ou dans les couloirs du métro, ni comment je suis remontée à l'extérieur. Tout à coup, je me suis retrouvée devant la porte de Mme Lallemand.

En me voyant sur son palier avec le bébé dans les bras, elle a été stupéfaite.

— Il faut que je vous parle, je lui ai dit.

J'ai posé le petit sur la table de la salle à manger et je lui ai tout raconté. Elle m'écoutait, mais elle ne pouvait détacher ses yeux de la couverture sale et déchirée qui s'étalait sur le beau plateau de verre. Elle était hypnotisée, je pouvais voir ses pensées s'agiter comme si c'étaient les miennes. Et une voix me disait que si j'avais fait tout ça, c'était à cause de l'envie que je lui connaissais.

— Abandonné ? elle a demandé quand j'ai eu fini.

— Oui, j'ai répondu, sûrement. Il n'y avait personne. Pour quelle autre raison déposer son bébé dans un bosquet, sinon ?

Elle le couvait déjà des yeux. Je voyais qu'elle se retenait de le prendre dans ses bras. Le petit nous regardait toutes les deux en frappant la table de ses pieds.

— Qui sait depuis quand il n'a pas mangé ? a dit soudain Mme Lallemand.

— Je peux aller chercher ce qu'il faut, si vous voulez, j'ai répondu.

— Oui, s'il vous plaît, Mercedes, pendant ce temps je resterai près de lui.

Déjà, elle fouillait dans son sac et me tendait des billets de cinquante euros.

— Prenez un biberon, elle a dit, des couches et aussi de quoi l'habiller. Seigneur ! il n'a que cette couverture !

— Je m'en occupe, ne vous inquiétez pas, j'ai répondu en marchant vers la porte.

Je n'ai pas mis longtemps à trouver tout le nécessaire au Monoprix du coin, j'étais chargée comme un *burrito* lorsque je suis revenue à la maison. J'avais même pris de quoi lui faire sa toilette et des vêtements de rechange. J'ai préparé tout de suite un biberon de lait premier âge. Pendant ce temps, Mme Lallemand berçait le petit dans ses bras. J'ai testé la température sur ma main et je me suis approchée d'elle. On s'est regardées une seconde, hésitant sur qui allait le nourrir.

— Avec tout ça, il ne faut pas que j'oublie le ménage, j'ai dit en lui tendant le biberon.

Elle m'a souri, soulagée.

— Je vais le faire et puis je lui donnerai un bain et je l'habillerai, elle a déclaré, il ne va pas rester dans cette couverture.

— Il ne vaut mieux pas, j'ai répondu en allant chercher l'aspirateur.

La matinée a passé comme un éclair. De temps en temps, je venais voir comment elle se débrouillait avec le petit. Je l'entendais qui lui parlait dans la salle de bains, lui expliquant tout ce qu'elle faisait, babillant et roucoulant. Quand j'ai eu fini, elle s'était installée sur le canapé et le bébé dormait contre elle.

À ce moment-là, on savait toutes les deux qu'il fallait prendre une décision.

— Quand doit rentrer votre mari ? j'ai demandé.

— Pas avant vingt heures.

On s'est regardées. On pensait la même chose, mais aucune n'osait rien dire.

— Vous aurez le temps d'aviser, j'ai dit.

— Oui, sans doute.

J'hésitais encore à partir.

— Vous me raconterez, mercredi ?

— Bien sûr, Mercedes.

Et je suis sortie. Lorsque je suis revenue deux jours plus tard, un berceau et une table à langer étaient installés dans l'une des chambres. Mme Lallemand rayonnait. J'ai compris qu'elle et son mari étaient tombés d'accord. Dans le mois qui a suivi, elle m'a montré l'acte de naissance obtenu à la mairie. Un ami médecin avait signé un certificat de complaisance disant que Mme Lallemand avait accouché chez elle d'une petite fille.

Ils l'ont appelée Laure. Elle a huit ans, aujourd'hui.

Quelque temps après, Mme Lallemand m'annonça qu'une loge de concierge était vacante à Passy, et que, si je la voulais, elle était à moi. Oh, Iberio ! Quand j'ai visité cet appartement, j'ai failli hurler de joie. Jamais je n'avais habité un endroit aussi beau. J'ignore comment ils avaient obtenu cette place, mais je sais que son mari était un homme important qui avait des relations.

Et puis on a quitté Créteil et je n'ai plus revu Mme Lallemand. Avec mon nouvel emploi, c'était impossible de continuer chez elle. Mais chaque année, au mois de mai, je reçois un bouquet pour fêter la naissance officielle de Laure.

Iberio avait été stupéfait en apprenant cette histoire. À bien des égards, elle était beaucoup plus originale que la fiction d'un amant secret qu'il s'était fabriquée. *Combien d'autres anecdotes a-t-elle en réserve ?* songeait-il. Et il ne pouvait s'empêcher de l'admirer.

— Je n'ai rien fait de honteux, Iberio, conclut Mercedes en voyant son air ébahi. Je n'allais pas laisser ce bébé traîner sous un bosquet !

— Sûrement pas, *Mamacita* ! approuva-t-il.

Et il pensa aussitôt que le récit de sa mère était parmi les plus longs qu'elle lui ait faits jusque-là.

*

Les sentiments forment un lacis plus ou moins subtil. Ils sont le résultat des échanges chimiques qui déferlent dans le cerveau et dictent son comportement à l'être humain. Les écoles divergent sur les interprétations, suivant qu'elles se réclament de la psychologie ou de la neurobiologie.

Les glandes situées sous les aisselles, les organes génitaux ou les mamelons laissent échapper leurs messages vers la glande voméronasale, placée sous le nez et reliée au bulbe rachidien. Le cerveau le plus archaïque reçoit l'empreinte olfactive des phéromones, composés volatils d'informations. Le passé reptilien réveille le plaisir enfoui dans la mémoire affective, le corps frissonne, la peau rougit, le cœur s'accélère. Une décharge d'adrénaline active les fonctions cérébrales. La phényléthylamine, une amphétamine naturelle produite par le système limbique, déclenche une poussée euphorique. L'ensemble du processus se fait en moins d'un cinquième de seconde.

Ce fut le cas pour Iberio lorsqu'il croisa Louise un soir de juillet.

Il s'était attardé dans le petit square qui se trouvait au pied de l'immeuble, prenant le frais sous les ombrages en regardant le jour baisser. Vers vingt-deux heures, il se décida à rentrer. Il était devant la loge quand Louise poussa la porte de la rue. Elle avait suivi les consignes du peintre et sa tenue n'avait plus rien de professionnel. Elle portait une robe d'été dont le décolleté, bien qu'il mît en valeur sa plantureuse poitrine, conservait une sagesse de bon aloi en comparaison avec la guêpière rouge qu'elle arborait habituellement. Elle avait troqué ses spartiates vernies aux talons de dix centimètres pour de simples tropéziennes à semelle de cuir. Ses cheveux étaient rassemblés en une longue natte d'écolière, elle avait souligné ses yeux d'un discret trait de khôl et ses lèvres d'une touche de gloss.

Elle eut une hésitation lorsqu'elle aperçut ce beau brun à la peau hâlée qui l'observait. Puis elle se ressaisit et traversa le hall en souriant, répandant autour d'elle un nuage de camélia. Elle sentait le regard du garçon sur ses reins et elle ralentit légèrement sa foulée, laissant le roulis de ses hanches opérer sa magie. Elle ne se donna pas la peine de vérifier par-dessus son épaule en pénétrant dans l'ascenseur, elle savait déjà qu'il ne la quittait pas des yeux. En se rabattant, la porte trancha le fil invisible qui la reliait au jeune homme.

Un cinquième de seconde.

Ce fut tout ce qu'il fallut au cerveau d'Iberio pour déclencher le processus chimique qui lui fit battre le cœur. Il s'élança dans la cage d'escalier et gravit les marches deux par deux. Il parvenait au cinquième lorsque l'ascenseur s'arrêta. Il se pencha aussitôt sur la rampe et leva les yeux. Il vit les doigts de l'inconnue caresser la main courante du sixième puis entendit frapper. La porte s'ouvrit et il reconnut la voix du peintre qui l'accueillait.

Ce soir-là, Mercedes ne comprit pas pourquoi son fils s'entêtait à lire dans la loge plutôt que dans l'appartement. Elle laissa le battant entrebâillé pour le surveiller du coin de l'œil. Installé au comptoir, il feuilletait son ouvrage tout en guettant manifestement le hall de l'immeuble. Mercedes songea qu'il attendait probablement l'une de ses conquêtes et qu'il ne souhaitait pas la lui présenter. Après tout, c'était un jeune homme à présent et il avait droit à un peu d'intimité. Elle sourit d'abord, puis elle ressentit un pincement à l'idée qu'il pourrait la quitter, attiré par les promesses de la ville. Les années qu'ils avaient partagées lui semblèrent tout à coup s'envoler, comme les dernières pages d'un livre.

Il avait grandi si vite.

Elle parcourait son magazine tout en écoutant d'une oreille distraite les dialogues d'un film à la télévision, une histoire d'espionnage compliquée dont elle réalisa bientôt qu'elle ne l'intéressait pas. Avec un soupir de lassitude, elle éteignit l'écran et laissa le silence s'installer dans le petit salon. Elle préférait ses revues et ses journaux. Elle les collectait un peu partout. Dans le métro, dans les gares, aux tables des cafés où les consommateurs les abandonnaient. Par le passé, elle récupérait les vieux numéros chez ses employeurs et, depuis qu'elle vivait dans l'immeuble, les locataires qui connaissaient sa passion lui gardaient toujours ceux dont ils voulaient se débarrasser. C'était grâce à la presse qu'elle avait perfectionné son français et découvert son pays d'adoption. Elle y trouvait sans cesse une mine de renseignements. Les dernières tendances de la mode ne la faisaient pas rêver, car elle n'était pas coquette, mais elles lui apprenaient les codes de la société. Et puis il y avait toujours des articles de fond dans les quotidiens, des reportages intéressants qui lui permettaient de comprendre et d'appréhender le monde. Le soir, lorsque son travail était achevé, elle aimait lire les nouvelles en écoutant de la musique sur sa petite radio. Ces moments de calme et les promenades dans Paris étaient ses seules échappatoires.

À l'extérieur, il avait fait plus de trente-cinq degrés pendant la journée et la température n'était redescendue qu'à vingt-sept dans la soirée. Heureusement, l'immeuble entier était climatisé et la fraîcheur qu'elle sentait sur ses épaules la détendait. C'était un des nombreux avantages qu'offrait la vie dans les beaux quartiers. Elle songea à l'aridité de la Meseta, aux longs étés poussiéreux qui les clouaient tous sur leur grabat où, même immobiles, les corps cuisaient lentement en exsudant une odeur âcre.

Jamais elle n'avait regretté d'avoir quitté l'Espagne.

Elle n'aurait pu obtenir là-bas le confort dont elle profitait aujourd'hui. Son appartement semblait bien modeste aux yeux des locataires de l'immeuble qui jouissaient tous d'au moins cent cinquante mètres carrés, mais pour Iberio et elle, après le studio de Créteil, il était somptueux. Leurs deux petites chambres et le salon lui apparaissaient chaque matin comme une oasis.

Et ici, l'ascenseur était soigneusement entretenu, personne ne lançait ses ordures dans la cage d'escalier, aucun graffiti ne déparait les murs épais, aucun bruit ne venait troubler leur sommeil.

Vers minuit, Iberio sortit pour fumer une cigarette dans la cour. Mercedes lui interdisait de le faire dans l'appartement, car l'odeur l'incommodait, et elle exigeait qu'il éteigne ses mégots sous le robinet du poste d'eau avant de les jeter dans la poubelle. Elle veillait constamment à ce que les lieux soient impeccables et que rien ne traîne sur les sols. Elle s'avança sur le pas de la porte pour s'assurer qu'il respectait toujours la consigne. Il lui tournait le dos, immobile au milieu de la cour pavée, observant attentivement les étages supérieurs. Elle suivit la direction de son regard et s'aperçut qu'il guettait l'atelier d'Ezra, dont les fenêtres illuminées trouaient l'obscurité. *Qu'est-ce qu'il peut bien attendre comme ça ?* se demanda-t-elle.

Elle ne voyait rien de particulier chez le peintre, sinon le haut plafond du salon et la balustrade qui entourait la mezzanine. Mercedes étouffa un bâillement et décida qu'il était temps pour elle d'aller se coucher. Elle passa dans la salle de bains pour se laver les dents. Lorsqu'elle en sortit, Iberio avait rejoint le comptoir de la loge, son livre ouvert devant lui.

— Tu n'oublieras pas de fermer à clef et de tirer le rideau, lui dit-elle en se penchant pour embrasser sa joue qu'une barbe naissante rendait déjà rugueuse.

— Tu me le dis chaque soir, *Mamacita*, grogna-t-il.

— C'est pour être certaine que tu n'oublies pas.

— Je n'oublie jamais.

— Parce que je te le rappelle, *amado mío*, lança-t-elle en riant.

Elle emportait sur ses lèvres le parfum de son fils. Et elle songea que, déjà, il était un homme.

Iberio demeura dans la loge jusqu'à deux heures du matin. Il se surprit à dévorer son livre en entier : *Le vieux qui lisait des romans d'amour* de Luis Sepúlveda. C'était un petit ouvrage d'à peine cent vingt pages qui avait obtenu le prix France Culture étranger et le prix Relay du roman d'évasion.

Ce fut le premier qu'Iberio lut sans y être obligé. Jusqu'alors, il n'avait fait que suivre les consignes de ses professeurs qui appliquaient le programme de l'Éducation nationale. Ce soir-là, à cause d'une démangeaison hormonale, Iberio se laissa envahir par la littérature.

Parce qu'il espérait voir l'inconnue redescendre du sixième étage, il patienta dans la loge, mais, quand il eut achevé son livre, il dut admettre deux faits indéniables : il avait aimé sa lecture et la jeune femme ne se montrait pas. Il dut alors envisager qu'elle était sans doute la maîtresse du peintre et qu'il serait difficile qu'il se passe quoi que ce soit avec elle.

Il eût été vain, pour un psychologue comme pour un neurobiologiste, de relativiser la puissance des échanges chimiques chez un garçon de dix-huit ans. Et pour Mercedes, dont les études s'étaient arrêtées au certificat, la vie avait déclenché un processus d'apprentissage rapide et impitoyable, un sens aigu de l'observation et une empathie fulgurante avec son fils. Lorsque le lendemain matin, à huit heures, elle le retrouva de nouveau assis derrière le comptoir de la loge, elle fut sur ses gardes. Le fait allait à l'encontre de toutes les habitudes qu'elle lui connaissait. Elle nota également qu'il avait pris un autre livre et que celui-ci était plus gros que le précédent.

— Tu as déjeuné, au moins ? demanda-t-elle à son fils.

Pour toute réponse, il souleva le mug de café qui fumait devant lui.

— Il faut manger le matin, pas seulement boire, lança-t-elle, va te faire une tartine.

— Pas faim.

Qu'un jeune homme qu'elle savait doué d'un solide appétit demeure le ventre vide était un troisième signal d'alarme pour Mercedes.

— Tu es malade ? demanda-t-elle aussitôt.

Iberio quitta la page de son livre en soupirant bruyamment.

— Tout va bien, *Mamacita*.

— Prends au moins un fruit.

Elle fila dans la cuisine.

— *Come !* dit-elle en revenant poser sur le comptoir une part de melon découpée dans une petite assiette.

Elle attendait, les mains sur les hanches. Iberio soupira de nouveau et commença à manger. Il ne servait à rien de discuter avec elle.

Il demeura toute la matinée dans la loge. Bien qu'absorbé par sa lecture, il avait conscience de l'agitation de sa mère et du va-et-vient des locataires. Mercedes lava comme d'habitude le sol du hall, puis essuya soigneusement une à une les élégantes barres de cuivre qui maintenaient le tapis de l'escalier. Elle termina en nettoyant les verres des appliques de chaque étage. Vers dix heures, l'immeuble rutilait et la concierge s'offrit un café bien mérité en guettant le passage du facteur. Elle avait un peu de temps devant elle avant de monter faire le ménage des Dompierre.

Jouissant d'un logement de fonction, le salaire de Mercedes n'était que de mille euros nets par mois. Tous les travaux supplémentaires effectués chez les locataires, joints aux séances de pose pour Ezra, constituaient un apport non négligeable de huit cents euros qui lui permettait d'élever son fils avec un peu plus de facilité. Jamais elle n'avait gagné autant d'argent. Mais pour cela, elle devait s'affairer six jours sur sept, ne s'octroyant un congé que le dimanche.

Cependant, malgré la fatigue, elle trouvait son sort enviable. Elle appréciait de ne plus vadrouiller dans toute la ville comme par le passé, lorsque sa clientèle éparpillée lui imposait des heures de transport dans des métros bondés. Ici, elle travaillait à demeure et cela lui semblait le comble du raffinement. Elle officiait dans de luxueux appartements, parmi les meubles de prix et les étoffes précieuses, dans de vastes espaces qu'elle entretenait avec rigueur semaine après semaine. Les résidents lui avaient accordé leur confiance, se réjouissant d'employer cette jeune femme toujours disponible, discrète et efficace, qui faisait désormais partie de la copropriété.

Tout en dégustant son café, appuyée contre le comptoir d'accueil, Mercedes observait son fils penché sur son livre. Elle aimait le voir studieux. C'était son ultime récompense : il faisait des études et avait une chance d'échapper à sa condition. Il ne serait pas, comme elle, au service des autres.

Elle s'approcha de lui et passa un bras autour de son épaule, le serrant contre sa hanche. Elle aimait sentir son poids contre elle, éprouver la densité nerveuse de son corps. Penchée par-dessus sa nuque, elle suivait les lignes qu'il parcourait avec attention. Elle fut surprise de découvrir qu'il s'agissait de Balzac : *Splendeurs et misères des courtisanes*. L'auteur faisait partie des grands écrivains français du XIXe siècle, à l'instar de Hugo, Zola ou Maupassant, et, bien qu'elle ne les ait jamais lus, Mercedes connaissait le programme des œuvres scolaires dont elle avait butiné des extraits en surveillant les devoirs de son fils.

Elle était en train de parcourir l'une des pages lorsque retentit le claquement de l'ascenseur. Iberio leva les yeux et elle sentit un frémissement dans son dos qui attira immédiatement son attention. La prostituée qui posait pour le peintre traversait le hall. Mercedes fut stupéfaite du changement qui s'était opéré dans sa tenue. Elle n'avait plus rien de l'égérie nocturne qu'elle avait croisée quelques jours plus tôt. Sa robe sage, ses sandales et sa natte lui conféraient l'allure d'une jeune fille de bonne famille. Elle sentit qu'elle avait capté l'attention de son fils, qui la suivit des yeux jusqu'à ce qu'elle passe la lourde porte cochère.

— J'ai une course à faire, dit-il en refermant son livre qu'il abandonna sur le comptoir.

— *Sí, cariño*, répondit Mercedes d'un ton léger tandis qu'il quittait la loge.

Elle l'observa par la fenêtre. Il prenait la même direction que la fille et elle n'avait aucun mal à imaginer pourquoi. *Toujours le problème du sexe !* songea-t-elle. Son fils était avant tout un homme, elle ne devait pas l'oublier. Le soleil enflammait le ciel, les vacances commençaient et elle ne pouvait reprocher à Iberio de chercher à se distraire puisqu'elle ne l'emmenait pas en villégiature. L'été, les immigrés retournaient au pays visiter leur famille, mais elle n'en avait plus, alors où aurait-elle pu se rendre ?

Et puis, une concierge ne quittait jamais son poste.

*

Lorsqu'elle fut dans la rue, Louise s'arrêta face à la devanture d'un chausseur. C'est à cet instant qu'elle aperçut le reflet du beau garçon brun qu'elle avait croisé la veille. Il avait franchi la porte cochère, cherchant autour de lui, puis s'était figé en découvrant Louise sur le trottoir d'en face. Elle sourit, baissant les yeux vers une paire de bottines Lena Glitsnake hors de prix. Elle prit son temps, se réjouissant de l'embarras du jeune homme qui hésitait à s'éloigner. Elle fit quelques pas nonchalants tout en le surveillant du coin de l'œil. Elle le vit allumer une cigarette pour se donner une contenance, attendant de savoir quelle direction elle allait emprunter. Soudain, Louise sembla se décider et fit demi-tour. Elle longea le square et continua vers le boulevard que la percée entre les immeubles laissait deviner. Elle avança tranquillement, musardant au hasard des magasins. Elle apercevait le garçon à une vingtaine de mètres derrière elle, au milieu des passants qui se hâtaient sur les trottoirs. À plusieurs reprises, elle vit nettement qu'il la surveillait, mais poursuivit comme si de rien n'était, ralentissant encore sa marche. Elle entra brusquement chez un antiquaire. Le garçon s'arrêta. Décontenancé, il hésitait à la suivre à l'intérieur. Tout en déambulant parmi des bibelots, elle l'observait à travers la vitrine. Il traversa la chaussée et alla s'asseoir sur un banc, prenant la pose d'un flâneur que rien ne presse. Il n'y avait rien d'intéressant dans la boutique ; les meubles étaient hors de prix, les menus objets aussi, mais elle y demeura néanmoins un long moment tout en mesurant l'impatience du garçon.

L'antiquaire lisait le journal, lui laissant toute liberté pour baguenauder. Un homme entra et engagea la conversation avec le commerçant. C'était visiblement un client régulier, car ils parlèrent de la restauration d'une miséricorde sur une stalle que l'homme venait d'acquérir. Ils prirent rendez-vous et Louise en profita pour sortir.

Le jeune garçon fit mine de ne pas la voir lorsqu'elle reprit sa marche, tournant ostensiblement la tête dans la direction opposée. Louise faillit éclater de rire devant cette ruse enfantine. En longeant une boulangerie, elle observa son reflet dans la vitrine : il avait quitté son banc et la suivait depuis le trottoir d'en face.

Elle n'avait rien à faire ce jour-là. Elle s'était levée bien après Ezra qui était déjà au travail lorsqu'elle avait pris son petit déjeuner. Elle avait bu son café en le regardant s'affairer dans la lumière éclatante qui tombait de la verrière. Il s'était rapidement douché. Ses joues récurées par le rasoir luisaient sous le soleil. Son épaisse tignasse noire était humide et toujours aussi emmêlée. Elle avait distraitement grignoté un croissant tout en l'observant. Ils n'avaient pas échangé une parole, seul le pépiement des oiseaux meublait le silence, se déversant par les fenêtres ouvertes.

Elle avait ensuite pris un bain, paressant une heure dans l'eau en fumant des cigarettes. Plus tard, quand elle s'était regardée dans la glace, vêtue de sa petite robe de coton crème au discret décolleté, sa natte propre et lisse tombant au milieu de son dos, elle avait eu un pincement au cœur. C'était une image ancienne qu'elle contemplait. Elle retrouvait pour un instant la Louise qu'elle était lors de son arrivée à Paris. Elle venait de quitter son Auvergne natale et la capitale lui apparaissait comme un gigantesque labyrinthe. Elle était encore pleine d'allant et de naïveté, croyait tout possible. Espérant se faire une place sans savoir exactement laquelle, elle avait accepté tous les petits jobs qu'elle avait pu trouver, vivant dans une misérable chambre de bonne à Pigalle, un des rares endroits à offrir un loyer modéré. Pendant deux ans, elle s'était battue, mais, un soir, fatiguée de n'avoir jamais assez d'argent pour finir le mois, de se nourrir de pâtes et de fromage, elle avait craqué. Un homme l'observait depuis un moment dans le bar où elle était entrée prendre un café. Lorsqu'il lui avait offert de passer la nuit avec lui et de la payer, elle avait accepté.

Louise jeta un coup d'œil sur le beau garçon qui la suivait toujours. Non, décidément, elle n'avait aucune obligation aujourd'hui. Et si elle en avait eu une, elle l'aurait ignorée. Elle croisait son image dans toutes les vitrines et la jeune femme rangée et sage qu'elle redécouvrait s'imposait à elle, cachant la Louise nocturne qui se pavanait en corset rouge, perchée sur ses hauts talons, et dont le regard charbonneux caressait tous les inconnus qu'elle rencontrait.

Pour l'heure, elle avait envie de demeurer la petite Auvergnate que le garçon suivait dans la rue sans oser l'aborder. Elle trouvait, dans sa touchante timidité, une délicatesse dont elle n'était plus coutumière. Habituellement, les hommes lui disaient crûment ce qu'ils désiraient. Elle répondait par un chiffre et l'affaire était entendue. Le reste n'était qu'un échange de services dont elle s'évadait avec de plus en plus de facilité. Elle leur abandonnait son corps brièvement et s'enfermait dans son esprit comme dans une chambre.

Ils marchèrent un long moment, chacun sur son trottoir. Ils quittèrent Passy en empruntant l'avenue du Président-Wilson, traversèrent le pont des Invalides, remontèrent le quai d'Orsay, puis Louise s'engagea dans la rue de l'Université. Parfois, lorsque la foule se faisait plus dense et que le garçon se laissait distancer, elle s'arrêtait sous le premier prétexte venu pour lui permettre de la rejoindre. Elle patientait, feignant de s'intéresser à une vitrine ou de lire une affiche de théâtre sur une colonne Morris, puis, quand elle l'apercevait au loin, elle reprenait sa marche, tournant au hasard des rues, sans but précis.

La matinée s'écoula ainsi et, comme le soleil réchauffait le macadam, elle eut soudain très soif et prit place à la terrasse d'un café. Elle commanda une menthe à l'eau et alluma une cigarette. Sur le trottoir d'en face, elle vit le garçon s'engouffrer sous le vélum d'un bar et s'installer à son tour. Dans l'ombre, il était invisible, masqué par les tables des autres consommateurs. Elle prit son temps, sirotant sa boisson en regardant les badauds. Les hommes étaient en chemises, les femmes en robes légères qui découvraient leurs jambes et leurs épaules. Derrière leurs lunettes de soleil, elles semblaient fières. Elles laissaient voir leur corps, mais cachaient leurs yeux.

Les terrasses se remplissaient, on commandait des salades ou des sandwichs, accompagnés de vin blanc ou de rosé. Louise eut faim tout à coup, mais elle ignorait si le garçon avait de quoi s'offrir à déjeuner. Elle réalisa soudain qu'il était très jeune et en conçut un peu de culpabilité. Elle était âgée comparée à lui, ayant vécu déjà plus que sa part. Elle avait dans son sac l'argent qu'Ezra lui avait donné pour sa nuit. Elle pouvait s'installer dans la salle climatisée d'un restaurant et commander un repas si elle le souhaitait, mais elle ne put s'y résoudre. Manger au frais tandis que son admirateur patientait dans la chaleur de midi lui était insupportable. Un instant, elle songea à traverser pour l'inviter, mais elle se ressaisit aussitôt. Elle imaginait sans peine son embarras et elle était bien placée pour savoir que les hommes ont la fierté mal placée quand ils ne mènent pas la danse. Il fallait en finir pourtant, elle traînait ce garçon derrière elle depuis plus de deux heures et le jeu devenait cruel.

Elle eut soudain une inspiration. Elle vida son verre, laissa quelques pièces sur la table et quitta la terrasse. Elle conserva une allure tranquille pour permettre à son espion de ne pas la perdre. En passant devant une épicerie, elle le vit émerger de sous le vélum du café et se mêler aux badauds. Aussitôt, elle pressa le pas, comme quelqu'un qui sait où il va et ne tient pas à se mettre en retard. Elle traversa sur sa gauche, remonta la rue de Lille puis celle de la Légion-d'Honneur, et après une trentaine de mètres entra au musée d'Orsay.

Toujours sur le trottoir d'en face, Iberio hésitait. Il filait la jeune femme depuis trop longtemps et restait indécis. Son comportement le rendait honteux. Il avait avalé un sandwich, bu un Coca, et bénissait le ciel d'avoir pensé à régler sa commande dès qu'elle lui avait été servie. Sans cela, il n'aurait pu réagir rapidement lorsque la jeune femme avait repris sa marche et il aurait sans doute perdu sa trace. Les touristes emplissaient les rues et, s'ils lui avaient autorisé une filature discrète, ils lui avaient plusieurs fois caché l'inconnue.

Il ne savait que faire. La visite du musée pouvait s'éterniser, mais, s'il entrait à son tour, il ne manquerait pas de la croiser et, plus tard, il lui serait difficile de la suivre sans qu'elle se rappelle l'avoir vu. Il réalisa qu'il s'était tellement focalisé sur sa filature qu'il en avait oublié le but. Il lui avait emboîté le pas en attendant l'occasion de l'aborder, mais, à force de repousser ce moment, il s'était retrouvé incapable de surmonter sa timidité.

Et maintenant, il était devant le musée d'Orsay, au même point que la veille au soir, ignorant tout de cette femme sinon qu'elle était la maîtresse du peintre. Et la stupidité de son comportement lui éclatait au visage. Qu'avait-il besoin d'agir ainsi puisqu'il la savait prise ?

Pourquoi l'aborder si elle en aimait un autre ? Et que pourrait-il bien lui dire, d'ailleurs ?

En plein soleil, Iberio transpirait et ses pensées s'embrouillaient. Mais il comprenait aussi que s'il ne se décidait pas, le jeu risquait de continuer jusqu'au soir. Il n'avait aucune envie de rester dans l'ombre à trottiner derrière elle comme un petit chien abandonné. Il y avait quelque chose d'humiliant dans sa situation. Il prit le coin de sa chemise pour essuyer la sueur de son front et se résolut brusquement.

Dans le hall d'entrée du musée, la fraîcheur de la climatisation lui tomba sur les épaules. Frissonnant, il fouilla dans ses poches pour trouver de quoi s'acquitter d'un ticket et, lorsqu'il eut réglé, il ne lui restait plus que trois euros. À peine le prix d'un café en terrasse. Sa pauvreté lui éclata soudain au visage. Sa mère lui allouait vingt euros par semaine. Il ne lui était jamais venu à l'idée de s'en plaindre, car ces quatre-vingts euros par mois pesaient sur le budget de leur ménage, et Mercedes faisait tout ce qu'elle pouvait pour le maintenir. Pourtant, ce jour-là, il décida qu'il lui fallait trouver un job d'été pour ne plus dépendre de sa mère et la soulager quelque peu.

Il attrapa sur un présentoir le dépliant qui contenait le plan du musée et détaillait les différentes collections. Degas était à l'honneur pour une exposition à laquelle se mêlaient les écrits de Paul Valéry. L'amitié qui avait lié pendant vingt ans les deux hommes avait donné lieu à un texte : *Degas Danse Dessin*, dont s'inspirait l'événement.

Iberio devait encore retrouver l'inconnue. Il s'engagea au hasard, cherchant la robe de coton crème et la natte brune. Il traversa ainsi une exposition sur la photographie américaine, une autre sur les arts décoratifs du Second Empire, survola les portraits de Cézanne, jetant à peine un regard aux toiles accrochées. Il faisait des détours pour éviter les processions de visiteurs qui, les yeux rivés sur les tableaux, glissaient dans un lent défilé. Aux abords des salles, des agents de sécurité sommeillaient sur des chaises. Insensibles à ce qui les entourait, ils montraient un visage morne comme pour prouver qu'ils n'étaient pas là. Leurs prunelles vagues regardaient en eux-mêmes, feuilletant des pensées qui n'appartenaient qu'à eux et qui semblaient plus passionnantes que les vieux cadres dorés.

Iberio traversa encore la salle Luxembourg, puis le symbolisme dans l'art des pays Baltes, monta au cinquième dans la galerie impressionniste, mais nulle part il n'aperçut l'inconnue. En désespoir de cause, il s'installa sur un banc, un *Water Block*, œuvre du Japonais Tokujin Yoshioka. Conçue comme un bloc liquide, sa surface ondoyante et transparente produisait une impression similaire à celle de l'eau.

Il vit immédiatement la petite robe claire.

La jeune femme se tenait face à un autoportrait. Dans son dos, la natte dessinait un sillon vers le creux de ses reins. Immobile, elle semblait captivée par le regard torturé de l'artiste qui s'était observé sans aménité. Deux visages se contemplaient dans un dialogue muet : celui d'un peintre mort depuis longtemps et sa visiteuse, dont seule la respiration tranquille trahissait encore la vie.

Iberio hésita sur la conduite à tenir. Il demeura un instant en retrait tandis qu'autour de lui défilait le public, puis se leva lentement et sortit. Apercevant une banquette à l'écart de la salle près de grandes baies vitrées, il s'assit. Il ne savait toujours pas quelle attitude adopter maintenant qu'il était là. Devait-il lui parler ? Mais pour lui dire quoi ? Il sentait toute la vacuité de la nuit précédente peser sur ses épaules. Il était resté en faction derrière un comptoir, surveillant l'entrée de l'immeuble, puis s'était lancé aux trousses d'une parfaite inconnue à travers Paris. Et à présent, dans ce musée, le petit moteur qui l'avait animé s'arrêtait. Il demeurait stupide sur sa banquette.

Louise l'aperçut dès qu'elle quitta la galerie. Un peu à l'écart, il semblait perdu dans la contemplation de la ville qui emplissait les fenêtres. Elle fut soulagée qu'il l'ait suivie jusqu'ici et amusée qu'il ait mis plus de cinquante minutes pour la retrouver. Elle était perplexe devant tant de timidité. Après une matinée passée dans son sillage, le beau garçon ne se décidait toujours pas à l'aborder. Elle ignorait tout de lui, sinon qu'il vivait dans l'immeuble d'Ezra. Elle songea qu'il eût été plus efficace d'interroger le peintre, qui le connaissait sans doute, mais lorsqu'elle était rentrée dans l'atelier, la veille au soir, elle avait rapidement oublié son jeune admirateur. Ce n'était qu'au matin, en le voyant sortir derrière elle, que sa curiosité avait été piquée. Le jeu auquel elle s'était livrée ensuite avec beaucoup d'espièglerie n'avait été qu'un moyen de s'assurer de son intérêt pour elle.

Mais à présent, elle était lasse ; la situation devait progresser sous peine d'émousser sa ténacité. Elle marcha vers la banquette et s'assit à côté de son admirateur. Pendant une seconde, il ne se passa rien, puis elle perçut une sorte de frémissement, un léger sursaut qu'elle mit sur le compte de la surprise qu'elle provoquait en lui. Elle ne le regarda pas, préférant observer la foule des visiteurs qui déambulaient devant eux. Pourtant, elle était à l'écoute de ses réactions, la présence du jeune homme faisait palpiter l'air près d'elle. Elle pouvait presque sentir les émotions qui se bousculaient en lui. Elle conserva un visage indifférent, laissant s'écouler les secondes, lui offrant l'opportunité de se décider, mais, comme rien ne venait, elle dit :

— Comment avez-vous trouvé l'exposition ?

Elle ne le regardait toujours pas et elle comprit qu'il hésitait à lui répondre. Enfin, il se racla la gorge.

— Pardon, mademoiselle ?

Elle ne put s'empêcher de sourire en s'entendant appeler ainsi. Il y avait une éternité que plus personne ne voyait une jeune fille en elle. Elle tourna lentement la tête et l'observa. Sa barbe naissante faisait une ombre bleue sur sa peau. Ses grands yeux noirs étaient bordés de longs cils qu'une fille lui aurait enviés. Il avait la musculature mince et dessinée qui est l'apanage des adolescents, cette beauté gracieuse qui hésite encore entre l'homme et l'enfant, laissant deviner la virilité sous-jacente.

— Je vous demandais si vous aviez aimé l'exposition, répéta-t-elle doucement.

Il baissa la tête. Sa peau mate se teinta d'une légère rougeur.

— Je ne l'ai pas regardée, admit-il.

— Je m'en doutais. Venez ! dit-elle brusquement en se levant.

Il eut une hésitation, mais presque aussitôt, réalisant qu'il ne servait à rien de jouer davantage, il sourit et la suivit docilement. Tout en marchant, elle lui raconta ce qu'elle avait retenu des œuvres. Il l'écoutait, les yeux fixés sur les toiles. Elle évitait de le regarder, ayant compris qu'il lui fallait du temps pour se faire à leur nouvelle relation. Elle le sentait se détendre peu à peu à ses côtés. Au bout d'un moment, elle glissa son bras sous le sien pour l'entraîner à sa suite. Elle éprouva la fermeté de son biceps sous ses doigts et le poids de son corps contre elle. Un délicieux frisson la parcourut. Comme ils s'arrêtaient devant *Le Bal de l'Opéra*, peint par Gervex, elle ne put s'empêcher de lui demander son âge.

— Je viens d'avoir dix-huit ans, dit-il simplement.

Rassurée, elle hocha la tête. Ils regardaient toujours droit devant eux et une vague de pudeur l'atteignit elle aussi, comme si la timidité du jeune homme déteignait sur elle. Près de lui, elle retrouvait des sensations oubliées et elle en conçut de l'allégresse. Elle lui était soudain reconnaissante de faire renaître l'ancienne Louise qu'elle avait crue morte. Le cœur battant, elle l'emmenait dans son sillage, se berçant de sa compagnie, accordant son pas au sien. Parfois, elle laissait sa hanche s'appuyer contre la sienne et ce simple contact déclenchait en elle des frissons qui l'enivraient.

Une heure s'écoula ainsi.

Lorsqu'ils quittèrent la salle, elle voulut boire quelque chose au bar du musée. Elle le conduisit vers une table, lui tenant la main. Elle serrait ses longs doigts entre les siens et, quand elle dut les lâcher pour prendre place, elle se sentit étrangement désemparée. Elle commanda un thé, il hésitait, car il pensait aux trois euros qui dormaient dans sa poche. Il voulut prendre un café.

— Il faut vous désaltérer. Choisissez autre chose, dit-elle, je vous invite.

Il se raidit un peu. La fierté des Montalvo coulait dans ses veines. Si Mercedes avait été là, elle s'en serait sans doute émue. Mais il était seul devant cette femme dont l'expérience transparaissait dans le moindre de ses gestes. Il n'avait fréquenté que les jeunes filles et, soudain, Louise lui semblait la quintessence de la féminité. Elle le dominait, il se sentait un jouet entre ses mains. Il avait compris dans sa façon de l'aborder qu'elle n'avait jamais été dupe de sa filature, et cela avait suffi à le capturer. Il prit un Coca.

Le liquide brunâtre moussa en noyant les glaçons et le verre se couvrit aussitôt de condensation. Iberio regardait cette effervescence et sa soif devint encore plus forte. Il vida la moitié de son Coca sans respirer. Louise éclata de rire.

— Eh bien ! Il était temps ! dit-elle.

Il reposa son verre en souriant.

— Après tout, je vous devais bien ça, poursuivit-elle.

— Pourquoi ?

— Je vous ai bien fait marcher, ce matin.

Il la regarda, interloqué, puis éclata de rire.

— Quand vous êtes-vous aperçue que je vous suivais ? demanda-t-il en tentant de reprendre son sérieux.

— Au moment où vous êtes sorti de l'immeuble, dit-elle en pouffant.

— Et moi qui croyais avoir été discret ! lança-t-il avant de boire une longue gorgée.

— Désolée, mais vous feriez un mauvais policier.

Elle trouvait son sourire merveilleux. *Il lui ouvrira bien des cœurs, si ce n'est déjà fait*, songea-t-elle. Elle laissa un temps raisonnable s'écouler en prenant un peu de thé au jasmin.

— Je m'appelle Louise, et toi ? dit-elle, le tutoyant à dessein.

Il marqua une légère hésitation, mais ne releva pas.

— Iberio.

— C'est original !

— Non, c'est espagnol.

Cette fois, ce fut elle qui éclata de rire.

— D'où es-tu ?

— De Castille. Ma mère a émigré en France peu après ma naissance.

Elle l'envisagea soudain avec plus d'intérêt. Elle comprenait mieux son teint mat et ses cheveux d'un noir de jais. Elle se fit la réflexion que sa mère avait dû réussir son ascension sociale pour habiter maintenant l'un des plus beaux immeubles de Passy. Elle se promit de sonder Ezra pour en apprendre un peu plus à son sujet. Puis elle se rappela soudain qu'elle devrait patienter, car le peintre lui avait signifié qu'il n'aurait pas besoin d'elle avant plusieurs jours. Elle s'appuya contre le dossier de sa chaise et tendit les bras, empoignant les coins de la table.

— Alors, tu es castillan, lança-t-elle.

6

L'une des coiffeuses du salon Jean Louis David se nommait Agathe. C'était une longue fille sèche d'une trentaine d'années, aux cheveux d'un blond platine savamment ébouriffés grâce à l'effet mouillé d'un gel. Mme Chanterelle la considérait comme sa coiffeuse attitrée et refusait expressément qu'une autre employée la touche. La première raison qui la rendait aussi intraitable était le délicieux massage qu'effectuait Agathe lorsqu'elle la shampouinait. Le lent mouvement de ses doigts sur son crâne avait le don de détendre instantanément la vieille dame, qui ne pouvait s'empêcher de bâiller et de fermer les yeux. La nuque appuyée contre la cuvette, les reins soutenus par le large fauteuil de skaï, elle ronronnait presque de plaisir tandis qu'Agathe fourrageait dans ses cheveux.

La deuxième raison était qu'Agathe n'avait besoin d'aucune consigne pour effectuer l'entretien de sa coupe ou de sa couleur. La jeune femme connaissait ses goûts, tenait à jour le compte de ses dernières visites et savait au premier coup d'œil ce qu'il fallait faire.

La troisième raison, la plus importante, était qu'Agathe cultivait avec Mme Chanterelle la volupté innée du ragot. Entrée au salon comme apprentie dès l'âge de quinze ans, elle coiffait tout le quartier et mémorisait instantanément la moindre rumeur. Avec le temps, elle avait appris avec quelle cliente partager ses potins et, ne se cantonnant pas à l'art des ciseaux, s'adonnait à celui des insinuations. On venait se faire coiffer par Agathe pour écouter une radio très particulière : celle des médisances scandaleuses et des hontes mal dissimulées.

Ce jour-là, Mme Chanterelle ne parvenait pas à profiter du massage que lui prodiguait la jeune femme. Malgré les suaves frissons qui couraient sur sa nuque sous l'action des doigts délicats, la vieille dame serrait à grand-peine les lèvres. Sa langue tressautait d'impatience contre ses dents.

Agathe nota immédiatement l'absence des habituels soupirs lors de sa pratique. Elle ne s'en formalisa pas. Une plus jeune shampouineuse aurait sans doute perdu pied, mais pas elle. Ses quinze années d'expérience lui conféraient une grande confiance en son toucher qui s'était affiné avec le temps. Elle en conclut aussitôt que sa cliente était préoccupée et écourta son inutile massage. Elle essora soigneusement la chevelure dégoulinante, puis la tamponna à l'aide d'une serviette-éponge propre.

— Par ici, madame Chanterelle, dit-elle en marchant vers un box vide.

La vieille femme chemina prestement pour se glisser dans le fauteuil qu'Agathe tournait obligeamment vers elle. Les petites cloisons qui séparaient les box avaient le double avantage de préserver l'intimité des clientes et de dissimuler les différentes étapes de leur coupe. Cela, joint à la radio branchée en continu en fond sonore, assurait également la totale discrétion des conversations.

Agathe fixa un col de papier amovible autour du cou de Mme Chanterelle, rectifia la blouse de protection afin d'éviter qu'aucune mèche coupée ne s'égare sous ses vêtements et prépara ses instruments. Les ciseaux, les pinces, le peigne, le sèche-cheveux s'étalèrent bientôt sur la tablette. Dans le miroir, les petits yeux de Mme Chanterelle suivaient le cérémonial.

— Quel temps magnifique ! s'exclama Agathe en plaçant les pinces, rassemblant les mèches afin de dégager des zones de coupe.

— Oui, oui, fit distraitement Mme Chanterelle.

— Ah ! Ce n'est pas toujours agréable d'être confiné dans un salon ! On aimerait sortir, avec ce soleil.

— Sans doute.

— Vivement les vacances ! dit-elle en commençant à désépaissir les cheveux de sa cliente.

— Vous n'allez pas tarder à les prendre, susurra la vieille dame, qui cherchait comment amener son sujet sans se laisser entraîner dans les platitudes.

— Pas avant le mois d'août, hélas !

— Nous y sommes presque.

— Ce sont toujours les dernières semaines de travail les plus longues, s'exclama Agathe en pouffant.

— Bien sûr, bien sûr.

— Je vous envie d'être à la retraite.

— Évidemment, mais vous savez, j'ai bien œuvré quand j'avais votre âge.

— Je m'en doute, allez !

— Sans compter que M. Chanterelle exigeait que sa maison soit parfaitement tenue.

— Ah, les hommes ! soupira Agathe, qui était lesbienne et que la compagnie masculine décevait souvent.

La coiffeuse déplaça de nouveau les pinces et poursuivit sa coupe. Mme Chanterelle se racla la gorge. Sa nouvelle l'étouffait. Il lui fallait absolument trouver comment la glisser dans la conversation.

— Et sinon, vous comptez partir un peu ? demanda Agathe.

— Mon Dieu ! je ne sais pas encore.

— Ah bon ? Pas de cure à Dax, cette année ?

— J'ai envie de changer mes habitudes, pour une fois.

— Au fond, vous avez bien raison. Il faut entretenir la curiosité, conclut Agathe qui brancha le sèche-cheveux.

Mme Chanterelle saisit immédiatement l'opportunité.

— Vous ne croyez pas si bien dire ! s'exclama-t-elle.

Mais la brusque soufflerie du sèche-cheveux couvrit ses paroles. La coiffeuse dispersa les mèches déjà coupées qui parsemaient les épaules de sa cliente et reposa l'appareil sur la tablette.

— Vous disiez ? demanda-t-elle aussitôt.

Mme Chanterelle éprouva soudain une bouffée de reconnaissance pour la jeune femme. On y était enfin.

— Vous ai-je déjà parlé du peintre que nous avons dans l'immeuble ?

C'était une question purement rhétorique qui ne servait qu'à lancer son sujet, car, bien évidemment, le personnage avait été souvent mentionné.

— M. « Gold-quelque chose » ?

— Goldweiser, c'est cela.

— Je l'ai déjà croisé, mais il ne vient jamais se faire coiffer.

— C'est un homme qui fait assez peu attention à son aspect, si vous voyez ce que je veux dire.

— Je crois que oui, assura Agathe, le genre à se couper lui-même les cheveux, sans doute.

— Exactement. Mais ce n'est pas là le plus intéressant ! conclut Mme Chanterelle en baissant la voix.

— Tiens donc ? fit Agathe qui ôta les pinces et se mit à égaliser le dessus du crâne de sa cliente.

— Connaissez-vous notre concierge ?

— Mme Montalvo ? Toute la rue la connaît. Je ne comprends pas qu'une telle femme soit encore célibataire, murmura-t-elle avec une pointe de regret.

— Oh, ma chère, qui a dit qu'elle l'était ?

Les ciseaux d'Agathe s'immobilisèrent instantanément.

— Pardon ?

C'était dans des moments pareils à celui-ci que Mme Chanterelle éprouvait ses plus grandes joies. Si elle s'en était donné la peine, elle aurait pu devenir une blogueuse et manipuler les réseaux sociaux indispensables au XXIe siècle. Elle avait parfaitement saisi que l'information était un exceptionnel pouvoir dont elle jouissait chaque fois qu'elle colportait une nouvelle rumeur. En constatant la stupeur qui figeait les traits d'Agathe, elle sentit un exquis frisson lui parcourir la nuque.

— Vous savez de qui il s'agit ? demanda la coiffeuse.

— Voyons, ma petite, vous ne m'écoutez pas. De qui parlions-nous à l'instant ?

La jeune femme haussa les épaules, puis une lueur s'alluma dans ses yeux.

— Vous ne voulez pas dire que c'est…

— Bien sûr que si !

Pour le coup, Agathe faillit lâcher son peigne. Que cet homme mal rasé, aux traits fatigués, à la silhouette triste puisse être l'amant d'une telle femme la stupéfiait. Certes, il était artiste et on le disait célèbre, mais il avait au moins cinquante ans et sa mine défraîchie ne le rendait pas attirant.

— Vous êtes sûre ? osa-t-elle demander.

Mme Chanterelle sursauta dans son fauteuil. Elle n'avait pas l'habitude qu'on mette sa parole en doute. Jusqu'à présent, chacune des rumeurs qu'elle avait colportées s'était révélée fondée. Même lorsqu'elle avait dévoilé les visites qu'effectuait le ministre des Transports dans une certaine maison du boulevard Wallace, les journaux lui avaient donné raison. Elle en avait pourtant parlé avant eux au salon. Il est vrai qu'à l'époque elle était au mieux avec Fathia, la petite bonne qui officiait dans la fameuse maison. C'était d'ailleurs grâce à elle qu'elle avait appris que le docteur Ménard fréquentait aussi la même adresse.

— Ma chère, je suis aux premières loges, susurra-t-elle.

*

Lorsque Mme Chanterelle pénétra une heure plus tard dans le hall de l'immeuble, sa permanente aux délicats reflets prune flamboyait. Bien que de petite taille, elle se tint très droite en passant devant la loge de la concierge, consciente d'un pouvoir qui la grandissait à ses propres yeux. Elle marcha jusqu'à l'ascenseur et, une fois dans la cabine, une idée lui vint. Si ingénieuse qu'elle regretta de ne pas l'avoir eue plus tôt. Elle appuya sur le bouton numéro cinq et s'éleva dans les airs, portée par la simplicité de son stratagème. Un stratagème qu'elle allait avoir tout le temps de mettre en place. Elle était patiente – c'était l'une des qualités qu'appréciait feu M. Chanterelle – et tenace. Elle aurait besoin de l'être davantage pour apporter la preuve formelle de la rumeur qu'elle venait de lancer au salon.

Elle avait été un peu désappointée par la réaction d'Agathe. La jeune femme était restée prudente face aux révélations de Mme Chanterelle qui, malgré les détails qu'elle avait fournis, n'avait pu imposer son interprétation des faits avec autant d'éclat qu'elle l'aurait voulu. Sa rencontre avec Mercedes dans l'ascenseur le jour où elle sortait de chez le peintre n'avait pas eu l'effet escompté. Le corsage ouvert, la chevelure refaite à la va-vite, la surprise de la concierge lorsqu'elle avait découvert la vieille dame dans la cabine, rien de tout cela n'avait remporté de franche adhésion. Agathe avait tout de même convenu qu'il y avait là matière à réflexion. Les fréquentes visites de Mercedes au sixième étage, leur durée, tout inclinait à penser qu'il se passait quelque chose. Mais quoi ? C'était la question à laquelle Mme Chanterelle comprit qu'elle devrait répondre si elle voulait conforter sa réputation. Elle avait donc dissimulé sa déception et avait admis avec élégance qu'il fallait en effet approfondir les choses avant de s'emballer, puis, avec habileté, elle avait glissé vers des sujets moins frondeurs pendant tout le temps que la coiffeuse lui faisait sa couleur, s'appliquant à masquer les racines blanches de sa cliente.

Au moins sa permanente était-elle réussie ! Pour cela, elle pouvait faire confiance à Agathe. Jamais elle n'avait été déçue en sortant de son salon. Une fois dans son appartement, elle tourna la clef dans la serrure et les trois points se déclenchèrent en claquant. Mme Chanterelle jeta un coup d'œil à son reflet dans la glace, admirant de nouveau la jolie couleur prune que gonflait le brushing.

*

Dans les jours qui suivirent, elle se tint à son poste sans désemparer. Une fois sa décision prise, il était impossible de la faire dévier. C'était un trait de caractère que feu M. Chanterelle classait alternativement dans les défauts et les qualités, en fonction des circonstances et de leur objet. Lorsqu'il s'agissait de venir à bout d'une tâche difficile, c'était évidemment un atout majeur, mais quand il était lui-même le sujet d'une dispute ou que leur ménage subissait un refroidissement, cela devenait un terrible handicap.

Il tolérait mal qu'une bouderie s'éternise au-delà de toute raison.

— Revenez à vous, Geneviève ! la tançait-il parfois. Vous atteignez les limites du supportable !

Car feu M. Chanterelle pratiquait le vouvoiement jusque dans l'intimité. C'était un détail qui avait enchanté la jeune femme lorsque leur relation avait pris un tour plus sérieux.

— Désirez-vous encore un peu de café, ma chérie ? avait-il demandé au lendemain de leur première nuit d'amour.

Ils étaient confortablement installés devant leur table au Martinez de Cannes et la jeune femme avait aussitôt décidé qu'elle passerait le reste de sa vie auprès de cet homme. Trois semaines plus tard, ils convolaient.

Elle ne l'avait jamais regretté.

Jusqu'à sa mort. Car elle avait alors découvert sa correspondance privée, et avec elle la preuve que s'il avait été un époux attentionné et d'une exquise courtoisie, il avait aussi été d'une infidélité criante. Les lettres de ses maîtresses en témoignaient, les appétits de feu M. Chanterelle le poussaient à chercher hors de son ménage des satisfactions que sa femme ne pouvait lui donner. Sans doute aurait-il eu la délicatesse de détruire ces lettres s'il s'était senti partir, mais la crise cardiaque qui l'avait brutalement terrassé ne lui en avait pas laissé le loisir. Mme Chanterelle avait donc subi la double peine de perdre un conjoint et de découvrir qu'elle ne le connaissait pas.

Ainsi l'épouse confiante devint-elle une veuve amère et soupçonneuse. Mise à l'abri du besoin par un mari prévenant, elle n'eut pour toutes compagnes de ses longues journées de solitude que la curiosité et la méfiance. Elle savait chercher – et malheureusement trouver – ce qui pouvait se dissimuler chez les autres. Rares étaient ceux qui échappaient à sa perspicacité. Seule son amie Édith conservait sa confiance, car elle partageait avec elle le lourd héritage d'avoir été trompée par son mari.

Avec le temps, sa curiosité devint maladive et tourna à l'obsession. Elle espionna d'abord ses connaissances, puis collecta chez ses voisins tous les détails qui pouvaient l'amener à échafauder des scénarios qu'elle n'avait de cesse de confirmer. « Le sexe et les hommes, c'est toujours un problème ! » aurait pu lui confier Mercedes si la vieille dame avait entretenu une certaine proximité avec elle. Et cet unique point de concordance aurait sans doute surpris la chaste veuve.

Par mesure de sécurité, chaque locataire laissait dans la loge de la concierge un double des clefs de son appartement. Suspendu à un tableau derrière le comptoir d'accueil, chacun d'eux était répertorié par une jolie petite plaque en cuivre portant le numéro de l'étage et le nom. Là était le stratagème imaginé par Mme Chanterelle : il lui suffisait de récupérer le trousseau du peintre et de le faire dupliquer par un serrurier pour avoir accès à son domicile.

Et une fois à l'intérieur, qui sait ce qu'elle découvrirait ?

Il lui fallut attendre plusieurs jours, embusquée derrière son judas, guettant les mouvements de l'ascenseur et son arrêt au sixième. Un mardi après-midi, elle perçut le claquement caractéristique de la cabine.

Aussitôt, elle sortit sur le palier. Juste à temps pour entendre frapper à l'appartement du peintre. Il y eut bientôt un bruit de serrure et la voix d'Ezra retentit :

— Bonjour, Mercedes, dit-il en la faisant entrer.

Puis la porte se referma et les sons s'étouffèrent.

Mme Chanterelle attrapa son sac et s'engouffra immédiatement dans l'ascenseur pour rejoindre le rez-de-chaussée. La porte de la loge était rabattue, ce qui signifiait que la concierge s'était absentée pour un moment. *Et pour cause !* songea Mme Chanterelle, qui frappa néanmoins au carreau. Il pouvait toujours y avoir Iberio, auquel cas elle prétexterait venir chercher son courrier et retournerait chez elle.

N'obtenant aucune réponse, Mme Chanterelle entra. Comme d'habitude, la porte qui menait à l'appartement de Mercedes était fermée, car la jeune femme préservait son intimité. Prestement, Mme Chanterelle contourna le comptoir. Le trousseau du peintre était le dernier en bas, suspendu sous le numéro six, juste à côté de la clef de la cave. Elle le saisit, le jeta dans son sac et quitta la pièce en arborant un visage impassible. Le hall était désert, mais elle n'avait que le temps d'agir. Elle sortit dans la rue et fila le plus rapidement possible vers le boulevard, où se trouvait un cordonnier. Dans la chaleur du mois de juillet, la circulation s'était considérablement ralentie après le départ des premiers vacanciers. Il n'y avait aucun client dans la boutique. L'artisan s'approcha en entendant tinter la clochette de sa porte. C'était un homme âgé, sec et glabre, dont l'air triste disait assez l'ennui de son commerce. Mme Chanterelle lui tendit le trousseau et l'homme se mit au travail. Il ne lui fallut que quelques minutes pour exécuter les doubles et la somme qu'il demanda était modique. Mme Chanterelle le remercia et rejoignit l'immeuble avec célérité.

Le hall était toujours désert. La hauteur de la voûte et l'épaisseur des murs en garantissaient la fraîcheur. Mme Chanterelle frappa de nouveau à la loge, attendit un instant, puis entra. Elle remit prestement le trousseau à sa place.

— Je peux vous aider, madame Chanterelle ?

La vieille dame se figea. Iberio se trouvait dans l'encadrement de la porte de l'appartement. Elle ne l'avait pas entendu venir. Elle se retourna, affichant son plus beau sourire. Surprise derrière le comptoir face au tableau, il ne lui était plus possible de prétexter la recherche de son courrier.

— J'ai frappé, mais comme ça ne répondait pas, je suis entrée, susurra-t-elle avec candeur. Figurez-vous que j'ai tiré ma porte en laissant mes clefs à l'intérieur !

— Pas de problème, madame Chanterelle, prenez votre double. Je vais vous accompagner, comme ça, vous n'aurez pas à redescendre pour le remettre.

— Oh, c'est vraiment gentil à vous ! Je suis désolée de vous déranger pour si peu. Je suis tellement distraite en ce moment, j'oublie tout.

— Ce n'est rien, dit Iberio en lui ouvrant la porte de la loge.

Tout en marchant, Mme Chanterelle serrait son sac contre elle pour éviter de faire tinter les deux trousseaux qui s'y trouvaient. Dans l'ascenseur, elle observa le jeune homme à la dérobée. *Il est vraiment beau*, songea-t-elle, *si on aime ce genre-là, évidemment !*

Sa peau mate, ses grands yeux bordés de longs cils, sa silhouette mince aux proportions harmonieuses créaient une image à la fois exotique et troublante. Mais même si elle ne pouvait nier son charme, la vieille dame n'avait jamais été attirée par ce type d'homme. En outre, elle ne pouvait s'empêcher de s'interroger sur sa présence dans la loge. Était-il déjà là lorsqu'elle était passée la première fois ? Avait-il remarqué le trousseau manquant du peintre ? Tandis que l'ascenseur s'élevait, elle supputait ses chances. Au cinquième, Iberio poussa la porte et la tint obligeamment devant elle. La vieille dame se faufila jusque chez elle et ouvrit avant de rendre la clef au jeune homme.

— Vous avez été très aimable de m'accompagner, Iberio.

— Je vous en prie, ce n'est rien, dit-il, assurez-vous tout de même que votre clef est bien chez vous. Je vous attends.

Mme Chanterelle entra prestement et laissa la porte entrebâillée. Elle s'affaira un instant dans le vestibule pour donner le change tout en sortant le trousseau de son sac.

— C'est bien ce que je disais, la voilà ! fit-elle en revenant sur le palier, sa clef à la main, je l'avais oubliée sur la commode.

— Tant mieux, je vous laisse, alors. Bonne fin de journée !

— Merci beaucoup, mon petit.

Elle rentra et s'appuya contre le bâti. *J'ai eu chaud !* songea-t-elle. Elle sortit prestement le trousseau du peintre de son sac. Elle avait maintenant la possibilité d'entrer chez lui et, à l'idée de ce qu'elle pourrait y découvrir, un délicieux frisson d'excitation lui parcourut la colonne vertébrale.

*

Elle dut néanmoins tempérer ses ardeurs pendant une semaine. Ce fut le temps que mit le peintre pour se décider à sortir de chez lui. Mme Chanterelle nota qu'en sept jours la concierge lui rendit deux visites d'au moins deux heures chacune. *Elle a un solide appétit, la bougresse !* remarqua la vieille dame en pinçant les lèvres et en reniflant son mépris. Elle ne pouvait s'empêcher de songer à feu son époux qui lui aussi se livrait aux tourments du sexe hors de la maison pendant que, persuadée qu'il travaillait à leur bonheur mutuel, elle l'attendait en préparant le repas.

Au souvenir de ces jours qu'elle avait cru heureux et sans nuages, une véritable colère la submergeait. Sa naïveté faisait sa honte a posteriori. *On n'a pas idée d'être dinde à ce point !* s'admonestait-elle en frappant du poing sur l'accoudoir de son fauteuil. Elle avait tiré jusque dans l'entrée un Chesterfield dans lequel elle feuilletait *Gala* tout en guettant les mouvements de l'ascenseur. Le fait que ce fauteuil ait été le préféré de son mari lui mettait un peu de baume au cœur. *Tu ne t'attendais sûrement pas à ça, mon bonhomme !* murmurait-elle parfois en son for intérieur. Il lui semblait qu'elle se vengeait un peu de sa trahison lorsqu'elle employait à mauvais escient un meuble ou un objet qu'il affectionnait. Ainsi, elle se servait de son nécessaire à barbe pour se raser les aisselles, rédigeait sur son sous-main de cuir les listes de courses, buvait du Viandox dans son service à whisky en cristal, utilisait les mouchoirs marqués de son chiffre en guise de chiffons et prenait sa brosse à dents pour récurer son argenterie. Après sa mort et les révélations qui l'avaient accompagnée, elle avait trouvé mille petites sources de plaisir qui faisaient en même temps sa honte, car elle était consciente de sa mesquinerie. Quinze ans après, elle ne décolérait pas. Il lui semblait chaque jour qu'elle venait de lire une des lettres horriblement précises qu'il conservait dans un coffret en acajou.

Quand la porte de l'ascenseur se rabattit et que la cabine s'ébranla, Mme Chanterelle fila vers les fenêtres de son salon. De là, elle avait une vue imprenable sur la rue. Quelques minutes plus tard, le peintre sortit de l'immeuble et marcha vers l'avenue. Il portait une large chemise dont les poches de poitrine étaient déformées par tout ce qui s'y trouvait. Elle observa sa démarche un peu lourde, le balancement de ses bras, nota le pantalon de lin fripé qui godaillait sur ses chevilles. Au bout de la rue, il héla un taxi.

Aussitôt, Mme Chanterelle se précipita hors de chez elle. Elle monta à pied et s'arrêta devant l'appartement du peintre, le cœur battant la chamade après cet effort auquel elle n'était plus coutumière. Elle n'arrivait pas à introduire la clef dans la serrure tant sa main tremblait d'impatience. Elle dut s'y reprendre à deux fois avant de parvenir à la faire tourner. Confiant et sans doute un peu paresseux, le peintre n'avait fermé que le verrou du bas et elle songea qu'elle avait de la chance qu'il n'ait pas une serrure trois points comme la sienne, car les clefs ne pouvaient être dupliquées que par l'entreprise qui les fournissait.

Enfin, elle entra.

L'appartement était à l'image de son propriétaire et Mme Chanterelle nota une nouvelle fois que les hommes, décidément, ne savaient pas tenir leur intérieur. Les portes coulissantes qui masquaient l'atelier étaient grandes ouvertes, révélant le bric-à-brac de brosses, de pinceaux, de tubes de couleur et de chiffons sales. Il flottait une odeur d'essence de térébenthine et Mme Chanterelle renifla avec dégoût. Dans le salon, des vêtements s'étalaient sur les fauteuils : une veste, un tee-shirt, une paire de tennis, un vieux pantalon de toile brune. Un torchon de cuisine pendait au dossier d'une chaise, un plateau maculé de café froid et encombré de tasses vides était oublié sur la table près d'une assiette dans laquelle un reste de vinaigrette achevait de se figer. Des livres traînaient, posés un peu partout, certains ouverts et retournés pour en garder la page. Une brassée de vieux journaux jonchaient le sol devant la verrière, à côté du chevalet étonnamment dépourvu de toile.

Mme Chanterelle ne savait par où commencer. La vaste pièce que surplombait la mezzanine avait l'allure d'un vaisseau abandonné. À l'étage se trouvaient sans doute une ou plusieurs chambres, mais elle ignorait de combien de temps elle disposait, aussi choisit-elle de se cantonner au salon. La cuisine, dont elle apercevait sur sa droite la porte ouverte, ne l'inspirait guère. *Qui sait quelles cochonneries y moisissent !* songea-t-elle en reniflant derechef.

Elle tournait sur elle-même, observant ce qui l'entourait, cherchant par où commencer son exploration, lorsqu'elle découvrit les cartons à dessin rangés le long de l'établi. Elle s'approcha et tira le premier. Elle défit les rubans sur les côtés et l'ouvrit. Les études se répandirent sur le sol. Les premières pages ne montraient que le même corps nu, sans tête, dans des poses variées, mais, en continuant de feuilleter, un visage apparut soudain. En reconnaissant Mercedes, Mme Chanterelle eut un choc et recula instinctivement.

Depuis huit ans qu'elle croisait la concierge dans l'immeuble, elle avait eu le temps de se faire une idée de son physique qui, malgré les vêtements discrets, les robes peu ajustées, les pantalons et les pulls larges, laissait deviner des formes avantageuses. Mais la découvrir entièrement nue sur des feuilles A3 de papier gros grain lui causa un émoi sans précédent. Jamais elle n'aurait pu imaginer l'opulence de sa poitrine, sa fermeté presque irréelle, cette cambrure des reins, ces fesses outrageusement rondes, ni ces longues cuisses musclées.

Et cela joint au visage qu'elle connaissait pourtant, mais dont la pureté des traits, d'une symétrie presque magique, lui éclatait aux yeux, auréolée par une chevelure d'un noir de jais que le fusain rendait admirablement.

Et cette bouche, mon Dieu !

Cette bouche était une promesse de la volupté qui émanait de son corps. Un appel à la turpitude ! La vieille femme eut tout à coup la sensation de succomber à la caresse de ses baisers rien qu'en regardant ces lèvres pulpeuses.

Elle ne pouvait détacher les yeux de ces études qu'elle feuilletait machinalement. Hypnotisée par la constante beauté qui s'en dégageait. Au fur et à mesure, quelque chose commençait à sourdre sous les traits du fusain, quelque chose qu'elle n'identifia pas tout de suite, mais qui s'imposa lentement à elle.

Son regard.

Le peintre en avait chaque fois capté l'essence qui exprimait tout à la fois une farouche détermination et une tension douloureuse, un mélange d'extrême jeunesse et d'expérience, une connaissance intime des rigueurs de la vie liée à de l'ingénuité. C'était une femme inachevée, une enfant trop tôt grandie.

Mme Chanterelle découvrit aussi ce qui transparaissait de l'artiste dans ses dessins. Il y avait une admiration, un amour sans bornes pour son modèle qu'il reproduisait de manière compulsive, cherchant à la capturer, à la posséder. C'était à l'évidence le travail d'un homme dévoré par une passion rentrée.

Elle sut alors qu'elle s'était trompée. Le peintre n'avait jamais entretenu de relation intime avec la concierge. Il la chérissait, l'adorait même, mais n'avait sans doute jamais posé la main sur elle.

D'ailleurs, si le sexe les avait liés d'une façon ou d'une autre, Mme Chanterelle l'aurait senti quand la concierge lui rendait visite. Une certaine tonalité de tendresse, une connivence auraient transparu dans sa voix lorsqu'il ouvrait la porte et la saluait. Ils ignoraient tous les deux que la vieille dame les écoutait depuis son palier.

Au lieu de cela, c'était toujours avec une politesse formelle, presque froide, qu'il l'accueillait. « Bonjour, Mercedes. Entrez », disait-il presque mécaniquement chaque fois.

Non, elle en était convaincue, à présent : entre ces deux-là, rien ne se passait. Et elle songea alors avec amertume qu'Agathe avait eu raison de se méfier de la rumeur.

Mme Chanterelle rassembla proprement les dessins et les serra dans leur carton qu'elle remit à sa place sous l'établi. Comme elle se redressait, s'appuyant sur la table pour soulager ses lombaires douloureuses, quelque chose attira son attention sous un fauteuil. Une pièce d'étoffe minuscule. Elle fit quelques pas pour l'attraper. Ses doigts saisirent une petite chose légère, fragile et soyeuse.

Bien que n'ayant jamais été adepte de ce genre de fanfreluches, même dans ses jeunes années, Mme Chanterelle comprit exactement ce qu'était cette infime chose ajourée.

Un string.

— Seigneur ! Qu'est-ce que ça fait là ? ne put-elle s'empêcher de s'exclamer.

Quelle créature peut quitter un endroit sans s'apercevoir qu'elle ne porte plus sa culotte ? songea-t-elle avec stupeur. Malgré ce qu'elle venait de découvrir sur la concierge, il lui sembla qu'elle n'était manifestement pas le type de femme à revêtir un tel accessoire. Cela voulait donc dire qu'une autre entretenait une relation avec le peintre. Une liaison charnelle, celle-là.

— On ne se pare pas de ce genre de cochonneries pour aller à confesse ! murmura-t-elle avec dégoût.

Elle laissa tomber le string sur le sol et le repoussa du pied sous le fauteuil.

Tout à coup, elle ressentait l'urgent besoin de rentrer chez elle et de se laver les mains.

7

Depuis sa rencontre avec Louise, Iberio dormait mal. L'après-midi qu'il avait passé en sa compagnie lui avait laissé un souvenir impérissable. Pour un jeune garçon de dix-huit ans, la fréquentation d'une femme aussi aguerrie que Louise était une expérience hors normes. Ils avaient longtemps parlé au bar du musée, puis ils étaient sortis et avaient marché vers le métro. Au moment de se séparer, Louise avait soudain fait demi-tour et l'avait embrassé. Il avait été surpris, non seulement par son baiser, mais surtout par la manière dont elle le lui avait donné. Elle avait plaqué son corps contre le sien, écrasant ses seins sur son torse, sa langue explorant sa bouche avec voracité. Puis elle l'avait quitté brusquement, s'engouffrant dans l'escalier sans même le regarder. Il était demeuré là, pantelant, l'esprit confus et la chair frémissante, à peine conscient des voyageurs qui entraient et sortaient de la station autour de lui.

Il avait préféré marcher pour rentrer. Il lui fallait ce temps pour digérer ce qu'il venait de vivre. Mille questions l'assaillaient qu'il ressassait encore en traversant la loge. Dans la cuisine, Mercedes préparait leur dîner.

— *Cariño !* tu as passé une bonne journée ? avait-elle demandé tandis qu'il se lavait les mains.

Il avait hoché la tête, incapable d'en dire davantage. Ils avaient mangé tous les deux, comme chaque soir, mais il ne se rappelait pas ce qu'il avait avalé. Il était demeuré dans une espèce de brouillard que les sons ne parvenaient pas à percer tout à fait.

Depuis quelque temps, Mercedes s'était trouvé une occupation. Dans les vieux magazines et les journaux que lui donnaient les locataires, elle découpait des photos, isolait des personnages ou des objets qu'elle assemblait ensuite pour former de petits tableaux naïfs dans les pages d'un grand cahier. Concentrée sur son travail, elle se désintéressait totalement de la télévision.

Iberio regardait l'écran sans le voir vraiment, suivant à peine ce qui s'y déroulait, indifférent à l'agitation des acteurs. Rien ne l'atteignait.

Rien à part Louise.

Il lui semblait qu'elle avait posé sa marque sur lui et que plus rien n'avait de sens. Il mettait du temps à s'endormir et s'éveillait aux premiers rayons du soleil. Il parvenait à grappiller une heure ou deux de mauvaise somnolence puis, de guerre lasse, quittait son lit. Souvent, il n'était que six heures. Il achevait de déjeuner lorsque sa mère entrait dans la cuisine.

— Déjà debout, *cariño* ? Je ne reconnais plus mon fils, en ce moment, lançait-elle en souriant.

Il en allait de même pour lui. Ce baiser lui avait fait davantage d'effet que les quelques nuits d'amour qu'il avait passées avec Clothilde. Il avait une expérience limitée des femmes. Tout au plus avait-il fréquenté quelques jeunes filles de son âge qui, même si elles étaient souvent plus subtiles et plus mûres que lui, ne parvenaient pas à éclipser l'émoi qu'avait suscité la bouche de Louise.

Son souvenir voluptueux le troublait encore.

La saveur qu'il en gardait lui brûlait les lèvres. Pourtant, la question qui le taraudait était celle de sa liaison avec le peintre. Elle lui avait avoué qu'elle posait pour lui, mais il savait qu'elle avait passé la nuit dans son appartement. Il l'avait vue arriver le soir et ne repartir qu'au matin. Alors, pourquoi l'avait-elle embrassé ?

Elle devait revenir dans la semaine pour une autre séance de pose avec Ezra, mais il ignorait quel jour. Il se bornait donc à attendre, tout en tâchant de tromper son impatience avec Balzac. *Splendeurs et misères des courtisanes* lui rappelait à chaque page le visage de Louise. Le personnage d'Esther lui semblait une évocation romanesque de la jeune femme. En découvrant la description de son corps, il ne pouvait s'empêcher de calquer celui de Louise, que ses formes épanouies rapprochaient des beautés du XIXe siècle. L'édition qu'il parcourait était celle du Livre de Poche. La typographie serrée et l'absence de paragraphes en rendaient la lecture malaisée pour quelqu'un dont l'attention s'évadait constamment. Iberio devait reprendre certaines pages pour retrouver le fil de l'action. En même temps, son esprit construisait un autre scénario, l'entraînant vers des exagérations sentimentales dont il n'était pas coutumier.

Cela surtout le perturbait. Il ne se reconnaissait pas. Son impatience l'exaspérait. Il tentait de se ressaisir, souhaitait s'endurcir. *Ce n'était qu'un baiser*, se disait-il. Oui, mais voilà : ce baiser-là n'était en rien comparable à ceux qu'il avait déjà reçus. Il ressentait encore les mouvements voluptueux de cette langue autour de la sienne, la douceur affolante de ses lèvres, la gourmandise avec laquelle elle goûtait sa bouche. Son corps pressé contre le sien, s'offrant avec un si total abandon. Ce mouvement soudain avec lequel elle l'avait pris dans ses bras, le happant avec une force tendre et pourtant impérieuse.

Et le vide lorsqu'elle avait relâché son étreinte, la sensation de froid qui l'avait envahi tandis qu'elle descendait l'escalier et disparaissait dans la foule.

Et le bourdonnement continu à ses tempes.

Il avait peur de n'être plus lui-même. Il comprenait tout à coup le désespoir qui, au début du livre, poussait Esther au suicide pour Lucien de Rubempré. Non qu'il eût souhaité lui-même en venir à une telle extrémité, mais il pouvait appréhender le paroxysme douloureux que créait la perte.

« La solitude effraie une âme de vingt ans », dit Célimène à Alceste dans *Le Misanthrope*. Le vers lui revenait brusquement, une réminiscence de ses années de collège pendant lesquelles la lecture de Molière, Racine ou Corneille l'avait copieusement ennuyé. Mais à présent, quelque chose de concret le touchait. Il percevait toute l'acuité de cette observation qu'il pensait avoir oubliée depuis longtemps. Il entrevoyait ce qui faisait de ces auteurs des peintres si justes de la nature humaine.

Ce fut dans ces dispositions d'esprit qu'il passa les trois jours suivants. À son poste, derrière le comptoir de l'accueil, le livre ouvert devant lui, il guettait le retour de Louise. Mercedes allait et venait, vaquant à ses occupations habituelles. L'été, elle avait toujours moins de travail, car les locataires s'absentaient. Une fois les parties communes de l'immeuble nettoyées et le courrier distribué, elle n'avait plus rien à faire. Excepté les heures de pose avec le peintre, ses après-midi lui appartenaient. Profitant de la présence d'Iberio pour garder la loge au cas où, il n'était pas rare qu'elle sorte se promener. Elle aimait marcher dans la ville, flâner devant les boutiques, même si elle n'achetait rien. Elle adorait aussi fréquenter les squares. Parfois, elle s'octroyait une glace qu'elle mangeait sur les quais en regardant passer les péniches et les bateaux-mouches. Il y avait toujours des inconnus qui tentaient d'engager la conversation, mais, dans ces cas-là, Mercedes avait une tactique pour les décourager. Elle avait sur elle une carte qu'elle leur mettait dans les mains et sur laquelle on pouvait lire : *Je suis sourde et muette, ne perdez pas votre temps.* À ce stade, les hommes avaient souvent la même réaction. Ils grimaçaient un sourire, lui rendaient le bristol et s'éloignaient.

— Incroyable ! avait dit Iberio quand elle lui avait expliqué le stratagème.

— Qui voudrait s'embêter à charmer une sourde-muette ? avait répliqué Mercedes, c'est trop de travail !

Mais en cette période de vacances estivales, si elle profitait de son temps libre, déjouant avec habileté les manœuvres des séducteurs, elle n'en gardait pas moins un œil sur son fils. Son comportement l'intriguait. Qu'un jeune homme fraîchement majeur préfère s'enfermer dans une loge – même en compagnie de Balzac – plutôt que de sortir fréquenter ceux de son âge ne lui semblait pas naturel.

Elle aurait pu facilement éventer le mystère si elle avait été là trois jours plus tard, lorsque Louise pénétra sous le porche de l'immeuble. Mais à cet instant, elle se promenait sur le pont Alexandre-III, dégustant un smoothie à la banane tout en regardant passer une péniche baptisée *Estrella*. Sur le plat-bord, des garçons fumaient, déambulant torse nu. Des filles se prélassaient sur le tillac dans des transats bariolés. Des vélos étaient accrochés au flanc de la cabine. Un gros terre-neuve, la truffe au vent, surveillait les berges. Mercedes pensa qu'un voyage en bateau serait une opportunité pour son fils. Elle l'imagina un moment descendre les canaux avec une bande de copains, dans un joyeux chahut.

Rien n'était plus éloigné de l'esprit d'Iberio que cette image aquatique quand parut Louise. Excepté, peut-être, la robe d'un bleu électrique qu'elle portait. Sa natte caressait son dos nu, comme pour mieux le signaler, mais elle cultivait toujours une simplicité élégante et de bon aloi. Elle s'approcha de la porte de l'ascenseur sans même un regard vers la loge grande ouverte. Elle était pensive, presque détachée, tandis qu'elle saisissait la poignée. Elle tirait le battant lorsque Iberio l'appela. Elle suspendit son geste, promenant ses yeux autour d'elle. Puis elle le vit et son visage s'éclaira.

— Qu'est-ce que tu fais là ? demanda-t-elle.

— Je garde la loge pendant l'absence de ma mère.

— Ta mère ? dit encore Louise avec perplexité.

— C'est la concierge de l'immeuble.

Il y eut un silence et les paupières de Louise battirent rapidement.

— Oh, je vois, murmura-t-elle.

Mais Iberio en doutait. Il songea qu'il s'agissait là d'une formule banale destinée à meubler la conversation. C'était toujours ce que disaient les gens lorsqu'ils apprenaient le métier de sa mère. Pour lui, le monde se divisait en deux groupes distincts : ceux qui dissimulaient leur déception et ceux qui la montraient. Car personne n'a de considération pour une concierge.

— Alors, c'est elle, constata Louise.

Iberio n'était pas sûr de saisir ce qu'elle entendait par là. Cette réplique, en revanche, échappait au dialogue habituel. Les gens disaient le plus souvent « C'est bien » ou « C'est intéressant », mais jamais « C'est elle ».

Louise continuait de fixer Iberio, se remémorant la splendide femme aux cheveux noirs qu'elle avait croisée un matin, cette femme dont elle avait vu les nombreuses études chez Ezra. Elle comprenait maintenant d'où venait la beauté du jeune homme. Son désir pour lui n'avait fait que croître et elle avait encore envie de l'embrasser.

À cet instant, Iberio aurait pu lever tous les doutes qui le taraudaient, réaliser son erreur de jugement et certainement réitérer l'expérience du baiser. Mais il n'y songea pas. Frappé par la déconvenue qu'il croyait lire sur le visage de Louise, il ressentit une grande déception à son endroit. En une fraction de seconde, toute son attirance pour elle s'évanouit.

Louise, elle, pensait aux séances de pose pendant lesquelles il lui fallait reproduire les attitudes de la concierge, attendant qu'Ezra se décide à la rejoindre.

Depuis le temps, elle avait bien senti que c'était cette femme qu'il possédait à travers elle. Si les premières semaines elle n'en avait eu qu'un vague soupçon, celui-ci était devenu une certitude dès qu'elle avait découvert ses dessins. Et maintenant qu'elle était attirée par son fils, les ramifications de la situation lui semblaient d'un seul coup vertigineuses.

La douleur que ressentait Iberio le rendit soudain amer.

— Bien ! lança-t-il d'un ton faussement léger. Je ne voudrais pas te retenir, tu as du travail, je crois.

C'était au modèle qu'il s'adressait, mais Louise y vit une allusion à son métier de prostituée et elle se raidit sous l'insulte. Elle avait tellement aimé le regard du garçon sur elle, ce mélange d'admiration et de désir, sa douceur et sa timidité. Elle avait été heureuse de faire resurgir l'ancienne Louise et, pendant les quelques jours qui avaient suivi leur rencontre, elle avait cru possible de revenir en arrière. D'une seule phrase, il venait de ruiner son espoir.

Iberio hésitait sur la conduite à tenir. Il tripotait son livre, tournant machinalement les pages, comme s'il était pressé de retourner à sa lecture. Mais il sentait le malaise qui polluait cet instant. Louise restait muette, le silence se prolongeait. Il la regarda et vit la pâleur de son visage.

Il aurait dû prendre le temps de mieux déchiffrer son expression, mais, persuadé qu'elle n'éprouvait que de la condescendance pour le métier de concierge, et encore sous le coup de la colère que lui inspirait ce mépris imaginaire, il choisit de l'ignorer. Il baissa la tête et revint à sa lecture.

Louise tourna le dos et marcha vers l'ascenseur. Elle ferma les yeux pendant le court trajet qui l'emmenait au sixième étage. Lorsque le peintre lui ouvrit la porte, il ne vit que le masque souriant qu'elle lui offrait. Il ne s'aperçut pas que ses prunelles brillaient un peu trop et que l'excitation qu'elles semblaient refléter était due aux larmes qui les noyaient.

En rentrant de sa promenade, Mercedes sentit tout de suite que quelque chose n'allait pas chez son fils. Son visage tendu et son air absent furent pour elle des signaux éclatants. Mais l'interroger ne servirait à rien. Depuis longtemps, elle avait découvert que les adolescents dissimulent tout à leurs parents et l'expérience lui avait appris qu'en général les hommes sont rarement doués pour partager leurs sentiments.

Elle passa dans l'appartement pour préparer le dîner, s'activant avec énergie. Elle avait réglé sa petite radio sur une station musicale et elle chantonnait tout en lavant la salade. Elle coupa ensuite des tomates et des champignons, ajouta des olives, des poivrons et de la feta, puis fit sa sauce. La veille, elle avait fait une marinade de poisson, un plat qu'adorait Iberio.

— Fini le travail ! lança-t-elle. Viens mettre la table !

Iberio ferma la porte de la loge et tira le rideau, abandonnant Balzac sur le comptoir. Il n'avait plus envie d'accompagner Esther, pour le moment. Les courtisanes lui brisaient le cœur.

*

Vers neuf heures, le lendemain matin, Louise sortit de l'ascenseur et passa devant la loge ouverte. Mercedes rentrait les poubelles dans leur local au fond de la cour. Les éboueurs venaient juste de les vider, faisant sonner le verre qui se brisait contre les parois de la benne, et au bout de la rue on entendait encore ce tintement de cloches fêlées qui les accompagnait.

Iberio était assis derrière le comptoir, la tête penchée sur son Balzac. Louise s'arrêta un instant devant lui, mais, concentré sur le texte, il ne la vit pas. À cet instant, Mercedes entra dans le hall. Le claquement de la porte de la cour attira l'attention d'Iberio qui leva les yeux et découvrit simultanément Louise et sa mère.

Mercedes observait la jeune femme dont la robe d'un bleu électrique tranchait sur les pierres. Elle savait maintenant d'où elle venait et aussi pourquoi elle posait pour Ezra. Louise ne put s'empêcher d'admirer une nouvelle fois la beauté sauvage de la concierge qui, vêtue d'une simple blouse, les pieds chaussés de fines sandales, envahissait l'espace, faisant vibrer l'air d'une note étrangement sensuelle.

Iberio regarda alternativement sa mère, puis Louise. Ses traits se figèrent et Mercedes comprit alors pourquoi il tenait à s'installer derrière le comptoir.

— Bonjour, madame, dit doucement Louise.

— Bonjour, répondit Mercedes en entrant dans la loge.

Louise attendit. Iberio baissa promptement les yeux vers son livre. Il sentit le parfum de miel qui accompagnait sa mère lorsqu'elle se glissa derrière lui pour entrer dans l'appartement. Louise hésita encore puis, voyant qu'Iberio l'ignorait, elle tourna les talons et franchit la lourde porte extérieure.

— Elle t'intéresse, hein ? lança Mercedes depuis le salon.

— Qu'est-ce que tu dis, m'man ? demanda Iberio.

Mercedes entra dans la loge.

— Chaque fois que tu m'appelles « m'man », je sais que tu cherches à me cacher les choses. Et là, ce n'est plus la peine. Les yeux te sortent de la tête quand tu la regardes.

— De qui est-ce que tu parles ?

— De la *chica* couleur pétrole.

Iberio retourna son livre sur le comptoir pour en garder la page. Dans l'encadrement de la porte, appuyée contre le chambranle, sa mère le toisait. Elle ne le lâcherait pas avant d'avoir une réponse. Il croisa les bras.

— Qu'est-ce que tu veux savoir ?

— Ce qu'il y a entre elle et toi.

— Rien.

— *Ya, claro*[1] *!* Un rien qui mène à tout !

— Je t'assure !

Mercedes émit un long soupir chargé de lassitude. Elle croisa les bras à son tour, ce qui eut pour effet de faire gonfler ses seins par l'échancrure de sa robe. Pudiquement, Iberio détourna les yeux.

— Tu ferais bien de t'arranger pour que ça continue comme ça, laissa-t-elle tomber.

— Pourquoi ?

— Elle t'a dit ce qu'elle faisait ici ?

1. C'est ça !

— Elle pose pour Ezra.

Nouveau soupir agacé.

— *Idiota !* Tu crois qu'elle ne fait que poser pour lui ?

— Je suis au courant, *Mamacita* ! s'écria-t-il, exaspéré.

— Alors, si tu le sais, pourquoi espères-tu autre chose ?

Iberio s'appuya contre le comptoir et se passa la main dans les cheveux. Maintenant, il avait l'apparence d'un chiot perdu et ébouriffé.

— Je l'ignore, souffla-t-il.

— Les hommes et le sexe ! s'exclama Mercedes en lançant les poings vers le ciel. *Estás como un perro que se persigue la cola*[1] *!*

Mercedes avait beaucoup d'autres choses à dire. En tant que mère et en tant que femme. Mais il lui était difficile d'en évoquer certaines devant son fils. L'une, notamment, ne reposait sur rien. Ce n'était qu'une supposition. La tenue que portait Louise lors de leur première rencontre n'était qu'un indice, tout au plus une piste qui demandait réflexion. Même si Mercedes était convaincue qu'elle avait vu juste, il lui était impossible d'en tirer une conclusion définitive et encore moins de l'assener comme preuve irréfutable à son fils. Plus elle le regardait, plus elle sentait que la Chica Pétrole avait déjà pris place dans son cœur, et elle ne se reconnaissait pas le droit de le piétiner.

Mais s'il est un domaine dans lequel une mère est prête à toutes les manipulations, c'est bien celui du

1. Tu es comme un chien qui court après sa queue !

bonheur de sa progéniture. Il n'était pas question de battre en retraite. Mercedes adoucit suffisamment son humeur pour donner le change à Iberio. Elle se calma. *Sans colère, mais sans pitié*, songea-t-elle. Ce credo, le seul qu'elle acceptait car elle n'était pas croyante, guidait sa vie. Jamais elle ne l'avait regretté. Une fois de plus, elle allait le mettre à l'épreuve.

— Tu as déjeuné au moins ? demanda-t-elle soudain.

Un instant désarçonné, Iberio hésita avant de répondre.

— Mais oui, m'man…

— Tu mens ! File à la cuisine. Maintenant qu'elle est partie, tu peux quitter ton nid de pie !

Il n'aurait servi à rien d'argumenter. Iberio rentra dans l'appartement. Mercedes tambourina le comptoir de ses ongles. Elle les coupait court à cause des travaux ménagers, mais ils produisirent un crépitement nerveux. Sa propre incapacité l'étouffait.

Veo las orejas del lobo[1] ! disait souvent sa mère lorsqu'elle pressentait un danger.

Et en l'occurrence, la concierge songea que c'était une louve qu'elle devinait en cet instant, une louve dont la robe d'un bleu électrique luisait dans le lointain.

*

Il y eut une accalmie les jours suivants. Ce fut comme si Iberio reportait ailleurs son attention. Il

1. Je vois les oreilles du loup !

sortait tôt chaque matin, passant les heures chaudes de l'après-midi à lire au frais dans l'appartement. Mercedes s'inquiéta un peu de ses absences répétées. Elle craignait qu'il n'aille retrouver la Chica Pétrole.

— Où vas-tu comme ça, tous les jours ? finit-elle par lui demander.

— Chercher du travail, répondit-il simplement.

Mercedes resta sans voix.

— *Oy !* J'ai peur que le ciel me tombe sur la tête, à présent ! s'exclama-t-elle.

— J'aurai besoin d'argent pour mes études, non ? expliqua Iberio avant de sortir.

Mercedes sourit, fière de le voir montrer autant de sérieux.

— J'ai de la chance, on dirait, murmura-t-elle en le regardant s'éloigner.

Pour le 14 Juillet, elle proposa à son fils d'aller assister au feu d'artifice. À sa grande surprise, il accepta. Ils partirent tous les deux vers vingt et une heures. Il observait pensivement les rues qu'ils traversaient tandis que Mercedes admirait le mouvement de ses épaules, sa foulée élastique, sa taille mince, ses cheveux qui commençaient à friser sur la nuque et autour des oreilles. Il ne se coiffait pas vraiment, se contentant d'ébouriffer sa tignasse avec les doigts, ce qui lui donnait toujours un aspect rebelle qui lui plaisait. Elle le trouvait de plus en plus beau. La tristesse le mûrissait et, même si elle le regrettait, elle ne pouvait que se réjouir du statu quo de ses amours avec la Chica Pétrole. Elle comptait sur le temps et une autre rencontre imprévue pour que son fils l'oublie et passe à autre chose. Les prétendantes ne manquaient pas pour un joli garçon.

Elle réprima son envie de l'embrasser dans le cou, là où sa peau était si douce et où son odeur était la plus troublante. Pendant toute son enfance, elle l'avait cajolé, se repaissant de lui à satiété. Il était tendre et répondait toujours à ses câlins par des caresses et des baisers. Puis tout s'était arrêté lorsqu'il s'était fait tatouer le torse. Jamais plus elle n'avait osé l'approcher. Il lui arrivait encore d'enlacer ses épaules ou de planter une bise sonore sur sa joue, mais elle ne s'attardait plus contre lui comme elle le faisait naguère. Elle avait trop peur d'elle-même. De la colère qu'elle avait ressentie le jour où il avait flétri sa beauté.

Faire de son fils le seul homme de sa vie n'était pas sain et toutes les pulsions qui bouillonnaient en elle auraient dû se focaliser sur d'autres. Elle le savait. Comme les chats que l'on caresse trop longtemps, elle avait parfois des envies de mordre et de griffer. Elle avait les flancs frémissants d'une pouliche nerveuse. Mais elle sentait aussi le flot de tendresse qui la submergeait en regardant son fils. Aucun homme ne pourrait jamais susciter un tel amour chez elle.

Ils arrivèrent sur l'esplanade du Trocadéro où une foule conséquente attendait déjà. Les pères portaient leur enfant sur les épaules, les mères tenaient les plus petits entre leurs bras. Des touristes venus par cars entiers, des couples enlacés, des bandes d'amis se bousculant, tout un peuple s'était rassemblé pour assister au spectacle. On tentait de trouver sa place, l'endroit d'où l'on verrait le mieux. Les plus hardis grimpaient aux arbres ou sur les réverbères. Les bancs, les murets, les balcons des immeubles étaient pris d'assaut. Quand retentirent les premières notes de musique, un murmure de satisfaction monta de la foule, des applaudissements et des cris fusèrent. La tour Eiffel s'enflamma, crépitant de geysers lumineux qui s'élevèrent peu à peu sur toute sa hauteur en un écrin brûlant, projetant des langues polychromes au-dessus de Paris.

Mercedes avait réussi à rejoindre le mur qui bordait les escaliers descendant vers les jardins. Elle prit la main d'Iberio et le fit passer devant elle pour qu'il s'asseye. Entourant ses épaules, elle s'appuya contre lui et posa la joue contre sa tempe. Près d'eux, une bande d'adolescents poussaient des cris de joie, certains tendaient leur téléphone portable à bout de bras pour enregistrer les images. Plusieurs regardèrent le profil de cette belle femme avant de revenir aux explosions majestueuses qui déployaient leurs corolles dans le ciel.

Mercedes, tout au plaisir de ses yeux, caressait machinalement la nuque de son fils. Pendant une demi-heure, elle le tint contre elle, comme lorsqu'il était petit. Elle retrouva les sensations de ses jeunes années, quand elle s'attendrissait de le voir s'émerveiller d'un spectacle où elle l'avait emmené, et que sa joie effaçait les privations, annihilait l'âpreté de leur vie, lui insufflant le courage de repartir le lendemain nettoyer des bureaux ou des appartements, pour rentrer ensuite, épuisée, dans leur studio de Créteil.

Lorsque la musique cessa, après le bouquet final, au milieu des acclamations et des applaudissements de milliers de gens enthousiastes, elle l'embrassa dans le cou, lui ébouriffant les cheveux.

— *Cariño*, ça t'a plu ?

— *Sí, Mamacita*, dit-il.

Et ses yeux pétillaient d'un bonheur enfantin qui bouleversa Mercedes.

— Viens, allons manger une glace ! s'exclama-t-elle en l'entraînant.

Ils trouvèrent un vendeur ambulant et commandèrent des cônes à plusieurs boules, se faisant goûter mutuellement leurs parfums. Autour d'eux, la foule envahissait les boulevards, se répandant dans les rues comme une marée. L'air était tiède et ils marchaient au hasard, parlant de tout et de rien. Iberio ne pensait plus à Louise, il avait pour un temps remisé son souvenir et profitait de la gaieté de Mercedes. Elle n'était jamais plus belle que lorsqu'elle riait ainsi, avec la spontanéité d'une adolescente pleine d'énergie. Plusieurs fois, il surprit les regards d'envie que lui jetaient certains hommes et il réalisa qu'aucun d'entre eux ne pouvait imaginer la véritable nature du lien qui les unissait. En contemplant sa mère, Iberio sentait l'amour indéfectible dont elle le couvait, cette force qui l'envahissait sans jamais faiblir. Et il comprenait soudain que jamais une autre femme ne s'attacherait à lui de cette façon.

Il était presque deux heures quand ils revinrent chez eux.

— Merci de m'avoir accompagnée, *cariño*, dit Mercedes.

Iberio l'étreignit et l'embrassa.

— *Buenas noches, Mamacita.*

— *Para ti también, hijo.*

Mercedes regarda son fils s'éloigner vers la salle de bains et s'assit sur le canapé. *Combien de temps encore restera-t-il près de moi ?* songea-t-elle. Et brusquement, son cœur se serra.

8

Pendant toutes les années où elle côtoya le peintre, la seule familiarité que se permit Mercedes fut de l'appeler Ezra. Sans doute Mme Chanterelle aurait-elle jugé le fait significatif si elle l'avait su, mais la concierge ne s'y laissait aller que lorsqu'elle posait. Entièrement nue devant lui, il lui semblait naturel d'utiliser quelque chose de plus personnel que son patronyme pour s'adresser à lui. Après tout, il recevait d'elle bien davantage.

Ce jour-là, elle fut heureuse d'avoir pris cette habitude qui lui permit d'amener plus facilement la conversation sur le terrain qui la perturbait. Elle n'usait jamais de périphrases ou d'allusions. Ce qu'elle avait à dire ne lui faisait pas honte puisqu'elle le pensait. Mais la circonstance était particulière et ce qu'elle voulait obtenir du peintre était une confirmation qui touchait d'un peu trop près son intimité. Depuis une demi-heure qu'elle était immobile, elle ressassait les différentes manières d'aborder son sujet, mais aucune ne lui paraissait adéquate. De guerre lasse, elle se lança.

— Ezra, comment s'appelle cette autre femme qui pose pour vous ? demanda-t-elle tout à coup.

Le peintre suspendit son pinceau pour la regarder. Elle n'était pas bavarde, habituellement. Cette question ne servait pas à entretenir une conversation de pure forme. Son attention fut soudain éveillée.

— Louise, dit-il en poursuivant son geste.

— C'est une professionnelle ?

— Je ne crois pas qu'elle travaille pour qui que ce soit d'autre.

— Ce n'est pas ce que je demande.

Pour le coup, Ezra s'arrêta tout à fait. Elle avait cette expression sérieuse qu'elle arborait parfois quand elle attachait de l'importance à une réponse.

— Comment ça ?

— Vous savez très bien ce que je veux dire.

— Non, justement.

— Ezra ! dit-elle en soupirant, posant sur lui un regard calme, mais déterminé.

Il l'observa un instant en silence. Sa nudité n'embarrassait que lui, elle lui parlait avec autant d'assurance que si elle avait été vêtue. Mais il ne pouvait ignorer son mont de Vénus, qu'il trouvait particulièrement beau. Contrairement à Louise qui arborait ce qu'on appelait le « ticket de métro », une bande étroite de poils pubiens qui s'arrêtait au-dessus des lèvres, Mercedes révélait un triangle régulier et soigneusement taillé qui couvrait sa vulve. Son sexe demeurait mystérieux et incroyablement attirant.

Cette comparaison entre les deux femmes l'amena à répondre exactement à ce que demandait la concierge.

— Oui, c'est une prostituée, convint-il.

Il eut conscience d'admettre implicitement qu'il utilisait les services de Louise aussi bien pour les besoins de son art que pour ceux de sa libido. Depuis qu'elle dormait chez lui, Mercedes l'avait fatalement croisée. Mais c'était la seule chose qu'il était disposé à reconnaître.

— Cela vous pose un problème ? demanda-t-il.

— Peut-être.

Ezra abandonna sa palette sur l'établi et jeta son pinceau dans un verre de térébenthine. Il contourna le chevalet pour venir s'asseoir près de Mercedes sur une chaise. Il s'éloignait de la vue de son entrejambe et pouvait se concentrer sur leur conversation.

Une conversation qu'il n'aurait jamais cru avoir avec elle, songeait-il tout en s'essuyant les doigts avec un chiffon.

— Auriez-vous eu des réflexions de la part des autres résidents ? J'ai pourtant demandé à Louise de se vêtir de façon discrète lorsqu'elle vient.

— Non, non, personne n'a jamais rien dit devant moi.

— Alors, qu'y a-t-il ?

C'était au tour de Mercedes d'hésiter à poursuivre.

— Vous permettez que je me couvre pendant que nous parlons ?

— Oui, bien sûr, dit-il en lui tendant le peignoir.

Mercedes avait conscience de gagner du temps et elle n'aimait pas cela, elle n'avait jamais mâché ses mots. La discussion devenait beaucoup plus personnelle, à présent. Elle noua la ceinture et croisa les jambes. Ezra attendait patiemment qu'elle poursuive. Il semblait tellement détendu qu'elle fut déstabilisée, et pendant une seconde elle se demanda s'il couchait vraiment avec Louise. Dans son ignorance, elle s'était toujours imaginé que les hommes qui recouraient aux prostituées en concevaient une certaine honte, mais le naturel d'Ezra la confondait.

— Iberio est attiré par elle, lâcha-t-elle enfin.

— Ah bon ?

Ezra était surpris. Il n'avait pas anticipé ce rebondissement.

— Vous êtes sûre ?

— Je connais mon fils.

Elle ne voulait pas donner davantage de détails. Elle avait déjà la sensation de trahir Iberio.

Ezra se leva et alluma une cigarette, faisant quelques pas devant la verrière occultée par les voilages.

— Qu'est-ce qui vous dérange ? demanda-t-il en recrachant un nuage qui sculpta les rayons déclinants du soleil.

— À votre avis ?

— Je l'ignore, je n'ai pas d'enfant.

— Mais vous avez été un adolescent.

Ezra eut une brève vision de cette période : il était timide, introverti, mal dans sa peau. Pendant longtemps, il n'avait croisé de femmes nues que dans son cours de dessin. Ce n'était qu'après sa première expérience sexuelle que sa peinture s'était améliorée.

— Ce n'est pas mon meilleur souvenir. Pourquoi vous inquiétez-vous de cette attirance ?

— Vous ne comprenez pas. Il ne sait pas ce qu'elle fait.

Ezra hocha la tête. Il saisissait enfin à quoi elle voulait en venir. Il la regarda, hésitant à parler. Mercedes n'avait pas besoin de son avis, surtout en ce qui concernait l'éducation d'Iberio. Elle attendait sa réaction et lui ne pouvait s'empêcher de supputer ce qu'il était judicieux de dire en pareille occasion. Il songea qu'il était heureux de n'avoir aucun enfant, car il se sentait complètement démuni.

Il revint à pas lents devant le chevalet et, sans même y penser, en retira *Anonyme 2*. Le tableau n'avançait pas, il était dessus depuis trop longtemps.

— Cela vous gêne d'en parler, remarqua-t-elle en le voyant poser la toile sur l'établi.

— Non. Je réfléchis.

Il plaça une feuille sur le chevalet puis, saisissant un fusain, se mit à esquisser machinalement la silhouette de Mercedes, environnée par les nuages de fumée qu'il recrachait. Elle soupira et commença à défaire la ceinture du peignoir.

— Restez comme vous êtes, dit-il doucement.

— Alors, parlez-moi ! Sinon, je retourne chez moi.

Il la regarda avec acuité, mais sans cesser les mouvements de sa main.

— Que voulez-vous savoir exactement ?

— Ce que vous pensez de tout ça ! Vous êtes là à fumer comme une cheminée, sans rien dire.

Il sourit. Il aimait bien qu'elle le rudoie, cela lui donnait l'illusion qu'ils étaient un peu plus qu'un peintre et son modèle.

— Ça ne vous fait rien ? demanda-t-elle encore.

Il soupira, accélérant le mouvement de ses doigts pour saisir le plus vite possible le visage qu'elle lui montrait. La séance n'était pas perdue ; en fait, il n'en avait pas eu d'aussi originale depuis très longtemps. Il se passait quelque chose, la façade se fissurait et il voulait en profiter. La posture de Mercedes dans son peignoir, l'expression de sa physionomie, tout lui donnait envie de travailler avec une énergie nouvelle. Il jeta son mégot dans le cendrier.

— Il n'y a rien à faire, lança-t-il soudain d'une voix grave tout en poursuivant.

— Comment ça ?

— Vous n'y pourrez rien. Quoi que vous fassiez, quoi que vous disiez – et je vous déconseille de dire à Iberio ce qu'est véritablement Louise –, il n'aura de cesse de penser à elle. On peut être bêtement romantique à son âge. Dénigrer cette jeune femme ne vous aidera pas.

— Dénigrer ?

Il suspendit son geste.

— Cela signifie attaquer quelqu'un, nier ses qualités.

— Ah ! Je n'ai pas l'intention de faire ça, je veux simplement empêcher qu'il souffre inutilement.

— Cela me semble difficile. Est-ce qu'il s'est passé quelque chose entre eux ?

— Il dit que non.

— Vous le croyez ?

Mercedes se demanda si le peintre était jaloux.

— Oui.

— Est-ce qu'elle s'intéresse à lui ?

— Je ne sais pas.

En même temps qu'elle disait cela, elle se rappela comment Louise regardait son fils. Elle semblait attendre que Mercedes s'éloigne pour lui parler. Elle avait eu la sensation très nette que quelque chose naissait entre eux. Sinon, pourquoi aurait-elle éprouvé le besoin de se confier à Ezra ?

Se confier à un homme. Jamais elle n'avait agi de la sorte, jusqu'à présent. C'était comme si le sol se dérobait sous ses pieds.

— Est-ce que ça vous gêne, tout ça ? demanda-t-elle finalement.

— Louise ne m'appartient pas.

Sa froideur la surprit. Le silence se fit pendant lequel le fusain grattait le papier. Ezra se hâtait, se servant de ses doigts pour créer les ombres, adoucir les contours. Il jetait des coups d'œil rapides sur Mercedes, enregistrant chaque détail tandis que sa main les reproduisait sans effort.

Mercedes s'abîmait dans ses pensées. Elle avait obtenu la confirmation qu'elle cherchait, mais n'était pas plus avancée pour autant. Les choses n'allaient pas en rester là, elle en était convaincue. Le peintre avait raison, avouer le métier de Louise à Iberio ne changerait rien à son attirance pour elle, et il détesterait sa mère pour le lui avoir appris.

Enfin, Ezra se recula pour regarder son dessin. Il s'appuya sur le dossier de sa chaise tout en cherchant une cigarette dans sa poche de poitrine. Il portait une grande chemise de coton bleu, sale, couverte de taches de peinture et de traînées noirâtres. Il s'en servait de blouse, ouverte par-dessus un tee-shirt marron qui avait connu des jours meilleurs et sur lequel il n'hésitait pas à s'essuyer les doigts.

Mercedes s'approcha du chevalet. Elle venait rarement regarder le travail d'Ezra. En général, après sa séance de pose, elle se rhabillait et sortait. Non qu'elle ne s'intéressât pas à son œuvre, mais elle n'éprouvait aucune envie de se voir. La seule fois où elle avait dérogé à cette habitude, elle avait découvert l'étude qui représentait Louise copiant une de ses poses.

— Vous avez dessiné mon visage, constata-t-elle.

Ezra se raidit. Il lui désobéissait depuis si longtemps que sa vigilance s'était évanouie. Concentré sur son travail, il avait oublié la promesse qu'il lui avait faite et l'avait laissée regarder.

— Oui. J'ai pensé que puisqu'il ne s'agissait pas d'un nu, vous n'y verriez pas d'objection, expliqua-t-il avec une feinte nonchalance.

Mercedes contempla attentivement le dessin. Elle fut saisie par la vérité qui en émanait et elle crut comprendre pourquoi il avait désobéi à leur accord. Il l'avait représentée telle qu'elle se sentait, son émotion était tout entière fixée sur le papier. Comme dans un miroir, elle lisait dans ses propres yeux le doute et l'incertitude, mais aussi la fugacité du moment. Ezra avait su capter son mouvement. Le bras appuyé sur l'accoudoir de la méridienne, le buste légèrement penché en avant, son autre main abandonnée sur le coussin de l'assise, elle donnait l'impression d'être prête à se lever. Le peignoir entrouvert sur sa gorge et qui découvrait l'une de ses cuisses traduisait une évidente indifférence, un laisser-aller. Sa chevelure défaite, dont une mèche rebelle faisait une ombre mouvante sur sa joue, amplifiait l'impulsion de son geste. C'était un moment d'intimité où le corps se livrait dans sa vérité. La perplexité de son regard la surprit. Elle y lut de la faiblesse, mais aussi une tension intérieure qui lui donna d'elle-même une vision sans fard. Pourtant, la bienveillance du peintre était palpable. Il ne jugeait pas, traduisant ce qu'il voyait avec une évidente empathie.

Il fumait tranquillement à côté d'elle, observant son travail comme s'il le découvrait. L'odeur un peu sèche du tabac de Virginie embaumait l'air et un nuage les entourait tous les deux, dont la lumière figeait les paresseuses volutes.

Comme elle ne disait plus rien, il lui jeta un coup d'œil. Il aurait voulu saisir aussi cet instant où elle s'oubliait totalement. Rendre les contours de son visage calme et sérieux, tout entier absorbé par ce qu'elle voyait. Plus il la regardait, plus grandissait cette énigme perpétuelle qu'il ne saurait jamais résoudre. Depuis trois ans, semaine après semaine, feuille après feuille, il creusait un sujet qui lui échappait sans cesse. Peu importait qui elle était et d'où elle venait. Elle l'obsédait, lui donnant chaque fois l'impression qu'il se rapprochait d'elle et s'en éloignait à la fois. C'était d'autant plus perturbant qu'elle n'avait pas la coquetterie du mystère que cultivent certaines femmes orgueilleuses pour dissimuler le vide qui les habite.

Ayant dépassé la cinquantaine, la vanité était ce qui l'exaspérait le plus. Ce perpétuel souci du paraître, cette quête de reconnaissance, ce besoin de séduire, de se grandir aux yeux du monde, tout cela était d'une vacuité abyssale. Il s'était replié sur lui-même, au fil des années. Avec d'autant plus de facilité qu'ayant acquis une certaine notoriété, étant devenu riche, il ne dépendait plus de personne. Et les sujets qui jadis avaient forgé sa peinture et sa réputation avaient perdu leur vitalité. Il avait épuré sa vision, restreint ses centres d'intérêt pour en arriver à ne plus représenter qu'une seule et même personne, encore et encore, pendant près de trois années.

Si elle n'avait pas été aussi belle, il n'y aurait eu aucun prix à l'indifférence que Mercedes manifestait envers son image. Une autre aurait cherché à tirer profit d'un tel don. Il avait connu des femmes moins gâtées par la nature qui avaient une conscience si aiguë de leur séduction qu'elles avaient le pouvoir de paraître plus admirables qu'elles ne l'étaient. Certaines étaient même parvenues à s'élever vers des sommets grâce à cette illusion.

Pas Mercedes.

Elle avait fait de son fils le but de sa vie, se négligeant elle-même, ignorant sa beauté comme si elle n'était qu'un instant fugace et inutile. Et cette indifférence qui la caractérisait avait pulvérisé toutes les défenses du peintre.

Il sut alors que cette existence étayée par des pis-aller, rongée par le cancer du refus que Mercedes lui avait opposé, était devenue son enfer et sa rédemption. Il ne désirait plus rien que marcher à ses côtés.

Depuis un moment déjà, l'idée des *Anonymes* lui semblait moins bonne. Il trouvait à présent stupide de morceler son corps pour le recomposer en une espèce de représentation tapageuse. Ce simple dessin, dont la rapidité d'exécution l'avait surpris, lui avait procuré une émotion indicible. Le contempler à ses côtés lui apportait soudain l'apaisement.

— Il est très beau, Ezra, murmura Mercedes.

Sa main vint se poser sur son bras, légère. Il se figea, comme s'il s'agissait d'un petit oiseau qu'il ne voulait pas effaroucher. Il se délectait de la pression de ses doigts, se troublait de leur chaleur sur sa peau. Elle, toujours face au dessin, ne savait que dire d'autre. Il lui fut infiniment reconnaissant de ne pas admirer son image, mais de s'émouvoir du regard qu'il posait sur elle.

— Je ne m'étais jamais vue comme ça, murmura-t-elle encore, pensive.

Elle tourna le visage vers lui et sourit. C'était un sourire charmant qu'il ne lui connaissait pas ; un sourire qui laissait affleurer sa sensibilité. Il l'accueillit comme un inestimable don.

— Voulez-vous l'emporter ? demanda-t-il soudain.

— Moi ? Mais non, voyons ! Ce ne serait pas juste, dit-elle en lâchant son bras.

— Pourquoi ?

— Ce serait voler votre travail.

Il songea que ce qu'elle lui prenait à chaque séance était bien plus précieux. Il regrettait déjà le contact de sa main.

— Vous ne me dérobez rien, je vous l'offre.

— Mais pourquoi ?

— Pour rien. Parce qu'il vous plaît et que vous semblez l'apprécier.

Mercedes regarda de nouveau le dessin.

— Oui, je le trouve très beau.

— Alors, c'est entendu.

— À une seule condition.

— Laquelle ?

— Vous ne me paierez pas la séance d'aujourd'hui.

— D'accord.

Il saisit son fusain, signa la feuille, puis la décrocha et la roula.

— Tenez.

Elle la prit avec délicatesse.

— Vous avez peut-être encore besoin de moi ? dit-elle.

— Non. Nous avons bien travaillé.

— Vous surtout, lança-t-elle en s'éloignant vers ses vêtements pliés sur un fauteuil.

Il était désœuvré. Pendant qu'elle s'habillait, il alla admirer la vue depuis la verrière. Il savait qu'il ne ferait plus rien de bon, aujourd'hui. Il se sentait fatigué et vieux, tout à coup. Il ne se rappelait plus ce qu'il avait dit à Louise la dernière fois et ignorait quand elle reviendrait. Il repensa à la conversation qu'il venait d'avoir avec Mercedes à son sujet. Il n'arrivait pas à démêler sa relation avec elle. Bien qu'il payât toujours ses services, le fait qu'elle passe la nuit chez lui le déstabilisait. Et il dormait si bien à ses côtés. Il ne parvenait pas à comprendre pourquoi. Depuis deux ans que durait cette relation tarifée, une ébauche de lien s'était instaurée. Quelque chose qui hésitait entre l'apitoiement et le commerce privilégié.

Pour Louise, il n'était sûr de rien. Il lui était difficile de lire en elle. Elle avait cependant des « moments d'égarement », comme elle les nommait. Elle l'embrassait et pouvait demeurer à ses côtés sans rien exiger d'autre. Parfois, il ne savait plus trop s'il devait la payer ou non. Il le faisait malgré tout, ne serait-ce que pour éviter le désagrément d'un rappel à l'ordre. Il marchait sur une ligne assez floue, mêlant sexe et compagnonnage. Certains soirs, c'était elle qui lui demandait pour rester. Il était évident qu'elle répugnait à rentrer chez elle, mais elle ne lui donnait pas d'explications. S'il travaillait, elle allait se coucher avant lui et, lorsqu'il la rejoignait, elle dormait si bien qu'il se glissait dans le lit avec d'infinies précautions pour ne pas la déranger.

Mercedes était prête à partir. Comme il la raccompagnait sur le palier, elle le prit dans ses bras. Il fut surpris, jamais elle n'avait eu d'élan de cette nature depuis qu'il la connaissait. C'était une accolade amicale, mais il se raidit instinctivement, prenant garde d'éloigner son bassin du sien. Sa chevelure lourde et soyeuse caressa son visage. Une senteur de miel monta à ses narines. La douceur de sa joue contre sa barbe naissante le fit frissonner. Il se retint de la serrer dans ses bras, autant par pudeur que par crainte de ne plus pouvoir la laisser partir, mais il ne put s'empêcher de poser délicatement la main dans le creux de ses reins.

— Merci beaucoup, dit-elle.

Le cœur battant, il la regarda entrer dans l'ascenseur. Ni l'un ni l'autre ne vit Mme Chanterelle, appuyée sur la rampe, dont le visage effaré les observait depuis l'étage inférieur.

Mercedes alla acheter un cadre, le plus grand qu'elle put trouver, car le dessin était un format raisin de cinquante par soixante-cinq centimètres. Un papier Ingres de cent trente grammes à forte teneur en coton dont les grains donnaient du relief aux ombres, de la matière aux traits du fusain. Elle le posa sur la commode de sa chambre. En se réveillant le matin, en se couchant le soir, il l'accompagnerait, songea-t-elle, et une étrange émotion la submergeait. Ce n'était pas son image qui la touchait, mais l'œuvre en elle-même et ce qu'elle traduisait. Jamais personne n'avait montré autant de délicatesse à son égard.

Lorsque Iberio vit le dessin, il resta bouche bée. Il fut saisi par la vie qui en émanait et surtout par la subtilité de son exécution. Il contemplait une expression qu'il avait rarement surprise chez sa mère, et pour cause, puisqu'elle lui dissimulait toujours ses inquiétudes. Il ignorait en outre qu'elle servait de modèle au peintre – et surtout qu'elle le faisait habituellement nue.

— Depuis combien de temps poses-tu pour lui ?

— Oh ! Trois ans à peu près, lança-t-elle en haussant les épaules.

— Et tu ne m'as jamais rien raconté.

— Je ne t'ai pas dit non plus que je faisais son repassage et son ménage.

— *Mamacita !*

— *Cariño*, c'est un travail comme un autre, dit-elle en balayant toute nouvelle remarque d'un geste de la main.

Iberio regarda le dessin en soupirant. Sa mère était parfois exaspérante.

— Il est magnifique, reconnut-il.

Mercedes ne put que hocher la tête en signe d'assentiment.

— Il doit beaucoup t'apprécier, ajouta-t-il.

— Je ne sais pas, murmura-t-elle, mais il a fait quelque chose de très beau.

Et le ton de sa voix traduisait tout le prix qu'elle accordait à ce cadeau.

— C'est un véritable artiste, constata Iberio.

Il était tout à coup partagé vis-à-vis du peintre. Il ne parvenait pas à oublier qu'il couchait avec Louise et qu'il la dessinait aussi. Était-ce une stratégie de vieux séducteur ? Devait-il en conclure qu'il courtisait également sa mère ?

Pourtant, le geste qu'il avait eu envers elle le touchait plus qu'il ne l'aurait voulu. Il révélait une élégance que le jeune rival supportait difficilement. Quant au talent que dévoilait le portrait, il était tellement éclatant qu'il ne pouvait le nier. C'était une source d'agacement pour Iberio, qui eût préféré le trouver sinon mauvais, du moins inintéressant.

*

L'appartement du peintre était un penthouse d'une surface légèrement inférieure à celle des autres étages. Outre la verrière qui s'ouvrait sur la moitié du salon, il était pourvu d'une terrasse privée d'une soixantaine de mètres carrés. Ezra y avait fait installer des plantes et des arbustes dans de longs bacs posés sur les dalles de teck qui recouvraient le sol. Un grand parasol protégeait de son ombre le mobilier de jardin qui en occupait le centre.

Le peintre y passa le reste de l'après-midi, incapable de travailler et encore moins de mettre de l'ordre dans ses idées. Un tremblement nerveux l'agitait depuis que Mercedes l'avait quitté. Installé dans un fauteuil, il but une bouteille de vin rouge en regardant s'enfuir le jour. Autour de lui, les lumières de la ville s'allumèrent une à une et bientôt il eut l'impression de naviguer sur une mer scintillante. La tête lui tournait, son paquet de cigarettes était vide et le cendrier de cuivre qui l'accompagnait partout débordait.

Son cœur battait trop vite. Il en avait conscience, mais ne pouvait le calmer. Il palpitait d'une émotion trop longtemps contenue. Le bref contact du corps de Mercedes l'avait consumé. Ce soir, il était submergé, incapable d'en supporter davantage.

Il se leva pour aller chercher une autre bouteille. Il ne titubait pas. Contrairement à son cœur, son foie avait une excellente résistance à l'alcool et son métabolisme brûlait les calories en continu. Il se versa un verre de cahors et marcha le long de la terrasse. Il se souvenait parfaitement du jour où il avait acheté l'appartement. Les deux années précédentes, il avait vendu ses toiles à prix d'or, grâce à son galeriste qui organisait des expositions dans le monde entier. L'argent s'entassait à la banque et sa cote ne cessait de monter.

Il l'avait visité un après-midi de décembre. C'était un jour gris et froid, pourtant, dans la pièce principale, la verrière distribuait encore généreusement la sourde lumière hivernale. Il avait immédiatement compris qu'il pourrait y peindre à satiété. La promesse de vente avait été signée le lendemain et il s'était installé la semaine suivante. Il venait d'avoir trente ans.

Il n'avait plus bougé depuis.

Vingt-trois ans plus tard, sa cote avait considérablement chuté. L'engouement s'était éteint, d'autres artistes avaient pris sa place. Il vendait encore cependant, à un prix bien moins élevé, certes, mais il était toujours respecté. Ses dernières huiles sur toile avaient été estimées trente mille euros chacune alors que, quinze ans plus tôt, elles en auraient valu le double. Son galeriste ne cessait de lui réclamer de nouvelles œuvres. Ezra faisait la sourde oreille. Un temps, il avait évoqué la série des *Anonymes* à mots couverts, pour le faire patienter surtout, car le projet était tellement éloigné de ce qui avait fait son renom qu'il n'y croyait pas lui-même. Parfois, il se demandait s'il n'aurait pas dû tout recommencer sous un autre nom, comme ces écrivains qui se cachent sous des pseudonymes lorsque leur popularité les cantonne dans un genre auquel ils veulent échapper.

Mais il n'avait plus l'énergie de convaincre. Tout ce qui lui restait, c'était l'obsession qu'il nourrissait pour Mercedes. Elle vivait au rez-de-chaussée, lui au dernier étage. Entre eux, c'était l'échelle d'une société qui se dressait, et la vieillesse qui frappait à sa porte. Chaque jour, il grimaçait devant ses mains aux veines gonflées et sur lesquelles commençaient à apparaître des tavelures.

Il ne se voyait plus d'avenir, seulement une longue route sèche qu'il ne savait pas comment parcourir. Maintenant, il comprenait pourquoi l'écrivain Henry de Montherlant s'était tiré une balle dans la bouche après avoir avalé une pilule de cyanure. Dans sa jeunesse, il avait souvent pensé au suicide, alternant l'allégresse et le désespoir. Quand il avait rencontré le succès, il avait cru vivre enfin pleinement et pouvoir oublier ses démons. Mais là encore, alors que l'argent affluait et que sa renommée grandissait, des crises d'angoisse l'avaient saisi, le rongeant pendant ses nuits d'insomnie. Un temps, il les avait combattues par le travail, créant chaque jour, s'accrochant aux toiles qui s'empilaient comme autant de preuves de sa vitalité.

Mais ce soir, tout en vidant sa deuxième bouteille de cahors, alors que l'ivresse tardait à venir, il regardait clignoter les phares des voitures qui illuminaient les avenues, comme un passager égaré le long d'une route.

9

Mme Chanterelle se sentait magnifiquement bien. Son attente avait été récompensée, ses heures de guet avaient porté leurs fruits. Elle ne pouvait que se louer elle-même de son sens de l'observation et de sa ténacité. Maintenant, elle en était certaine, la concierge entretenait une liaison avec le peintre. Leur étreinte sur le palier était un aveu. Elle allait pouvoir raconter ce dont elle avait été témoin au salon de coiffure et Agathe ne pourrait plus nier.

Elle trépignait d'impatience à l'idée de leur future conversation, tout en évaluant du coin de l'œil la nécessité d'une nouvelle coupe ou d'un brushing. Ce n'était malheureusement pas encore le moment, il lui faudrait attendre une bonne quinzaine de jours. Agathe travaillait très bien et la couleur qu'elle lui appliquait tenait longtemps, à peine aurait-elle besoin d'un petit raccord pour dissimuler la repousse des racines.

Mais Mme Chanterelle n'était pas femme à se laisser abattre. Après tout, grâce au double de clefs, elle avait maintenant un accès permanent à l'appartement du peintre et, dès que l'occasion se présenterait, elle retournerait chez lui. Qui sait ce qu'elle pourrait y découvrir ?

L'identité de la porteuse de string, tout d'abord. Car le mystère, là encore, n'était pas résolu. Elle avait sa petite idée là-dessus. Elle avait noté qu'une jeune personne lui rendait visite plusieurs fois par semaine, en soirée. Elle l'entendait seulement arriver et frapper. Mme Chanterelle avait acquis un réel talent pour se glisser hors de chez elle en catimini, mais l'inconnue était rapide et ne s'attardait jamais sur le palier comme le faisait la concierge. À peine avait-elle pu entrevoir une silhouette féminine pénétrer dans l'appartement. De même, lorsqu'elle sortait, elle allait directement devant l'ascenseur, où depuis l'étage inférieur on ne pouvait l'apercevoir. Ne l'entendant jamais repartir avant le lendemain, elle en avait conclu qu'elle passait la nuit avec le peintre.

C'était une difficulté qui ne faisait que renforcer la détermination de la vieille dame. Elle résolut de répéter la situation accidentelle qui avait provoqué sa rencontre avec Mercedes dans l'ascenseur. Le jour suivant, dès qu'elle perçut le mouvement de la cabine, elle se précipita sur le palier et appuya sur le bouton d'appel. L'appareil enregistrait les demandes et s'arrêtait automatiquement aux étages d'où elles émanaient. Lorsqu'en redescendant l'ascenseur stoppa au cinquième, Mme Chanterelle prit une grande inspiration et tira la porte.

— Oh, pardon ! dit-elle d'une petite voix flûtée, j'ignorais qu'il y avait déjà quelqu'un.

Louise la regarda en souriant.

— Je vous en prie, ce n'est rien, dit-elle en s'écartant pour la laisser entrer.

Mme Chanterelle se glissa contre le miroir qui ornait le fond.

— Vous descendez, je suppose ? demanda encore Louise.

— Oui, oui, dit Mme Chanterelle tout en observant la jeune femme qui appuyait sur le bouton du rez-de-chaussée.

Son œil acéré détaillait sa tenue. Une petite robe ajustée de couleur crème que de fines bretelles retenaient aux épaules, une natte dont la torsade lisse ne laissait échapper aucun cheveu, une paire de sandales aux talons discrets qui allongeaient des jambes parfaitement épilées. Mais des hanches rondes et une volumineuse poitrine. *Il les aime toutes sur le même modèle*, songea-t-elle en comparant ce corps voluptueux, un peu lourd, à celui de la concierge dont les remarquables proportions et la symétrie irréelle défiaient les lois naturelles. Il était pénible pour la vieille dame de convenir qu'une femme d'extraction aussi modeste puisse être pourvue d'un physique de reine. Mais il y avait parfois de ces accidents que le hasard se plaisait à dispenser.

La jeune inconnue portait un parfum capiteux qui emplissait généreusement la cabine, ce qui eut pour effet de faire renoncer Mme Chanterelle à ses reniflements intempestifs. Elle préférait, et de beaucoup, l'arôme de miel discret qui accompagnait Mercedes. Lorsque l'ascenseur s'arrêta, la jeune femme eut la courtoisie de lui tenir la porte, avant de s'éloigner d'un mouvement de hanches un peu trop ostentatoire pour la vieille dame. Quand elle passa sous le porche, le soleil éclaira un instant sa silhouette à contre-jour et elle put constater que la robe ajustée n'autorisait que le port d'un string. *Ou peut-être rien du tout !* songea-t-elle en voyant le tissu parfaitement tendu sur ses fesses rebondies. *Les jeunes sont d'une telle impudeur, de nos jours !*

Enfin, elle était fixée. Elle avait un visage à mettre sur la mystérieuse visiteuse du peintre. Elle regarda l'heure sur sa minuscule montre de platine – un cadeau de feu son mari pour leurs noces de perle – et repensa à ce que lui avait confié Édith, son amie d'infortune : « Les hommes qui trompent leur femme font toujours preuve de largesse pour calmer leur culpabilité. » Vu le nombre de présents dont M. Chanterelle l'avait couverte durant leur vie commune, elle avait une idée de ce qu'il avait à se faire pardonner.

— Salaud de cochon ! murmura-t-elle entre ses dents.

Dix heures. Elle se lève tard, cette petite, songea-t-elle avec aigreur. Ou peut-être le peintre la gratifiait-il de réveils en fanfare ? Les mâles étaient décidément insatiables.

Mme Chanterelle n'avait plus rien à faire dans le hall. Elle remonta en maugréant vers le cinquième étage. Elle avait une nouvelle enquête en cours.

*

Ezra n'avait pas envie de travailler. Il s'était levé vers cinq heures – résultat de l'absence de Louise –, avait déambulé dans l'atelier, puis s'était décidé à faire du café. Il l'avait bu en regardant d'un œil vide le seul tableau qu'il avait achevé depuis cinq ans : *Anonyme 1.* Deux jours plus tôt, il avait détruit *Anonyme 2*, lacérant la toile et brûlant les montants dans la cheminée. Exaspéré par sa stupidité, il avait été pris d'une rage soudaine en constatant l'inanité de son projet.

Sous l'établi, les deux cartons à dessin débordaient d'études réalisées simultanément avec Louise et Mercedes. Près de deux cents, en plus de celles, pornographiques, que lui avait suggérées son cerveau malade. La majorité représentant la concierge, bien entendu. Mais rien qu'il puisse apporter à Jean de Bièvres, son galeriste. Il doutait que celui-ci soit intéressé par des esquisses. Plus personne n'achetait ce genre d'œuvres. Excepté lorsqu'elles étaient signées par des peintres outrageusement célèbres, ce qui n'était pas son cas.

Il n'avait encore montré *Anonyme 1* à personne. Même pas à Louise. Le tableau était appuyé contre le mur de l'atelier, recouvert d'un papier d'emballage brun.

Vers six heures, le jour se leva. Il avait déjà absorbé une pleine cafetière, mais la remplit de nouveau. Pendant que s'écoulait le breuvage, il chercha une cigarette dans les nombreux paquets entamés qui étaient dispersés au hasard des pièces de l'appartement. Beaucoup étaient vides, car il oubliait de les jeter, mais il en dénicha un dans la chambre. Il lui restait encore une dizaine de cigarettes, à peine de quoi tenir la matinée. Il redescendit dans la cuisine, remplit sa tasse et revint dans le salon.

Le chevalet trônait près de la verrière. Inoccupé, inutile. Ezra le replia et le rangea dans l'atelier presque sans y penser – c'est ce qui attira brusquement son attention. Pour la première fois de sa vie, il venait de le remiser. Il réalisa alors ce qu'impliquait son geste : il n'en aurait plus besoin à l'avenir. Son inconscient l'avait décidé. Il eut une seconde de doute puis, presque aussitôt, un grand soulagement l'envahit, sans qu'il sache exactement pourquoi. Il était stupéfait par la rapidité de ce sentiment, émerveillé par sa puissance. Il en goûta pleinement les bienfaits. Une allégresse nouvelle le submergeait, accompagnée de la certitude qu'il venait de faire le bon choix.

Il s'assit sur la méridienne et but tranquillement son café. Il fumait avec délice en regardant la clarté s'intensifier. Les ombres des montants de la verrière se projetaient sur la paroi qui lui faisait face. Le soleil précisait peu à peu leurs contours, les densifiant. C'était le mur le plus haut et le plus dégagé car il s'élançait jusqu'au faîte du toit, la mezzanine coupant l'espace à mi-hauteur sur le reste de la pièce. Cinq mètres de haut, sept de large, une surface vierge qu'éclaboussait la lumière. Plus bas, Paris émergeait de la brume matinale en un mouvant lacis grisâtre.

Le cœur d'Ezra battait maintenant à tout rompre, sous le double coup du café et du projet qui naissait sous ses yeux. Il entrevoyait avec précision chaque étape et le temps qui lui serait nécessaire pour le réaliser. Il percevait la finalité de l'ensemble, en appréciait la force. Et soudain, ce fut comme si ces trois années qu'il avait cru perdues prenaient tout leur sens.

Plus tard dans la journée, lorsque Louise frappa à sa porte, il l'accueillit avec calme. L'effet du café s'était estompé, son cœur avait retrouvé un rythme plus régulier.

— Je n'aurai plus besoin de toi, désormais, lui dit-il.

— Tu veux dire, pour poser ? demanda-t-elle.

Il marqua un temps.

— Pour le reste non plus.

Elle lui sourit et lui caressa la joue.

— Comment feras-tu pour dormir, sans moi ?

— Je reprendrai contact avec ma vieille compagne, l'insomnie, dit-il. À mon âge, il faut savoir dire adieu au sommeil.

Elle le considéra attentivement et son sourire s'effaça.

— Tu as l'air sérieux, dit-elle.

— Je le suis.

Louise soupira.

— Et moi qui commençais à m'habituer à toi, constata-t-elle. Depuis le temps, tu étais devenu mon client préféré.

— Parce qu'avec moi, tu dormais bien aussi, répondit-il en riant.

— Oui, ça me reposait des autres. Et puis, j'aime ton appartement. Ici, tout semble différent.

Ezra hocha la tête. Il pensa tout à coup à Iberio et à son attirance pour Louise. Il était sans doute le seul homme de l'immeuble à ne pas rêver de posséder la concierge. Et Louise était pour l'instant la seule femme qui supplantait sa mère dans le cœur d'Iberio. Il tenait la chose pour acquise depuis la révélation de Mercedes. Il n'avait aucune raison de mettre sa parole en doute.

— Je crois que mon appartement n'est pas ton unique intérêt dans cet immeuble, dit-il.

Louise eut l'air surprise.

— De quoi parles-tu ?

— Du fils de la concierge.

Louise se figea et ses joues rosirent brusquement. Le fait était étonnant pour une prostituée rompue à toutes les obscénités. Elle ressemblait soudain à une jeune femme ordinaire dont les sentiments sont exposés. Ezra la trouva attendrissante.

— Tu n'as pas à en avoir honte.

— Ce n'est pas ça, bredouilla-t-elle tout à coup, c'est juste que je ne pensais pas…

— Que je le savais ?

— Oui, avoua-t-elle.

Puis elle sembla réfléchir et lui prit la main.

— Ce n'est pas pour ça que tu ne veux plus de moi.

Ezra hésitait à répondre.

— Tu n'es pas jaloux, quand même ? insista-t-elle.

— Non. Mais lui l'est certainement de moi.

Louise le regardait. Elle abandonna sa main et haussa les épaules.

— Il ne s'est rien passé avec lui, soupira-t-elle.

Ezra décela du regret dans sa voix.

— Rien n'est perdu, dit-il.

— Peut-être, ou peut-être pas, murmura-t-elle.

Il vit s'étendre un voile de tristesse sur ses yeux. Sa décision n'était pas liée à Iberio, mais à son projet et surtout à la réorganisation de sa vie. Pourtant, à présent, il imaginait l'incidence qu'elle aurait aussi pour le jeune homme. Et il ignorait s'il fallait s'en réjouir. Les sentiments embrouillaient parfois certaines situations. Au fond, Ezra était heureux de quitter Louise, cela voulait dire qu'il s'émancipait de son désir pour Mercedes. Il reprenait les choses en main et tant mieux si cela permettait à l'amour d'éclore ailleurs.

— Ma vie est compliquée, dit encore Louise.

— Pas tant que ça.

— Tu en parles à ton aise.

— Tu as le choix.

— C'est ce que disent les gens riches, répondit-elle.

— Je ne l'ai pas toujours été. J'étais pauvre, à ton âge.

Louise garda le silence, mais elle lui prit la main et la serra contre elle.

— Je suis tellement fatiguée de tout ça, dit-elle. J'ai l'impression d'avoir cent ans.

Ezra sourit et passa un bras autour de ses épaules. Elle était assez jeune pour être sa fille, mais, en regardant son visage que commençait à marquer l'amertume, il comprenait parfaitement ce qu'elle voulait dire. Elle serait usée à trente-cinq ans, semblerait vieille à quarante. Il lui caressait doucement la nuque. Il repensa à la première fois où elle avait dormi chez lui. Ils avaient feuilleté ensemble des reproductions de Degas. Il l'avait vue s'attendrir, s'ouvrir à la beauté. Après cette soirée, les choses n'avaient plus été pareilles entre eux.

— Tu as rangé ton chevalet ? demanda-t-elle soudain en regardant autour d'elle.

— Oui. Je ne m'en servirai plus.

— Pourquoi ?

— Je vais peindre une grande toile, elle ne tiendrait pas dessus.

Louise hocha la tête.

— Alors, c'est vrai, tu n'as plus besoin de moi ?

— Je te l'ai dit. J'ai tout ce qu'il me faut pour réaliser mon tableau.

— Et la concierge, tu n'auras plus besoin d'elle non plus ?

Ezra se figea. Il ignorait comment elle était au courant des poses de Mercedes. Il ne lui en avait jamais parlé.

— Un soir, j'ai regardé les dessins que tu avais faits d'elle. Plus tard, je l'ai reconnue dans le hall, expliqua-t-elle. Tu m'en veux ?

— Non.

Il espérait simplement qu'il ne s'agissait pas des études pornographiques. Celles-ci étaient dans un autre carton, dissimulé dans sa chambre.

— Où les as-tu trouvés ?

— Là, dit Louise en montrant l'atelier.

Ezra fut rassuré qu'elle n'ait pas fouillé son appartement. Il pensa alors qu'il serait sans doute plus prudent de faire disparaître ces compromettantes représentations de sa libido exacerbée. Mercedes faisait son ménage une fois par semaine et il était toujours présent. Les études étaient rangées dans un placard qu'a priori la concierge n'ouvrait que pour y déposer le linge propre, mais on n'était jamais à l'abri d'un accident. Il imaginait sans peine la colère de la jeune femme si jamais elle les découvrait.

Louise regardait pensivement autour d'elle, comme pour dire adieu à cet endroit qu'elle fréquentait depuis deux ans. Ezra réalisa soudain que ses deux modèles attitrés possédaient chacun un dessin de lui. Louise avait choisi le sien, mais il avait décidé lequel donner à Mercedes. Il avait fait cela sans aucune préméditation, réagissant de façon impromptue à deux situations différentes. Il avait accédé à la demande de Louise avec indifférence, alors qu'il avait eu envie de faire plaisir à Mercedes.

Il éprouva soudain une vague de tendresse mêlée de culpabilité vis-à-vis de Louise, qu'il avait utilisée et qu'il renvoyait à présent sans hésiter. Le métier de la jeune femme la destinait à cette pratique, pourtant son comportement lui inspirait de la honte. Il aurait voulu dire ou faire quelque chose pour se racheter, mais ne trouvait rien qui ne puisse être mal interprété.

Tous les deux étaient maintenant gênés par cette situation. Louise ne parvenait pas à partir, Ezra ignorait comment la raccompagner sans se montrer grossier.

— Viens, allons prendre un verre sur la terrasse, proposa-t-il en désespoir de cause.

— Tu ne travailles pas, aujourd'hui ? demanda Louise lorsqu'ils furent installés sous le parasol, leurs boissons à la main.

— Non, je suis fatigué, dit-il.

— C'est drôle, je ne t'ai jamais vu comme ça.

— C'est-à-dire ?

— Ne rien faire, ce n'est pas ton truc. Ça ne te ressemble pas.

— Il y a des moments où je n'ai plus envie de rien.

— Je vois ça, dit-elle en souriant.

Sur le plancher de teck, entourée de fougères, d'ifs et de lierre, Louise oubliait la ville.

— Tu pourrais revenir de temps en temps.

— En amie, tu veux dire ?

— Oui.

— Pourquoi pas ? répondit Louise.

Mais elle en doutait. Ce genre de relation ne fonctionnait jamais. Depuis longtemps, elle ne considérait plus Ezra tout à fait comme un client, mais ils n'étaient pas vraiment proches.

Une clématite à grandes fleurs bleues se déployait le long du mur, tranchant sur le ciel d'azur délayé. Louise soupira en fermant les yeux. Le verre humide glissait entre ses mains, le Coca pétillait sur ses doigts. Ezra s'était servi un jus d'ananas, une boisson qu'elle ne s'attendait pas à le voir apprécier. « Trop de café », avait-il sobrement expliqué.

— J'ai croisé ta voisine du cinquième dans l'ascenseur, l'autre jour, poursuivit Louise.

Les paupières baissées, elle s'abandonnait à la chaleur du soleil.

— Mme Chanterelle, sans doute.

— Elle n'est pas nette, cette bonne femme.

— Pourquoi ça ?

— Je ne sais pas. Une impression. Sa façon de m'observer, l'air de rien.

— Les gens âgés se méfient des inconnus.

— On dirait une petite fouine ridée.

Ezra éclata de rire. La comparaison lui semblait tout à fait judicieuse.

— À sa décharge, elle a été cambriolée l'année dernière. Ceci explique cela.

— On lui a volé quoi ? Sa jeunesse ou sa gentillesse ?

— Rien du tout. C'est ça le plus bizarre : on a fracturé sa porte pour lui déposer des CD de variété.

— Tu plaisantes ?

— Non. Elle s'est retrouvée avec toute une collection qui allait de Goldman à Voulzy.

— Drôle de choix !

— Surtout quand on sait qu'elle n'aime que l'opéra !

— Quelqu'un cherchait à lui faire passer un message.

— Oui, mais lequel ?

La jeune femme but une longue gorgée de Coca et étouffa discrètement un rot.

Plus tard, ils mangèrent sur la terrasse. Louise aida Ezra à préparer une salade composée qu'ils accompagnèrent cette fois d'une bouteille de graves.

— En amis, hein ? dit Louise quand l'obscurité les entoura et que les lumières scintillantes de la ville percèrent çà et là la végétation.

Ils avaient éteint l'éclairage extérieur, seule la lueur d'une lampe dans le salon parvenait jusqu'au seuil. Ils étaient étendus sur des transats, alanguis et sereins.

— En amis, répéta Ezra.

Louise se leva, remonta lentement sa robe sur le haut de ses cuisses et s'assit à califourchon sur lui. Il voyait son string en satin rougir dans la nuit.

— Qu'est-ce que tu fais, Louise ? murmura-t-il.

— Tais-toi, c'est une amie qui te le demande, chuchota-t-elle.

*

Lorsque Ezra se réveilla le lendemain matin, Louise était déjà partie. Elle avait laissé un mot dans la cuisine, près de la cafetière qu'elle avait mise en marche pour lui : « Je repasserai peut-être… ou pas. » Elle avait signé : « Une amie. »

Le café était mauvais, cuit après avoir été trop longtemps chauffé. Ezra le vida dans l'évier et s'en prépara un autre. Il avait bien dormi et il fut reconnaissant à Louise de lui avoir offert cette nuit supplémentaire. Sur le transat d'abord, au lit ensuite, elle n'avait pas été différente. Amie ou professionnelle, elle s'était donnée de la même façon.

Ezra n'avait pas prévu ce qui s'était passé. Sa proposition avait été faite sans calcul. Il comptait vraiment mettre un terme à leur arrangement, mais il ne pouvait nier qu'il avait cédé facilement aux sollicitations de la jeune femme. Il pensa néanmoins qu'ils ne se reverraient pas. La soirée n'avait été qu'une façon de clore leur relation, tarifée ou non.

Ezra mangea quelques tartines agrémentées de confiture d'abricots, sa préférée depuis l'enfance, celle dont il avait toujours plusieurs pots en réserve. Un peu plus tard, il sirota son café sur la terrasse en fumant sa dernière cigarette. Cette fois, il avait eu beau chercher partout, il était en rupture de stock.

Quand il sortit peu après de La Colline, le tabac du coin de la rue, il aperçut Iberio, marchant d'un pas pressé pour rejoindre le métro. Dans le hall, Ezra frappa à la porte de la loge. Mercedes vint lui ouvrir. Comme d'habitude, la pièce était impeccablement tenue. Rien ne traînait sur le comptoir. Suspendus au tableau, les doubles des clefs des locataires brillaient au-dessus de leurs petites plaques de cuivre parfaitement astiquées.

— Bonjour, monsieur Goldweiser, dit Mercedes en souriant, que puis-je faire pour vous ?

— Commencez par m'appeler Ezra.

— Nous ne sommes pas chez vous et je suis habillée, rétorqua Mercedes avec malice.

Pendant une seconde, le peintre ne sut quoi dire. Il lui était plus difficile de s'affranchir de Mercedes que de Louise. *Ça n'a rien d'étonnant*, songea-t-il.

— Justement, Mercedes, je venais vous prévenir que, désormais, je n'aurai plus besoin que vous posiez pour moi.

Cette fois, ce fut au tour de la concierge de rester muette. Puis elle se reprit et haussa ses ravissantes épaules.

— Eh bien, je suppose que cela devait arriver un jour, dit-elle doucement.

Il ne parvenait pas à déterminer si elle regrettait cette occupation ou l'argent qu'elle gagnait.

— Vous avez terminé le travail que vous aviez en cours ?

— Non. Mais j'ai fait suffisamment de recherches pour réaliser mon projet. Je vous remercie de m'avoir aidé à y voir plus clair.

— Je vous en prie, monsieur Goldweiser.

Le peintre soupira et pencha la tête sur le côté tout en fixant Mercedes avec une expression attristée. L'entendre l'appeler par son nom le désespérait.

— Je vais donc devoir dire madame Montalvo, désormais ?

Mercedes éclata de rire.

— Vous n'y êtes pas obligé, voyons !

— Nous sommes au XXIe siècle, ces us et coutumes n'ont plus cours depuis longtemps.

— C'est à voir ! Je ne suis plus que votre concierge, maintenant.

— Et ma femme de ménage aussi. À moins que vous n'ayez plus envie de monter au sixième ?

— *Madre de Dios !* Bien sûr que si ! Je continuerai à venir chaque jeudi, comme toujours.

— Je vous en remercie, madame Montalvo, dit le peintre en s'inclinant légèrement.

— C'est bon, Ezra, appelez-moi par mon prénom si ça vous chante ! lança-t-elle. Je vous faisais marcher.

— Merci. J'ai bien cru que nous allions nous fâcher.

— Et pourquoi ? Je n'ai aucune raison de vous en vouloir.

— Je suis heureux de l'entendre, Mercedes.

Quand il referma la porte de la loge, Ezra sentit tout à coup le poids de sa solitude. Il venait de balayer trois ans de recherche, trois ans d'une relation à sens unique, certes, mais qui au moins lui avait permis de survivre à sa passion. Il avait encore un dernier travail à effectuer et il se demanda s'il aurait la force d'aller jusqu'au bout.

10

La toile était posée sur une chaise, appuyée contre le dossier. Assis en face, Jean de Bièvres la contemplait attentivement. Ezra se tenait debout, un peu à l'écart, à moitié tourné vers la porte, prêt à quitter la galerie. Il ne pouvait s'empêcher de piétiner. Il avait toujours détesté montrer ses tableaux. Le rituel qui consistait à attendre qu'on exprime son avis sur son travail le répugnait. Il se sentait comme un enfant quémandant la permission de ses parents, ce qui, même lorsqu'il avait dix ans, l'agaçait déjà. Quarante ans plus tard, les choses n'avaient fait qu'empirer. Dépendre de quelqu'un l'insupportait au plus haut point.

Bien qu'il s'estimât proche du peintre, Jean n'était pas un ami. Une relation de travail, tout au plus. Depuis trente ans, il vendait ses toiles, organisait les expositions à l'étranger, défendant ses œuvres avec constance.

De Bièvres faisait face à *Anonyme 1*. Vu de dos, il semblait presque en conversation mystique silencieuse avec le tableau. Ezra contemplait la rue des Beaux-Arts à travers la vitrine. Le VIe arrondissement lui avait longtemps paru inaccessible lorsqu'il était jeune.

Comme un temple tenu par une confrérie soudée, une barrière infranchissable. Le jour où il y avait été exposé pour la première fois, il avait été incapable de parler pendant toute la durée du vernissage. Certains avaient pris cela pour de la morgue, d'autres pour la marque d'un talent extraordinaire. Jean avait habilement manœuvré pour détourner l'attention qui pesait sur son poulain et la concentrer sur ses œuvres.

Grâce à cette exposition, toutes ses toiles avaient été vendues. Même amputée du pourcentage de Jean, la somme restante était proprement ahurissante aux yeux du jeune peintre : deux cent mille euros – plus d'un million de francs, à l'époque –, qui firent de son banquier un ami onctueux prêt à tous les arrangements. Les cinq années suivantes avaient vu doubler puis tripler cette somme. Pourtant, la seule folie qu'Ezra s'était permise avait été son appartement. « Un excellent placement », avait approuvé Jean lorsqu'il l'avait visité la première fois.

Ezra perçut un long soupir qui le ramena instantanément dans la galerie. De Bièvres s'était redressé et hochait la tête. Il se leva et fit quelques pas, allumant une cigarette. Au pied de la chaise gisait le papier kraft qui avait emballé le tableau, comme une peau abandonnée après la mue.

— Il y en a combien ? demanda de Bièvres.

Ezra se racla la gorge.

— C'est le seul.

De Bièvres se tourna vers lui.

— Je veux dire dans ton atelier, je sais bien qu'aujourd'hui tu ne m'as apporté que celui-ci.

— Il n'y a aucune autre toile, chez moi.

Le visage du galeriste se figea.

— Comment ça ? demanda-t-il doucement.

— Je n'ai réalisé que ce tableau.

De Bièvres expira une nouvelle fois, douloureusement.

— En cinq ans, tu n'as rien fait d'autre ? insista-t-il, comme s'il ne parvenait pas à y croire.

— Si, bien sûr. J'ai dessiné.

— Quoi ?

— Des études, principalement du fusain. Uniquement des nus féminins.

De Bièvres fixait le visage d'Ezra, à la recherche de la moindre trace d'ironie cachée. Mais il n'y voyait qu'une sincérité dénuée de tout humour. Lorsqu'il s'en rendit compte, il se détourna et secoua sa cigarette au-dessus d'un cendrier de marbre posé sur son bureau. C'était un magnifique meuble Art déco en chêne blond, datant de 1930. Deux lampes en verre dépoli cerclées de métal étaient fixées sur le plateau cintré. Le piètement en L et la forme en fer à cheval le faisaient attribuer à Charles Dudouyt. Hormis le cendrier, rien ne traînait. La surface de bois immaculée réfléchissait la lumière, dessinant une ligne pure au travers de la pièce.

De Bièvres revint se placer devant le tableau. Sur le fond d'un bleu presque noir se détachait le buste parfait de Mercedes, dont la poitrine nue se haussait encore sous l'action de ses bras levés. Ses mains cherchaient à arracher le tissu recouvrant son visage et qui moulait sa bouche largement ouverte. Tout racontait une violence crépusculaire sur le point de jaillir.

— Cela ne te ressemble pas, dit-il doucement. J'ai l'impression de voir l'œuvre de quelqu'un d'autre.

— C'est pourtant la mienne.

De Bièvres lui jeta un coup d'œil, navré par ce qu'il apprenait.

— Je ne t'ai jamais menti, dit-il.

— C'est vrai.

— Ça, dit-il en désignant le tableau du menton comme s'il hésitait encore à le prendre en considération, c'est proprement ahurissant !

Ezra n'était pas vraiment surpris par la réaction du galeriste. « Son » galeriste, affirmait souvent de Bièvres pour renforcer le lien qui les unissait, croyait-il. Il avait voulu lui montrer cette unique toile pour mesurer le changement qu'il avait senti s'opérer en lui.

— La facture est excellente, le talent est toujours là, à l'évidence, continua de Bièvres, mais ton sujet est…

Il s'arrêta brusquement, comme s'il ne pouvait prononcer l'adjectif qui jaillissait de son cerveau. Ezra ne fit rien pour l'aider, prenant même plaisir à le voir s'embourber. Il observait attentivement l'effet que produisait sa toile, découvrant son pouvoir, jaugeant sa puissance. Il constatait en même temps que l'avis de Jean de Bièvres lui était indifférent. En cinq ans, il s'était affranchi de lui, comme des autres. Il présumait que les critiques d'art le laisseraient, eux aussi, complètement froid. Pour la seconde fois depuis qu'il avait élaboré son projet, le soulagement le submergeait et la certitude de le mener à bien le confortait. Il garda le silence, suivant l'écoulement des secondes avec délice.

— Obscène ! lâcha enfin de Bièvres, tournant la tête vers le peintre pour constater ce que le mot déclenchait sur son visage.

Rien. Il demeurait de marbre.

— Je suis désolé de te dire cela, Ezra.

— Ne le sois pas. Il y aura bientôt un pendant à cette toile.

— Pardon ? Ce sera un diptyque ?

De Bièvres était stupéfait.

— Oui. Serais-tu intéressé ? Le tableau sera beaucoup plus grand. Trois mètres sur deux, environ.

— Tu n'es pas sérieux, Ezra !

— Bien sûr que si.

De Bièvres baissa la tête. Ses doigts cherchèrent sur le bureau de quoi s'occuper, mais ne rencontrèrent que le cendrier de marbre dans lequel il écrasa le reste de sa cigarette, presque machinalement.

— On dirait que ça te coupe jusqu'à l'envie de fumer, remarqua Ezra avec ironie.

De Bièvres le dévisagea. Ses bras s'ouvrirent et il tourna ses paumes devant lui dans un geste d'impuissance.

— Je te représente depuis trente ans, Ezra. Dieu sait que j'ai cru en toi jusqu'à présent, mais je ne peux pas accrocher ça dans la galerie.

— Pourquoi ?

— Parce qu'on me rirait au nez et qu'on te traînerait dans la boue, bon sang !

Ezra fit mine de réfléchir un instant.

— Je vois. Alors, mets-le dans ton bureau et laisse tes clients juger par eux-mêmes.

De Bièvres le regardait comme s'il avait perdu toute raison.

— Ici ? Ezra, tu n'es pas sérieux ?

— Et pourquoi pas ? Ça irait très bien avec ton Dudouyt.

Les yeux du galeriste revinrent malgré lui sur le tableau. Un instant, il imagina la toile sur le mur ivoire, au-dessus du plateau cintré de chêne blond, éclairé par les deux lampes en verre dépoli. Il haussa les épaules devant l'insanité de cette vision.

— Je t'en prie, un peu de sérieux ! souffla-t-il.

— Écoute, je comprends que tu n'en veuilles pas dans la galerie, mais ton bureau est une pièce privée et ce que tu y accroches ne regarde que toi.

— Je reçois tous mes acheteurs ici pour finaliser les ventes. Je ne vais pas leur mettre sous le nez ce…

— Oui ?

— Tu m'as entendu, souffla de Bièvres.

— Je croyais qu'il était d'excellente facture ?

— Il l'est ! Tu sais encore peindre, personne ne contestera cela, mais ton sujet est…

De Bièvres se laissa tomber dans le fauteuil de cuir à haut dossier qui trônait derrière le bureau.

— Finis tes phrases, Jean, s'il te plaît ! C'est fatigant de remplir les blancs à ta place.

— Qu'est-ce que tu cherchais à dire en peignant ça, Ezra ? Hein ? Quelle est la finalité artistique ? Je ne la vois pas. On dirait le délire sexuel d'un adolescent perturbé !

— Un adolescent est toujours perturbé, Jean, tu ne sais pas ça ? C'est dû au bouleversement des hormones.

— Enfin, merde ! Ezra ! Tu as plus de cinquante ans, tes hormones sont stabilisées depuis longtemps, ou alors il faut consulter. Tu ne produis rien pendant cinq ans et voilà que tu débarques ici avec une espèce de case digne d'un manga pour adultes !

Ezra éclata de rire. Contre toute attente, la comparaison le réjouissait. Il n'aurait jamais pensé à la faire, mais, brusquement, elle lui paraissait tout à fait pertinente.

— Il va falloir que je me recycle alors, dit-il en reprenant son souffle. Je te remercie, Jean, tu viens de me donner un but vraiment excitant.

De Bièvres le regardait, bouche bée, partagé entre le dégoût et la pitié.

— Tu as bu, c'est ça ? Tu n'es pas dans ton état normal.

— Je suis parfaitement sobre, je t'assure.

— Tu es sous traitement ? Tu prends des antidépresseurs ou quelque chose dans le genre ?

— Absolument pas.

— Je ne te reconnais plus. Je ne sais pas ce que tu cherches à prouver avec cette peinture.

— Mais rien, Jean. Je ne cherche rien. Je mène la vie que j'ai toujours menée. Je me lève, je dessine, et chaque jour je produis quelque chose. Ce n'est sans doute pas ce à quoi tu t'attendais, mais c'est mon travail. Je ne sais rien faire d'autre.

De Bièvres l'observait avec une lassitude évidente.

— Ressaisis-toi, je t'en prie, Ezra. Reviens aux œuvres que j'étais si heureux d'exposer et que les collectionneurs estimaient.

Ce fut au tour du peintre de se figer.

— Je ne peux pas. Ce que tu vois, c'est ce que je suis, dit-il en montrant *Anonyme 1*. Quoi que tu en dises, je vais réaliser la deuxième toile prévue.

— Et ensuite, que feras-tu ? Tu continueras dans cette veine « bande dessinée à l'huile » ?

— Non, j'arrêterai de peindre. Ce sont mes deux dernières œuvres. Libre à toi de ne pas les prendre.

Ils étaient face à face, s'observant silencieusement. De Bièvres baissa les yeux le premier et se rencogna dans son fauteuil.

— Et tu es sérieux, en plus ! Je ne vais même pas discuter avec toi.

— Bien. Je te laisse le tableau. À bientôt, Jean.

Ça s'est bien passé, finalement, songea Ezra en remontant la rue des Beaux-Arts. Il n'aurait pu rêver d'une sortie plus efficace.

*

Mme Chanterelle avait fouillé tout l'atelier. Elle avait pu admirer à loisir les deux cartons à dessin remplis de nus et sur lesquels elle avait reconnu la concierge et « la porteuse de string », comme elle la nommait en son for intérieur. Les poses identiques que partageaient les deux modèles la confortaient dans l'idée que le peintre couchait avec elles. Elle ne voyait pas trop l'intérêt artistique de tout ceci, mais elle percevait parfaitement l'extrême libido qui la sous-tendait. Que ces deux femmes se prêtent à ce simulacre la dépassait complètement. Qu'avaient-elles donc dans le corps pour s'exposer de la sorte ? Il fallait être perverse pour s'adonner à ces pratiques ! Et il y avait plusieurs centaines de dessins, ce qui signifiait que tout cela durait depuis fort longtemps.

La vieille dame se sentait étourdie, au bord du vertige nauséeux. Elle jeta un coup d'œil sur sa petite montre de platine : elle était là depuis déjà quarante minutes. Elle s'était glissée dans l'appartement dès le départ du peintre. Il avait fermé à clef, ce qui laissait supposer qu'il s'absentait plus d'une heure ; dans le cas contraire, il se contentait toujours de tirer la porte. Elle l'avait vu traverser la rue, un volumineux paquet enveloppé de papier kraft dans les bras, et monter dans le taxi qui l'attendait. Évidemment, elle ignorait où il se rendait et ce qu'il devait faire, mais elle l'espionnait depuis si longtemps qu'elle faisait confiance à ses habitudes. Un frisson d'excitation la parcourut et elle ne put s'empêcher de grimper l'escalier qui menait à la mezzanine. *Les chambres sont là-haut*, songeait-elle, *c'est toujours là que se trouve ce qu'il y a de plus intéressant chez quelqu'un.*

La première pièce fut décevante. C'était une chambre d'amis qui ne servait pas, visiblement. Les placards étaient vides, rien ne traînait. Aucune toile n'était accrochée, aucune photo encadrée n'était posée sur la commode ou la table de nuit. Le lit était fait et recouvert d'une étoffe damassée de couleur jaune. Les murs peints en gris sous le plafond blanc distillaient une impression de calme. Tout était propre, prêt à recevoir, mais sans âme.

La salle de bains était en désordre, elle n'y trouva que des affaires masculines. Un stick de déodorant, une eau de toilette au chèvrefeuille, une seule brosse à dents et un rasoir à main posé près d'un bol de savon à barbe. Le peintre l'utilisait assez peu, apparemment, car elle le voyait souvent les joues couvertes d'un poil grisonnant de plusieurs jours. Derrière la porte était accroché un peignoir bleu nuit, élimé. Plusieurs serviettes avaient été jetées à la va-vite, l'une sur la paroi de la douche à l'italienne encore éclaboussée de gouttelettes, l'autre sur le rebord du lavabo. *Les hommes ! Peu de chances qu'elles sèchent*, songea Mme Chanterelle qui se retint de les suspendre correctement.

Il y avait des toilettes dans le couloir, dont la fenêtre était restée ouverte pour aérer. Bizarrement, la lunette était baissée. Mme Chanterelle y vit la preuve qu'une femme l'avait utilisée.

Enfin, elle pénétra dans la chambre principale. Plus grande que la précédente, dans des tons ocre, elle était pourvue d'une petite bibliothèque d'acajou chargée d'ouvrages d'art et de livres de poche. Des vêtements jonchaient le sol et le fauteuil. Le lit n'était pas fait. La couette se répandait sur le plancher et le drap du dessous était froissé. Les oreillers, creusés par le poids de la tête, reposaient l'un sur l'autre, mais de guingois, comme si on les avait repoussés du bras pour faire de la place. Sur la table de chevet, un cendrier débordait de mégots et de la cendre maculait le bois.

L'un des murs était occupé par une vaste penderie et Mme Chanterelle ne put résister à l'envie de la fouiller. Elle ouvrit une à une les trois grandes portes pour en inspecter l'intérieur. Sur des cintres étaient suspendus des pantalons de coton, plusieurs blousons de cuir, deux manteaux, et quatre costumes de bonne coupe qu'elle n'avait jamais vu le peintre porter. Sur des étagères, des pulls, des chemises, des tee-shirts. Dans des tiroirs étaient rangés des chaussettes et des boxers. Aucune cravate. Rien non plus attestant une présence féminine. Une quinzaine de paires de chaussures occupaient le bas de la penderie, la plupart étaient des baskets. Dans l'ensemble, il s'agissait de vêtements confortables et communs. Mais contre le fond, derrière les manteaux, elle dénicha un grand carton à dessin, identique à ceux qui étaient dans l'atelier.

Son cœur se mit aussitôt à battre plus vite. Elle sentit qu'elle avait trouvé là quelque chose. Avant même de l'ouvrir, elle fut certaine qu'il renfermait la raison de sa dissimulation. Elle le posa à plat sur le lit. Il était moins lourd que les deux autres. Elle défit les cordons en tremblant légèrement et le déploya devant elle. C'étaient encore des dessins, toujours au fusain. D'abord, elle ne comprit pas ce qu'elle regardait, sinon qu'il s'agissait de la concierge dans le plus simple appareil. Mais soudain, elle réalisa. Sa bouche s'arrondit en un cri de stupeur silencieux qui s'acheva sur une longue expiration sifflante.

La concierge s'offrait dans des positions plus salaces les unes que les autres. Elle se caressait et l'expression de son visage était aussi provocante que ses gestes. Son sexe était reproduit avec une précision telle qu'on l'aurait cru exécuté par un gynécologue pour un cours d'anatomie.

Mme Chanterelle suffoquait en tournant les pages. Tétanisée par ce qu'elle découvrait, elle ne parvenait plus à en détacher les yeux. La concierge semblait la prendre à témoin du plaisir qu'elle se donnait elle-même. Il y avait une quarantaine de dessins. Sur les premiers, elle était seule, mais les derniers la montraient jouant avec un pénis turgescent. Ils atteignaient un degré de pornographie qui faillit provoquer un malaise à la vieille dame.

Épouvantée, elle rabattit le carton. Ses mains étaient fébriles et elle eut du mal à nouer les cordons. Sa respiration était oppressée, ses tempes battaient. Elle replaça tant bien que mal l'horrible objet dans la penderie et referma les portes à la volée, comme pour emprisonner le démon qui risquait de s'en échapper.

Elle fila dans l'escalier en tenant la rampe à deux mains, ses jambes menaçant de se dérober à chaque marche. Elle était à mi-chemin quand elle entendit une clef tourner dans la serrure et que la porte d'entrée s'ouvrit. Affolée, Mme Chanterelle fit demi-tour et se rua dans la chambre principale, où elle se jeta sous le lit. Là, le nez dans les moutons de poussière qui jonchaient le plancher, elle comprit à quel point elle se trouvait dans une situation absurde et périlleuse. Elle réprima un éternuement et se couvrit la bouche avec sa main.

Les marches de l'escalier grincèrent et bientôt quelqu'un entra dans la pièce. Une paire de baskets passa devant elle, puis le matelas s'affaissa au-dessus de sa tête et les lattes du sommier fléchirent. Elle sut alors que le peintre était rentré. Elle vit ses doigts dénouer les lacets, libérer les pieds des chaussures et des chaussettes, puis explorer le sol en tâtonnant. Mme Chanterelle se mordit le poing pour ne pas crier. Elle regarda autour d'elle et découvrit avec horreur une vieille paire de tongs. En se glissant sous le lit, elle les avait déplacées vers le fond. La main progressait, cherchant toujours, se rapprochant d'elle peu à peu. Mme Chanterelle se tassait le plus loin possible. Doucement, elle repoussa les tongs vers la paume qui s'ouvrait devant elle. Les doigts du peintre se resserrèrent dessus et il les tira vers lui avec un soupir de satisfaction.

Mme Chanterelle regarda la paire de tongs glisser jusqu'à la penderie où les baskets rejoignirent leurs homologues en heurtant le bois avec un bruit sourd. Le peintre s'éloigna un instant. Elle entendit une porte s'ouvrir – sans doute celle de la salle de bains –, puis il revint et elle vit ses tongs passer devant elle plusieurs fois en claquant sur le sol, avant de disparaître. Les marches de l'escalier grincèrent et peu après des chocs de vaisselle retentirent en bas. Un placard se referma, un tintement résonna, les tongs produisirent encore leur petit martèlement, puis ce fut le silence.

Mme Chanterelle demeura immobile un long moment, respirant avec peine sous le lit. Elle scrutait le silence avec toute l'acuité dont elle était capable, tentant de juguler sa peur et d'ordonner ses idées. Elle regrettait amèrement de s'être placée dans cette épouvantable situation. Si le peintre la découvrait chez lui, c'en serait fini de sa réputation et elle n'aurait plus qu'à déménager pour aller cacher sa honte. Elle ressentait déjà l'opprobre dont elle serait accablée. Jamais elle ne pourrait s'en remettre. Prise sur le fait, le double de la clef en sa possession, chacun serait à même de tirer ses propres conclusions. On l'accuserait de tentative de vol, peut-être même de voyeurisme.

Voyeurisme ! C'était pire que tout, pire que le cambriolage. Elle deviendrait une criminelle sexuelle ! Elle imaginait déjà Agathe clamant la nouvelle dans son salon. Les rires moqueurs et les grimaces dégoûtées accompagneraient son départ. La rue, le quartier peut-être, se gausserait et son nom ferait l'objet des plus horribles calembours.

Mme Chanterelle ferma les yeux pour retenir ses larmes. Elle n'était qu'une vieille idiote, une Miss Marple de pacotille ! Elle étouffa un sanglot.

Les minutes passaient et elle ne voyait aucune échappatoire. Elle tenta de reprendre son souffle et de se calmer. Il fallait qu'elle sorte de là avant que le peintre ne s'aperçoive de sa présence. Elle rassembla tout son courage et rampa pour s'extirper de sous le lit. Elle se releva péniblement, prenant appui sur le matelas, et se glissa sans bruit dans le couloir.

On ne percevait rien depuis le haut de l'escalier. Mme Chanterelle traversa la mezzanine, se courbant du mieux qu'elle pouvait pour jeter un œil dans la grande salle. Seuls son front et ses cheveux dépassaient de la balustrade lorsqu'elle osa regarder.

Elle ne vit le peintre nulle part. Où pouvait-il être ? Elle était certaine de l'avoir entendu quitter la cuisine. Mais il pouvait aussi se trouver sous la mezzanine, assis à la longue table de bois qui faisait face à la bibliothèque, d'où il ne manquerait pas de l'apercevoir si elle descendait l'escalier.

Mme Chanterelle ne savait plus que faire. Elle scrutait le silence à la recherche d'un indice quelconque qui pût la renseigner. Soudain, la sonnerie d'un téléphone retentit dans la vaste pièce, si forte qu'elle fit sursauter la vieille dame qui retomba à genoux sur le sol. Aussitôt, le bruit de succion des claquettes se rapprocha. Il venait de la terrasse. Pendant tout ce temps où elle supputait ses chances de s'enfuir, le peintre prenait le frais à l'extérieur, d'où il ne pouvait l'entendre. Mme Chanterelle enrageait de sa couardise.

— Oui, Louise. Comment vas-tu ? fit la voix rauque, emplissant la pièce.

Mme Chanterelle leva les yeux au ciel. Sa curiosité piquée au vif ne pouvait se détacher de la conversation qui s'ébauchait. Elle se redressa et risqua un coup d'œil par-dessus la balustrade. Elle aperçut le dos du peintre, le portable à l'oreille, une cigarette fumante à la main.

— Bien sûr que non, dit-il encore, retournant vers la terrasse.

Mme Chanterelle n'attendit pas davantage. Elle descendit l'escalier à pas lents pour ne pas le faire craquer. Elle entendait la voix assourdie du peintre. Elle trottina à travers le salon et rejoignit le vestibule. Elle allait saisir la poignée de la porte lorsqu'on sonna. Son cœur faillit s'arrêter et elle porta la main à sa poitrine en chancelant. C'en était trop ! Tout se liguait pour l'empêcher de sortir de cet horrible endroit. Affolée, elle chercha autour d'elle. Dehors, le peintre n'avait rien entendu et poursuivait sa conversation. *Encore une de ses maîtresses, sans doute*, suffoqua la vieille dame. Un deuxième coup de sonnette, plus long celui-ci, retentit. Sans réfléchir davantage, Mme Chanterelle ouvrit le premier placard qu'elle trouva. C'était là qu'étaient rangés la planche à repasser, l'aspirateur, divers balais et le séchoir à linge. Elle bénit le ciel qui l'avait faite si menue et se glissa prestement à l'intérieur, rabattant la porte sur elle. Pour la troisième fois, on sonna, en insistant et en variant le rythme, alternant les coups longs et courts. Manifestement, on s'impatientait.

Le claquement énergique des tongs retentit alors et le peintre s'approcha enfin pour ouvrir.

— Désolé, Mercedes, j'étais au téléphone sur la terrasse, je ne vous avais pas entendue, dit-il en riant.

— Bonjour, Ezra, j'ai pensé que vous ne vouliez plus de moi !

— Bien sûr que si, voyons ! Entrez, je vous en prie.

Dans l'obscurité de son placard, Mme Chanterelle n'en perdait pas une miette. *La concierge à présent, voilà qui est complet !* songea-t-elle. *Les cochonneries vont sans doute recommencer !* Le souvenir des honteux dessins était encore présent dans sa mémoire. Toutes les horreurs qu'elle avait vu cette créature faire avec ses doigts et sa bouche.

— Qu'est-ce que vous voulez que je vous fasse, aujourd'hui ? interrogea la concierge.

Ils étaient entrés dans la grande salle, mais Mme Chanterelle les entendait parfaitement. La question de la concierge la fit blêmir. Il fallait un niveau d'intimité et une complicité sexuelle hors normes pour parler aussi crûment de ces turpitudes. *Et elle demande ça avec un naturel confondant !* songea-t-elle.

— Un petit coup dans la chambre, ce serait bien, répondit le peintre.

Et comment donc ! pensa la recluse dans son placard. *Ne vous gênez pas pour moi !*

— Je vais prendre le matériel alors, acquiesça la concierge.

Ils utilisent des accessoires, en plus ! pensa Mme Chanterelle avec effarement. *Ces gens sont complètement dégénérés !* Elle entendit la concierge revenir dans le vestibule. Tout à sa pudeur scandalisée, elle ne se méfia pas. Mais brusquement, la porte droite du placard s'ouvrit. Plaquée contre la planche à repasser derrière celle de gauche, Mme Chanterelle sursauta lorsqu'elle vit une main s'avancer. Incapable de bouger, n'ayant plus aucune échappatoire, la vessie de la vieille dame la trahit. Un flot chaud coula le long de sa jambe, s'insinuant jusque dans ses chaussures, tandis que la main s'emparait de l'aspirateur et que la porte se refermait. La concierge ne s'était aperçue de rien, mais le mal était fait. Honteuse, terrifiée, Mme Chanterelle baignait dans ses semelles spongieuses. Les voix s'éloignèrent et elle entendit qu'on montait l'escalier.

La concierge n'était pas venue pour se livrer à la luxure, mais bien pour faire le ménage chez le peintre. La vieille dame réalisait sa méprise. C'était donc ça le « petit coup » dans la chambre. Pourtant, les dessins existaient, elle ne les avait pas imaginés, et ce qu'ils représentaient ne laissait place à aucune interprétation convenable. Elle avait contemplé les poses lascives, les regards langoureux qui accompagnaient des pratiques sexuelles explicites. Cela, elle ne l'avait pas rêvé.

Mme Chanterelle s'extirpa du placard. Ses semelles émirent un bruit d'aspiration humide sur le parquet. Elle tira le loquet de la porte et l'ouvrit avec difficulté. Elle était épuisée et le battant pesait lourdement sur ses bras. Elle dut s'arc-bouter de tout son poids pour le manœuvrer. Lorsqu'elle l'eut refermé doucement derrière elle, elle s'appuya un instant contre le panneau, cherchant l'air. Un bourdonnement constant résonnait à ses oreilles. Dans le lointain, elle entendit soudain l'ascenseur monter et elle se précipita dans l'escalier, se cognant contre le mur en clapotant, produisant des chocs mouillés comme un volatile affolé sous la pluie. Elle avait pris un tel élan que, sur la dernière marche, elle se tordit la cheville, se rattrapant de justesse à la grosse poignée de cuivre qui décorait sa porte. Elle fit tomber son trousseau en le sortant de sa poche et, quand elle voulut introduire la clef dans la serrure, elle heurta le métal avec un bruit de staccato nerveux. Elle dut saisir la clef à deux mains afin de pouvoir ouvrir. Comme l'ascenseur approchait, elle se jeta enfin chez elle, claquant la porte à la volée.

Là, elle s'écroula à genoux sur le tapis persan qui décorait son vestibule. Dans le miroir, elle vit que sa permanente n'avait plus ces jolis reflets couleur prune qu'elle aimait tant. Ses cheveux emmêlés, humidifiés par la transpiration, étaient plaqués sur son crâne et parsemés de moutons collés. Son teint était livide, ses joues maculées de coulures de fard, ses yeux écarquillés. C'était le visage d'une vieille folle.

— Salauds de cochons ! Salauds de cochons ! ânonnait-elle sans arrêt, ne sachant plus si elle s'adressait au peintre, à la concierge ou aux hommes en général.

11

En attendant le début des cours à la Sorbonne, Iberio avait trouvé un emploi de veilleur de nuit à l'hôtel Edgar, proche de la place des Vosges. Il y était entré à la mi-juillet, peu après sa dernière rencontre avec Louise. La scène qui avait eu lieu devant la loge l'avait profondément remué. Il avait vu s'enfuir ses illusions en regardant s'éloigner la jeune femme dans le soleil matinal.

Sa décision de passer l'été à travailler n'avait pas été dictée uniquement par sa déception amoureuse. Le peintre avait mis un terme à sa collaboration picturale avec sa mère et, bien qu'elle continuât à faire son ménage et son repassage, une partie non négligeable de ses gains venait de disparaître.

Ces deux faits – sa désillusion et le manque d'argent – précipitèrent Iberio dans le monde des adultes. Il avait dix-huit ans, cette majorité nouvellement acquise lui conférait des droits, mais aussi des devoirs. Autant pour oublier Louise et son brûlant baiser que pour faire face à ses obligations de fils aimant, Iberio se devait de participer aux frais du foyer. Son salaire de mille cent euros bruts n'était pas exceptionnel, mais il leur permettait d'augmenter leur niveau de vie de manière substantielle et d'assurer sa scolarité. Il abandonna la moitié de sa première paie à sa mère. Mercedes étreignit son fils avec enthousiasme, reconnaissante pour le sacrifice qu'il faisait de ses vacances et pour sa générosité.

— *Cariño*, dit-elle en le serrant à l'étouffer, jamais personne ne m'avait fait un tel cadeau jusqu'à présent !

Elle oubliait que les Lallemand avaient fait jouer leurs relations pour lui obtenir sa place de concierge, mais, si l'on considérait le bébé que leur avait apporté Mercedes, la balance était nettement en sa faveur. Elle omettait aussi qu'elle ne tolérait pas qu'on lui manifeste la moindre pitié. Elle avait jusqu'à présent mis un point d'honneur à gagner elle-même chaque euro de sa paie.

Pendant tout l'été, Iberio rejoignit donc la rue de Birague à vingt heures chaque soir, pour n'en ressortir que vers huit heures le lendemain matin. Il passait ses nuits à lire derrière le comptoir où son travail ne réclamait pas une activité harassante. Une fois qu'il avait accueilli les quelques clients tardifs qui se présentaient, il était assez peu souvent dérangé. Cette fréquentation de la littérature qui avait débuté de façon fortuite, alors qu'il guettait le passage de Louise dans le hall, se mua en habitude puis en nécessité. Contre toute attente, Iberio se découvrit une véritable passion pour la lecture. Les douze heures que durait son service lui procuraient une plage suffisamment longue pour terminer le livre qu'il avait en cours et en commencer un autre.

— Il va falloir que je t'installe une bibliothèque, Iberio, remarqua un jour M. Lebel, le propriétaire de l'hôtel.

C'était un homme de haute taille, rasé de près et toujours élégamment vêtu. Il avait retenu le jeune garçon après seulement dix minutes d'entretien, et ce, malgré son manque de qualification.

— Tout le monde doit avoir sa chance, n'est-ce pas ? Et on ne peut pas exiger un certificat de quelqu'un qui n'a encore jamais travaillé.

Il le prit à l'essai pendant trois semaines, puis l'engagea définitivement. M. Lebel se flattait de ne jamais se tromper sur les gens. En l'occurrence, l'avenir devait lui donner raison en ce qui concernait Iberio. L'éducation rigoureuse et parfois sévère de Mercedes avait fait de lui un jeune homme fiable, ponctuel et poli. Ses connaissances en anglais étaient encore scolaires, mais, au contact de la clientèle estivale, il progressa rapidement. En outre, il parlait déjà couramment espagnol, ce qui avec le français en faisait un veilleur de nuit bilingue.

Le seul inconvénient que rencontra Iberio fut le port du costume. M. Lebel étendait son élégance naturelle à tout le personnel.

— Nous sommes un quatre-étoiles, Iberio, cela exige de nous une présentation impeccable.

Iberio n'avait jamais porté que des jeans et des tee-shirts – qu'il agrémentait parfois d'une chemise lorsqu'il sortait. Il comprit qu'il n'avait pas le choix et s'en ouvrit à sa mère. Un costume coûtait cher, il devrait en changer chaque semaine. Il lui en fallait au moins deux afin d'alterner et de lui donner le temps de les faire nettoyer. Mais Mercedes avait plus d'une corde à son arc. Son fils n'avait jamais manqué de rien jusqu'à présent et il était hors de question qu'il perde son premier travail pour un problème vestimentaire.

Le lendemain matin, elle revint dans la loge avec quatre costumes.

— Essaie-les, dit-elle à Iberio.

— D'où est-ce qu'ils viennent, *Mamacita* ?

— Essaie-les, répéta sa mère, imperturbable.

Les manches étaient légèrement trop courtes, mais, en laissant dépasser celles de sa chemise, il n'y paraîtrait pas. Au reste, cela ne se remarquait que s'il étendait le bras devant lui. Quant aux pantalons, il suffisait de défaire les ourlets pour qu'ils cassent sur ses chaussures de façon adéquate. Lorsque les retouches furent faites, Mercedes contempla son fils.

— Tu es très élégant, *cariño*, dit-elle en lui prenant le visage entre ses mains.

— *Mamacita*, d'où viennent-ils ?

Mercedes soupira.

— J'ai fait un arrangement avec quelqu'un, dit-elle.

— Comment ça ? s'inquiéta Iberio.

— *No te preocupes, niño !*

— *Mamacita !*

— *Cállate !* Marche un peu, pour voir. Quel bel homme tu fais ! dit-elle en battant des mains.

— Tu es tout à fait convenable, constata M. Lebel quand Iberio se présenta le lendemain devant lui. Je te félicite.

— Comment lui vont-ils ? demanda Ezra lorsque Mercedes revint faire son ménage.

Iberio était plus grand et plus mince que le peintre. Heureusement, les costumes avaient été coupés à une époque où Ezra, lui aussi, était encore svelte.

— Il est parfait, à présent, dit-elle en lui adressant ce sourire dévastateur qui lui brisait le cœur.

— J'en suis ravi, Mercedes. S'il vous faut autre chose, n'hésitez pas.

Depuis le temps qu'elle faisait son ménage et son repassage, Mercedes avait souvent eu l'occasion de ranger ses vêtements dans la penderie de sa chambre. Elle avait depuis longtemps remarqué les quatre costumes qui y étaient suspendus et noté que le peintre ne les portait jamais.

— Je les mettais uniquement lors des vernissages ou pour des événements particuliers. Ce qui ne m'arrive plus, à présent, avait-il expliqué. Prenez-les, cela me fait plaisir de vous les offrir.

Mais pour la concierge, les cadeaux étaient exclus.

— Non, non, monsieur Goldweiser, je travaillerai gratuitement pour vous dédommager.

— Appelez-moi Ezra ou laissez ces vêtements ici, rétorqua le peintre.

— D'accord, Ezra. Mais je vous fais le ménage !

— Il y a quatre costumes, n'est-ce pas ? demanda-t-il aussitôt.

Mercedes acquiesça, attendant la suite.

— Cela fera donc quatre jours de travail.

Mercedes avait une idée assez juste du prix des choses.

— Pas question, ils valent beaucoup plus ! s'écria-t-elle.

— Vous me parlez comme si je vous volais, Mercedes, constata le peintre. Vous aimez à ce point les heures supplémentaires ?

— Ce n'est pas la question…

— La question est : Iberio a-t-il besoin de ces costumes ?

— Oui !

— En ai-je moi-même encore l'utilité ? Non ! Mes costumes, mes conditions : vous me devrez quatre jours de ménage. Et maintenant, ouste ! Emportez-moi tout ça !

— Je ne…

— *Cállate !* tonna le peintre dans une parodie de colère.

— *Muy bien, hombre !*

Mercedes ramassa promptement les vêtements.

— Ça ne vous va pas du tout de crier comme ça ! constata-t-elle.

Elle posa un délicat baiser sur sa joue et disparut avant que le peintre ne soit revenu de sa stupéfaction.

Si elle l'avait croisé, Mme Chanterelle aurait reconnu le costume que portait Iberio lorsqu'il quitta la loge, ce soir-là. Mais la vieille dame était invisible depuis un certain temps. Recluse chez elle, elle pansait la blessure que sa vessie avait infligée à son orgueil.

*

Les nuits d'Iberio s'écoulaient avec une régularité de métronome. Il dévorait les pages de ses livres avec constance. À la fin de l'été, il avait lu pratiquement un quart des ouvrages qui composaient *La Comédie humaine*. Il conservait une nette préférence pour *Splendeurs et misères des courtisanes*. C'était avec ce livre qu'il avait entamé son voyage dans la littérature et Esther symboliserait toujours Louise à ses yeux. Car pour une raison qu'il ne s'expliquait pas, il n'avait jamais imaginé que sa liaison avec le peintre pût être dictée par les sentiments. Leur trop grande différence d'âge lui semblait contre nature. Pour quelqu'un de dix-huit ans, la cinquantaine est une porte ouverte sur la vieillesse. Comme Esther, Louise se donnait pour d'obscures considérations financières à un homme qui aurait pu être son père.

Mercedes ne lui avait rien dit du véritable métier de la jeune femme. Elle s'était contentée de lui expliquer qu'elles posaient toutes les deux pour le peintre contre rétribution. Elle ne s'était pas davantage étendue sur le fait qu'Ezra réalisait des nus. Le dessin qu'il lui avait offert la montrant vêtue d'un peignoir, elle n'avait pas jugé utile d'ajouter ce détail. Elle n'était pas certaine que son fils aurait accepté facilement d'apprendre que sa mère se déshabillait devant un homme depuis trois ans. Elle doutait surtout qu'il puisse croire qu'il ne se passait rien entre eux.

Ainsi le souvenir qu'il gardait de Louise était-il fragmentaire, mystérieux et excitant. Son baiser demeurait impérissable. Aucune de ses ex-petites amies n'avait su lui en accorder un d'aussi ardent.

La clientèle de l'hôtel Edgar était cosmopolite et aisée, composée en majeure partie de touristes anglais, américains, espagnols ou japonais. L'ambiance était feutrée, le service d'une discrète efficacité et les quarante chambres à la décoration raffinée offraient tout le confort exigé par de riches voyageurs. On y passait en général un séjour extrêmement agréable pour un prix exorbitant – aux yeux d'Iberio. Les clients réglaient souvent sans un battement de cils des notes équivalentes à son salaire mensuel.

M. Lebel arrivait chaque jour au volant de sa Mercedes, sanglé dans un costume différent, chaussé sur mesure de cuir italien, rasé de près et fleurant le vétiver. Quelle que soit l'heure de la journée, il semblait sortir de son bain. Il accueillait Iberio le soir, lorsqu'il prenait son service, et le saluait le matin, juste avant son départ, lui offrant un visage toujours frais, mais portant un autre costume. Les heures n'avaient aucune prise sur M. Lebel, les jours glissaient sur lui sans éroder son impeccable image ni entamer sa sérénité. Il était d'une parfaite courtoisie avec tout le monde, d'une humeur égale, mais rien ne lui échappait. Aucune faute n'était tolérée dans son royaume.

Iberio appréciait de travailler auprès d'un tel homme et dans un cadre aussi enchanteur. Il passait ses nuits au cœur de l'excellence française si chère à la grande hôtellerie. Pendant tout l'été, il lut Balzac dans ce cadre luxueux, et peu à peu se dessina pour lui sinon une carrière, du moins l'ombre d'une destinée.

À la rentrée de septembre, il annonça à sa mère qu'il aimerait faire l'école hôtelière. Mercedes sentit son sang se glacer dans ses veines. Le rêve qu'elle avait caressé de voir son fils faire des études de droit et échapper à sa condition s'écroulait. Servir, fût-ce dans un quatre-étoiles parisien, n'était pas exactement le changement qu'elle espérait.

— Je suis concierge, tu n'as donc aucune ambition ? demanda-t-elle à son fils en plongeant ses yeux dans les siens. C'est une malédiction ou quoi ?

— Je ne suis pas fait pour les études, *Mamacita*.

— Tu as obtenu ton bac ! s'exclama Mercedes. Je n'ai obtenu que mon certificat d'études, c'est moi qui n'étais pas faite pour aller à l'université.

La vérité était plus prosaïque. La naissance d'Iberio avait bouleversé sa vie. Lorsqu'on devient mère à quinze ans, il est difficile de poursuivre sa scolarité sans une famille autour de soi. Mais il n'était pas question pour Mercedes de rendre son fils responsable de son choix.

— Tu es inscrit à la Sorbonne, tu dois continuer, Iberio !

— Mais je suis nul en maths…

— Et après ? Tu es doué pour les langues et tu es très fort en français.

De fait, Iberio avait toujours eu d'excellentes notes. Seules les maths lui avaient posé problème. Il avait dû travailler d'arrache-pied pour obtenir un score honorable lors de l'examen.

— Qu'est-ce que tu as contre l'hôtellerie ?

— Rien en particulier. Mais les Montalvo ont assez souffert comme ça, en Espagne ! Je n'ai pas fait le voyage jusqu'ici pour que tu deviennes un larbin, *entiendes* ?

— Mais c'est pourtant ce que tu fais.

— Pour que tu n'aies jamais à le faire, toi, *burrito* !

Sa mère se dressait devant lui, étincelante de colère, comme le jour où elle s'était blessée avec la cravache en découvrant son tatouage.

— Je fais leur ménage, je sors leurs poubelles, cria-t-elle en pointant du doigt l'escalier qui desservait les étages de l'immeuble, je repasse leur linge et j'apporte leur courrier, mais toi, *Dios mío*, je t'interdis de le faire !

— Tu ne peux pas décider de ma vie à ma place ! lança Iberio, soudain exaspéré.

Ce brusque revirement, cette colère qu'elle lisait dans les yeux de son fils figèrent Mercedes.

— Si tu abandonnes maintenant, tout ce que j'ai fait jusqu'à présent n'aura servi à rien.

Iberio se renferma sur lui-même. Il avait serré les bras sur sa poitrine et secouait la tête dans un mouvement de dénégation obstinée. Il ne voyait qu'une chose : on le payait pour passer ses nuits seul, avec ses livres, dans un cadre agréable. Jamais il ne s'était senti plus à sa place.

— Tu aimes distribuer leurs clefs aux clients ou monter régler leur climatisation ?

— M'man ! Je n'ai pratiquement rien à faire. Je lis tout le temps.

— Eh bien, continue, mais va à la Sorbonne pendant la journée !

— Je ne compte pas rester veilleur toute ma vie. À l'école hôtelière, j'apprendrai un métier et je progresserai. Plus tard, je pourrai avoir mon propre établissement.

— Mais tu seras toujours au service des autres !

— On est toujours au service de quelqu'un, m'man.

— M. Goldweiser n'est au service de personne.

— C'est un artiste, c'est différent.

— Alors, deviens auteur, si tu aimes tant les livres ! lança Mercedes, excédée.

Iberio regarda sa mère comme si elle venait de dire une absurdité qui la dépassait complètement. En même temps, l'idée le frappait avec tant de force qu'il en restait sans voix. Dans le silence de l'appartement, les mots résonnaient encore, imprégnant l'atmosphère, laissant une trace qui se précisait chaque seconde. Mercedes dut s'en rendre compte, car elle s'empressa d'ajouter :

— Mais fais ton droit d'abord ! Comme ça, au moins, tu auras une sécurité.

Son fils conservait un air buté qui l'exaspérait.

— Tu as toujours envie de savoir qui était ton père ?

Iberio, pris au dépourvu, hésitait à répondre. Il ne comprenait pas où sa mère voulait en venir.

— Bien sûr !

— Alors, écoute bien : si tu ne passes pas ta licence de droit, jamais je ne te le dirai. *Juro por la Virgen ! Nunca ! Me oyes*[1] *?*

Elle le toisait et l'encre de ses prunelles n'avait jamais été plus sombre qu'en cet instant. Il eut l'impression de s'enfoncer dans la glace bleutée d'un iceberg par une nuit d'hiver.

Puis elle tourna brusquement les talons et la porte claqua.

Sans colère ni pitié, songea Iberio. C'était toujours ainsi que s'appliquait la punition de Mercedes Montalvo. Peu importait le moyen. La dureté avec laquelle

1. Je le jure sur la Vierge ! Jamais, tu m'entends ?

sa mère défendait ses convictions fit vaciller celles d'Iberio. Elle venait de planter une graine qui commençait déjà à germer.

La semaine suivante, Iberio pénétra dans l'amphithéâtre du centre René-Cassin, aux Gobelins, où étaient dispensés la majorité des cours des licences 1 et 2 de la Sorbonne. Les filières de droit, comme celles de médecine, de psychologie et de sociologie, étaient les plus engorgées. Les universités affichaient un manque de places navrant, forçant les élèves à s'asseoir sur les marches ou à subir des cours en visioconférence depuis des salles adjacentes. Les retardataires étaient parfois contraints de rester debout.

La tête encore bourdonnante de fatigue, Iberio découvrit l'aridité des lois, apprit à prendre des notes pendant les cours magistraux et s'aperçut très vite qu'il ne savait pas travailler. Le rythme scolaire du second cycle lui paraissait maintenant enfantin au regard de l'effort qu'il devrait fournir pour emmagasiner ces nouvelles connaissances. Certains jours, il devait commencer le matin, enchaînant avec ses nuits de veille. Il ne parvenait à prendre un peu de repos que l'après-midi, avant de retourner à l'hôtel.

À présent, Balzac restait sur la touche. Iberio venait avec ses livres de droit, combattant la somnolence avec des litres de café pour garder les yeux ouverts sur ses cours : Relations internationales, Procès et institutions juridictionnelles, Histoire des institutions, Constitutions de la Ve République, Histoire de la vie politique. Les mots dansaient devant lui, s'assemblant pour former des articles abscons.

M. Lebel appréciait que son veilleur de nuit soit un jeune homme studieux. Il se félicitait chaque jour de son choix. Dans la petite pièce qui servait de salle de repos derrière la réception était posé son sac à dos empli de livres. À l'accueil, Iberio gardait son portable ouvert, collectant les cours sur Internet, relisant ses notes. De temps en temps, il allait chercher un ouvrage pour le consulter et revenait s'asseoir. La Thermos de café à portée de main, l'œil rouge et les traits tirés, il usait ses nuits.

Chaque matin, M. Lebel saluait son employé avec chaleur, s'enquérant de son travail.

— Qu'avons-nous appris, aujourd'hui ? demandait-il en arrivant.

Iberio citait alors le dernier article parcouru : « Le droit protège la personne humaine et toute personne humaine est nécessairement une personne juridique. Mais la question se pose de savoir à quel moment apparaît la personnalité humaine : à la naissance, à la conception[1] ? »

— Réfléchissons là-dessus, répondait invariablement M. Lebel avec un fin sourire.

— Nous nous y employons chaque jour, monsieur, acquiesçait Iberio en parodiant la prose littéraire.

— Courage, mon garçon !

— Merci, monsieur.

Peu à peu, Iberio se rendit compte de l'impact des cours sur ses réflexions. Son cerveau était une éponge. Malléable, souple, il s'emplissait de connaissances

1. Droit des personnes et de la famille, cours du programme de licence 1, Paris 1.

nouvelles qui déclenchaient invariablement de multiples raisonnements. Après l'aridité des premiers mois, sa curiosité puis son intérêt s'éveillèrent. En décembre, laisser Balzac chez lui n'était plus une punition et, même si le romancier lui procurait toujours autant de plaisir, il y songeait désormais comme à un ami patient qui l'attendait sur sa table de chevet.

Mercedes observait son fils du coin de l'œil. Ils n'avaient plus évoqué la discussion houleuse qui les avait confrontés. Elle n'avait fait aucun commentaire lorsqu'il lui avait annoncé qu'il suivrait les cours de la Sorbonne au moins jusqu'à l'obtention de sa licence en droit, mais se réservait de poursuivre ou non au-delà. Elle ne doutait pas qu'il continuerait, car elle avait remarqué le sérieux avec lequel il s'était attelé à la tâche et sentait qu'un intérêt nouveau s'éveillait en lui. Un sentiment de fierté l'animait. Elle avait conduit son fils jusque-là seule et sans appui, sacrifiant tout à son éducation, et à présent il était sur le point de combler ses aspirations. Quelque part en France, il y aurait un Montalvo qui ne serait ni artificier, ni agriculteur, ni concierge. Ce ne serait pas un être soumis aux autres, on l'appellerait « Maître ».

— Comment va-t-il ? demandait Ezra chaque semaine.

— Il s'accroche, répondait Mercedes avec orgueil, c'est un Montalvo !

Elle racontait tout au peintre qui admirait secrètement la ténacité du jeune homme. Il enviait le lien qui unissait la mère et le fils. Par moments, la solitude qu'il avait si chèrement revendiquée lui apparaissait comme un désert affectif. Dans ces instants, il se sentait vieux, fatigué. Son cœur n'était plus qu'un organe desséché. Son royaume du sixième étage lui semblait froid tandis que la vie s'épanouissait au rez-de-chaussée, dans le petit appartement que desservait la loge. Il ne voyait plus Louise depuis longtemps. Comme il s'y était attendu, leur dernière nuit avait été le point final de leur étrange relation.

En octobre, il paya de nouveau le ménage de Mercedes et peu à peu, comme il ne pouvait plus la faire poser, il lui rajouta des heures, puis demanda qu'elle prépare ses repas, exigeant qu'elle cuisine chez lui. Toutes les raisons étaient bonnes pour la sentir à ses côtés. Jamais l'appartement ne fut aussi propre que pendant cette période, jamais son linge ne fut aussi soigneusement repassé. Il se délectait tant des plats qu'elle confectionnait qu'à la fin de l'année il constata qu'il avait forci. Un moment, il envisagea de prétendre qu'il perdait la vue pour qu'elle lui fasse la lecture, mais il se reprit bien vite devant le ridicule d'un tel simulacre.

Il aimait particulièrement lorsque Mercedes installait la planche à repasser dans le salon. Lui faisait mine de travailler à sa table, compulsait des livres. Ces instants, rythmés par la vapeur qui s'échappait en chuintant du fer et par les frottements du métal sur la toile, l'apaisaient. Il vivait la farce du concubinage. Imaginant qu'il partageait avec cette femme la sérénité d'une vie mièvre, il goûtait avec délice la monotonie des tâches ménagères et les rituels inévitables d'un vieux couple. Lui qui n'avait jamais porté d'attention à son linge faisait repasser à Mercedes jusqu'à ses torchons, ses serviettes de toilette et ses draps, uniquement pour jouir du plaisir de sa compagnie. Il modifia ses habitudes, se rasant et changeant de vêtements chaque jour, heureux de voir le linge sale s'empiler dans le panier.

Après l'obsession dévorante qu'avait provoquée sa libido, il goûtait avec ravissement cette parodie de la paix des sens et il avait parfois l'impression qu'ils étaient tous les deux d'anciens amants. C'était tout ce qu'il avait trouvé pour juguler sa passion et tenter de survivre à la vacuité de son existence.

Il le savait, jamais il ne cesserait d'adorer Mercedes.

Après avoir entretenu Louise pour rassasier ses appétits, il était heureux d'adoucir les difficultés d'argent de la concierge. C'était un don déguisé qui aurait déclenché sa colère si elle l'avait compris. Mais il s'était fait un jour cette réflexion : *On paie pour ses amours comme on paie pour ses fautes.*

12

Max Bouchard était un riche Canadien et, comme tous les riches, il aimait investir son argent. Producteur de cinéma, il était amateur de grands vins, de jolies femmes, et collectionneur d'art averti. Jean de Bièvres le connaissait depuis de nombreuses années et lui vendait régulièrement des œuvres. Lorsqu'ils passèrent dans son bureau ce jour-là, Bouchard venait de jeter son dévolu sur deux toiles d'Olaf Wladz. Il possédait déjà un Martensen, un Tabouret, trois Cabanes, cinq Baselitz – peintre auquel il vouait une véritable passion – et un Kuijken. Bouchard aimait les jeunes talents pour peu qu'on ait parlé d'eux au *palazzo* Grassi, à la biennale de Whitney ou au salon de Montrouge.

Les deux hommes étaient assis devant le bureau cintré Art déco lorsque l'assistante du galeriste les interrompit.

— Pardon, Jean, pouvez-vous venir une seconde ?

De Bièvres s'excusa et abandonna Bouchard à lui-même. Le Canadien s'enfonça dans son fauteuil, appuyant avec délice sa nuque sur le haut dossier de cuir. Les murs ivoire, le bureau vierge de tout papier sur lequel veillaient les deux lampes allumées malgré la lumière de l'après-midi, tout invitait à la rêverie. Ici, aucun tableau, aucune affiche n'attirait l'attention. Rien, hormis le bois blond du meuble dont les lignes pures luisaient doucement. Bouchard laissa ses yeux errer dans l'atmosphère paisible et aperçut soudain un cadre retourné au pied du mur. Il ne l'avait pas vu en entrant, pourtant le revers de toile brune et les traverses claires tranchaient sur la nuance crémeuse de la pièce. Il se leva et s'approcha. Cette toile l'intriguait. Pourquoi la garder si l'on ne désirait pas la montrer ? Sans hésiter, il la retourna.

Le sujet le saisit immédiatement par sa violence. Le buste voluptueux du modèle contrastait avec le tissu épais qui emprisonnait son visage, la mâchoire grande ouverte sur un cri étouffé. Les ongles griffant l'étoffe renforçaient la sensation d'une asphyxie imminente. Bouchard ne put s'empêcher de penser au *Cri* de Munch. Cependant, rien n'était plus éloigné que ces deux œuvres. La violence, seule, créait une certaine analogie, mais la facture, le rendu, le travail des couleurs avaient une crudité étrangement sensuelle, absente chez le Norvégien.

Puis il déchiffra la signature : Goldweiser.

Il connaissait vaguement l'artiste, dont le nom avait fait du bruit à une époque. Il ne possédait aucune toile de lui. L'œuvre semblait récente, la peinture encore fraîche sous le glacis.

De Bièvres revint à cet instant. En voyant Bouchard penché, il comprit immédiatement ce qu'il regardait.

— C'est un Goldweiser, dit-il simplement.

Bouchard s'abîmait dans sa contemplation. Enfin, il se redressa et se tourna vers le galeriste.

— Depuis quand l'avez-vous ?

De Bièvres soupira.

— Trois mois, environ. Il me l'a apporté cet été.

Bouchard secoua la tête, puis recula de quelques pas. Les deux hommes restèrent silencieux pendant plusieurs secondes, les yeux toujours fixés sur l'œuvre.

— Pourquoi ne l'avez-vous pas encore accroché ?

— Il fait partie d'un diptyque. J'attends d'avoir le second.

Bouchard eut un signe d'assentiment. De Bièvres mentait en toute conscience. Il sentait son client intrigué et ne voulait pas l'échauder. Il avançait avec prudence. Il n'aimait toujours pas la toile, et était stupéfait qu'elle attire l'œil du collectionneur.

— Pourquoi l'avoir retournée contre le mur ?

Je t'en pose, moi, des questions ? songea de Bièvres.

— J'ai tendance à considérer l'œuvre comme incomplète, dit-il avec suavité. Le regard qu'on portera sur elle sera sans doute différent lorsqu'elle sera jointe à son pendant.

— Ou peut-être est-ce pour exciter la curiosité de vos visiteurs, murmura Bouchard en lui jetant un coup d'œil pénétrant.

— Vous êtes le seul à l'avoir retournée depuis qu'elle est ici.

— Serait-ce un reproche, mon cher Jean ?

De Bièvres émit un petit rire de gorge policé.

— Voyons, Max, vous savez bien que je ne m'offusquerais pas pour si peu.

— Je me plais à vous l'entendre dire.

Bouchard demeurait les yeux fixés sur la toile. Un long silence glissa entre eux que de Bièvres se garda bien de rompre.

— Combien ? demanda doucement le Canadien.

De Bièvres fut saisi. Il sentait la tension qui, malgré le calme de sa voix, agitait le collectionneur. Il avait si peu de respect pour l'œuvre qu'il n'avait pas songé une seconde qu'elle pourrait intéresser quelqu'un. Il n'avait aucune idée de sa valeur. Il réfléchissait à toute vitesse. La cote de Goldweiser avait chuté en cinq ans. Il ne produisait plus rien, on ne parlait plus de lui, aucune rétrospective de son travail n'avait eu lieu. Il était oublié.

Quasiment mort, artistiquement en tout cas.

— C'est difficile à dire…

— Faites un effort, Jean.

— Je n'ai reçu aucune instruction…

Cette fois, Bouchard se dressa de toute sa taille et toisa de Bièvres.

— S'il vous plaît, ne me faites pas lanterner pour le plaisir d'augmenter les enchères.

— Je vous assure que ce n'était pas mon intention…

— On dirait que vous ne voulez pas la vendre.

Le Canadien observait le visage du galeriste, cherchant à lire en lui.

— Peut-être souhaitez-vous la garder ?

De Bièvres éclata d'un rire franc.

— Oh, certainement pas !

— Alors, annoncez-moi un prix.

De Bièvres reprit son souffle. Les chiffres dansaient dans sa tête, il tentait de trouver le montant adéquat, celui qui indiquerait que Goldweiser n'avait rien perdu de son talent, mais que le temps avait passé.

Une somme élégante et plausible.

— Quarante-cinq mille euros.

Bouchard tourna le visage vers le tableau, comme s'il n'avait rien entendu. Mais de Bièvres savait qu'il sondait maintenant le désir qu'il avait de le posséder. C'était toujours ainsi. À un moment ou à un autre, il fallait soupeser son envie d'acquérir. Deviner si l'absence serait douloureuse.

— À une condition, dit soudain le Canadien.

— Oui ?

— Je pose une option sur le pendant.

— C'est que je ne peux l'estimer avant de l'avoir vu…

— Peu importe le prix. Dès qu'il sera achevé, je tiens à ce que mon offre soit enregistrée.

De Bièvres hésitait encore.

— Qu'y a-t-il ?

— J'ignore le temps que Goldweiser prendra pour le réaliser. Je ne voudrais pas que vous attendiez en vain.

— Vous doutez qu'il le termine ?

De Bièvres soupira. Son embarras était palpable.

— Je dois vous prévenir qu'il ne va pas bien.

— Comment cela ?

— C'est un artiste de talent, certes, mais perturbé.

— Au point de ne pas achever son travail ?

De Bièvres se lança brusquement.

— Il m'a déjà annoncé que ce serait sa dernière toile.

Un sourire éclatant transforma le visage de Bouchard.

— Alors, je suis certain qu'il la réalisera. Et moi, je serai celui qui a acheté l'œuvre ultime de Goldweiser !

*

De Bièvres fumait pensivement en regardant *Anonyme 1.* Il n'en revenait pas. Plus il contemplait le tableau, moins il comprenait le désir du Canadien. Il avait accepté sans sourciller de débourser quarante-cinq mille euros pour cette horreur nauséabonde. Malgré la beauté évidente du modèle, la charge émotionnelle qu'engendrait la violence de la pose incommodait le galeriste. Il sentait de la cruauté derrière le propos de l'œuvre. Un tourment inavouable, une honte cachée, comme si la transposition habile ne parvenait pas à couvrir une obsession malsaine. Car pour de Bièvres, il était flagrant que Goldweiser révélait un cauchemar intime. Le voir exposé là le mettait au supplice. Il connaissait Ezra depuis ses débuts, il avait défendu son travail sans relâche, s'était réjoui de sa célébrité, mais il lui apparaissait que l'homme avait changé. Profondément. Sa peinture avait muté. Il y avait de la complaisance, une forme de relâchement moral et artistique qui pervertissait son propos. Il devenait vulgaire, racoleur.

À présent qu'il était vendu, de Bièvres devait admettre qu'il se trouvait un public pour apprécier la bassesse et la facilité, y compris parmi les collectionneurs qu'habituellement il estimait. Et cela le choquait. *Ou alors, c'est que je ne comprends plus rien*, songeait-il. Il regardait les ongles de la femme s'enfoncer dans les plis du tissu qui recouvrait son visage. Les tendons de son cou saillaient sous l'effort, la transpiration humidifiait sa peau. Chaque détail était rendu avec un réalisme chirurgical. Jusqu'à la bouche masquée dont les contours moulés par l'étoffe amplifiaient le cri.

Il lui semblait l'entendre.

Du modèle, on ne savait rien, même pas la couleur de ses cheveux entièrement dissimulés. Étaient-ils longs ou courts ? Était-elle blonde, brune, rousse ? Elle était visiblement jeune. La courbe de ses épaules était exquise, sa poitrine opulente, mais ferme, ses bras à la fois ronds et musclés. On devinait un ventre plat, car le tableau s'arrêtait juste au-dessous du nombril, avant la naissance des hanches.

De Bièvres s'inquiétait à présent du pendant en préparation. Il frémissait à l'idée de ce qu'imaginerait Goldweiser. Il devait être plus grand, avait-il précisé. Quelle folie allait-il développer sur davantage d'espace ?

De Bièvres soupira. Il devait maintenant annoncer au peintre que sa toile avait été vendue. Il redoutait les sarcasmes qu'il risquait d'essuyer. Leur dernière rencontre lui avait laissé une sale impression. Ezra n'était plus Ezra. Il n'avait plus rien de commun avec l'artiste qu'il avait accompagné si longtemps. L'âge semblait l'avoir transformé, sinon physiquement, du moins psychologiquement.

De Bièvres tapa le nom de son correspondant dans la recherche de son Smartphone et valida. Tandis que retentissait la sonnerie, il sentait son cœur battre. Il espérait tomber sur la messagerie, mais la voix du peintre résonna soudain à son oreille.

— Bonjour, Jean, comment vas-tu ?

— On ne peut mieux ! s'exclama de Bièvres.

Il parlait plus fort qu'il ne le souhaitait vraiment, pour compenser son manque d'assurance.

— J'ai une excellente nouvelle pour toi, poursuivit-il, ton tableau a trouvé un acquéreur.

Il essayait de mettre dans sa voix un enthousiasme qu'il n'éprouvait guère.

— Parfait.

De Bièvres marqua un temps, attendant la suite, mais le peintre demeura silencieux. Pas la moindre allusion aux critiques pourtant véhémentes émises par le galeriste.

— L'acheteur a cependant posé une condition.

— Laquelle ?

— Il veut une option sur le pendant dont tu m'as parlé.

— Tiens !

De Bièvres était désarçonné.

— Tu as toujours l'intention de le réaliser, n'est-ce pas ?

— Bien entendu.

— Alors, considère qu'il intéresse désormais quelqu'un.

— Bon.

— Cela étant, je l'ai prévenu qu'il lui faudrait s'armer de patience et te laisser travailler à ton rythme.

De Bièvres mentait de façon éhontée, tentant vainement d'établir un contact qu'il avait perdu depuis longtemps. Son téléphone ne lui transmettait plus qu'un courant d'air glacé. Il aurait pu être en liaison avec la Norvège, au milieu d'un fjord, et recevoir davantage de chaleur. Dans le silence de la ligne, il perçut néanmoins plusieurs chuintements, on aurait dit des jets de vapeur.

— Tu travailles ? Je te dérange, peut-être ?

— Non, non. Je te remercie de m'avoir appelé, Jean.

Complètement désarçonné, de Bièvres entendait d'autres sifflements derrière la voix du peintre, mais celui-ci ne semblait pas avoir envie de converser. Il aurait préféré un coup de gueule, voire quelques propos bien sentis sur la pertinence de son avis, plutôt que ce froid, ce mutisme ponctué de souffles saccadés.

— Bien, je ne vais pas te déranger plus longtemps, Ezra. Je ferai un virement de la somme sur ton compte, comme d'habitude.

— Parfait, je te remercie.

— À bientôt, donc ? tenta encore le galeriste.

Mais la communication fut coupée et il resta, pitoyable, le téléphone collé à l'oreille. *Il ne m'a même pas demandé combien je l'avais vendu !* constata-t-il avec stupeur.

Il en était certain, désormais, Ezra Goldweiser était perturbé.

*

Dans les derniers jours de décembre, Ezra se fit livrer des tasseaux, de la toile, et entreprit de réaliser lui-même le châssis qui recueillerait son œuvre ultime. En quelques heures, le cadre fut assemblé, la toile tendue, et l'ensemble fut dressé contre le mur qui faisait face à la verrière. Le peintre y appliqua une couche d'apprêt et la laissa sécher.

Il avait repris le carton à dessin qui contenait les études de Mercedes et les avait attentivement compulsées, faisant défiler trois ans de recherches et de tâtonnements. Il avait de temps en temps des gestes d'impatience et des exclamations d'indignation en constatant les errements où sa passion l'avait entraîné. Il s'était trop souvent fourvoyé, ne produisant que d'inutiles images inspirées par son désir de possession. Son appétit pour la belle concierge lui avait brouillé les sens, avait noyé sa rigueur dans des pulsions qui pervertissaient son art. Les trois quarts de ses études n'étaient que l'incarnation des bouffées délirantes qui le rongeaient. Ses fantasmes de papier lui explosaient au visage, tourmentant sa lucidité et bousculant sa raison. Le talent que son exigence lui avait jadis permis de déployer se trouvait brutalement balayé devant l'indigence de sa production. Rien ! Il n'y avait rien qui pût être sauvé. Pas une idée, pas un seul bourgeon qu'il pût utiliser pour faire éclore son dernier projet, pas le moindre éclair créatif pour favoriser l'émergence d'une toile. Tout n'était que cendres froides.

Au milieu des formats raisin éparpillés qui recouvraient presque la longue table de bois et jonchaient le sol, le peintre était tout à coup perdu. Sur cette banquise légère et souple tachée par les traits noirs du fusain, il mesurait l'étendue de son impuissance. Derrière lui, appuyé contre le mur, le châssis de trois mètres sur deux semblait le narguer de sa surface vierge.

Ezra quitta brusquement la pièce, attrapa son manteau dans l'entrée et sortit sur la terrasse. Il était deux heures et les lumières qui l'entouraient formaient une houle calme et scintillante recouvrant la ville. Son penthouse lui apparaissait comme un navire échoué dont il était le capitaine imbécile.

Il alluma une cigarette. Les étages inférieurs demeuraient plongés dans l'obscurité, il était seul à veiller dans l'immeuble. Il ne demandait plus rien au destin que le privilège de peindre une dernière toile. Il estimait que son souhait était modeste, son désir légitime. Au regard de sa production passée, de l'expérience acquise, il lui fallait réaliser cette ultime création. Ensuite, il pourrait se reposer.

Il demeura face à l'horizon, fumant cigarette sur cigarette, laissant son cerveau dériver, sautant d'une idée à l'autre, d'une image à l'autre, dans un désordre confus, somnolent sur la crête de sa fatigue. Finalement, il s'étendit sur l'une des chaises longues et ferma les yeux. Pendant un moment, ses pensées continuèrent de danser, tourbillonnant sous son crâne, puis, brusquement, il n'y eut plus rien que le silence et l'obscurité. Le vide, enfin.

Le froid le réveilla. Il se redressa maladroitement, titubant sous la brume léthargique qui engourdissait ses membres et le faisait tanguer. En entrant, la douce chaleur du salon l'enveloppa. La lumière qui brillait encore lui brûlait les yeux et il éteignit. Dans la pénombre, il s'affala sur la méridienne et choisit de demeurer là. Monter à l'étage lui demandait un effort surhumain et déjà le sommeil le rattrapait. Il n'ôta même pas son manteau.

Il était sept heures lorsqu'il s'éveilla de nouveau. Le front moite, le dos humide, il étouffait dans ses vêtements. Une lueur grise tombait de la verrière sur le désordre de feuilles qui jonchaient toujours la grande pièce, lui donnant l'aspect d'un naufrage domestique. Il se dévêtit puis passa dans la cuisine. Il était affamé et avait besoin de café. Il se prépara des œufs au bacon, des toasts, but un jus de pamplemousse et la moitié de la cafetière. Enfin, il alluma une cigarette et poussa un long soupir de satisfaction. Il fuma, le cerveau anesthésié, le cœur froid, l'âme engourdie. Il ne ressentait plus rien, tout à coup. Il n'était plus qu'une éponge sèche.

Sur la table traînait un relevé bancaire. Il le parcourut machinalement et vit le virement de trente-quatre mille euros provenant de la galerie de Bièvres. Jean avait prélevé sa commission, comme prévu. Lorsqu'il l'avait appelé, une semaine plus tôt, Ezra était étendu sur la méridienne. Depuis que plus personne ne posait pour lui, il avait pris l'habitude de s'y installer, comme si le fait de ne plus peindre le plaçait du côté des modèles. Peut-être était-ce aussi pour se réapproprier un meuble qu'il avait abandonné trop longtemps à ses visiteuses.

Mercedes repassait et il se laissait bercer par les jets de vapeur intermittents qui troublaient le silence. Il n'avait pas envie d'écouter le galeriste, rien de ce qu'il disait ne l'intéressait vraiment. Il avait constaté sa gêne et les efforts qu'il faisait pour tenter de retrouver la cordialité de leurs échanges passés, mais cela n'avait plus d'importance, désormais. Lorsqu'il avait estimé qu'ils s'étaient tout dit, Ezra avait raccroché.

Ce monde-là ne le concernait plus. Il s'en était éloigné depuis trop longtemps – cinq ans, exactement – et il s'y sentait étranger, aujourd'hui. Sa carrière ne l'intéressait pas davantage que sa renommée. Il avala le fond de sa tasse et la remplit aussitôt. Le café était fort, chaud, son arôme corsé se développait dans toute la pièce. Il écrasa son mégot et alluma une nouvelle cigarette. Il avait étendu ses jambes sur une chaise et voguait sur le flot de ses pensées dans le désordre agréable de sa cuisine.

Les minutes s'écoulaient, le temps bruissait mollement. L'aurore qui grandissait précisait les contours des meubles, réchauffait les surfaces, nettoyant les parties métalliques qui se paraient de reflets. Lorsqu'il eut vidé sa cafetière, Ezra se leva péniblement et s'étira en bâillant. En pénétrant dans le salon que recouvraient toujours ses dessins éparpillés, il eut un sursaut. Il les avait oubliées, ces pâles copies de son désir moribond. Il embrassait du regard trois années inutiles, trente-six mois de lente agonie et de fiévreux tourments, mille quatre-vingt-quinze jours d'aveuglement stupide.

Et soudain, il fut pris de colère.

Il s'élança et se mit à piétiner les dessins, s'essuyant les pieds sur les traits de fusain, les rejetant derrière lui, dansant comme un possédé sur les dépouilles illusoires produites par son obsession. Il les voyait se froisser sous ses semelles, les sentait résister à ses coups de talon. Il tomba alors à genoux et, les saisissant, les déchira les uns après les autres en longues bandes qu'il jetait autour de lui dans un tourbillon de serpentins épais. Il progressait sur le sol à quatre pattes, tel un animal, hachant, détruisant ce qu'il avait créé, et plus il se laissait aller à sa rage, plus montait en lui un enthousiasme morbide, un plaisir malsain irrémédiable.

Il balaya tout ce qui se trouvait sur la table d'un revers de bras et les études volèrent lourdement, s'éparpillant paresseusement avant de glisser vers le plancher où il les attrapa, plongeant les mains dans le papier gros grain, le réduisant en lambeaux. Le bord tranchant des feuilles lui entaillait les doigts et le sang se mit à sourdre, colorant les esquisses de traînées pourpres poisseuses. Il s'agitait de plus en plus, frénétique, marmonnant d'abord, puis lançant des borborygmes et des exclamations de joie mauvaise, criant bientôt sa frustration à pleins poumons. Et les bandes sanguinolentes voletaient au-dessus de sa tête, dansant un carnaval funèbre dans l'air.

Quand il ne resta plus une seule étude, que tout fut réduit à l'état de charpie, il s'écroula les bras en croix dans le tapis de flocons duveteux qui recouvrait le plancher. L'agitation désordonnée jointe au café affolait son rythme cardiaque. Son cœur sautait contre ses côtes et sa bouche desséchée avait un goût de poussière.

Il demeura étendu un long moment, la poitrine haletante, le sang palpitant dans ses veines, les oreilles noyées par la résonance d'une sarabande chaotique. Enfin, il ferma les yeux et laissa refluer la vague qui l'avait emporté, écoutant sa respiration s'apaiser par paliers. Il somnolait à présent, dérivant doucement dans les rais de lumière qui perçaient la verrière. Au-dessus de lui, cinq mètres plus haut, le plafond donnait à la pièce l'allure d'une coque renversée dont la mezzanine était le pont supérieur. Il se sentait comme un cadavre flottant, emprisonné dans la cale d'un navire naufragé s'enfonçant vers les abysses.

Bientôt, sa chair nourrirait les crabes et les langoustes, les poissons goberaient ses yeux, lentement son squelette émergerait, blanchi, nettoyé par les mille créatures qui hantent les fonds marins, puis viendrait le moment où ses os se sépareraient les uns des autres et se mêleraient au sable, s'éparpillant, brassés par le courant, avant de se dissoudre.

Enfin, il ne resterait plus rien de lui.

Mais il savait qu'une telle mort n'aurait rien de paisible. Avant, il y aurait l'asphyxie, l'affolement du cœur, les flots salés pénétrant ses poumons, les cris étouffés. Et la peur. La terrible peur qui secouerait son corps de mouvements désordonnés.

Mais n'était-il pas déjà mort ?

Contre son coccyx, le plancher venait durement lui rappeler le contraire. Pourtant, il se sentait dans un cercueil. L'air qui circulait encore dans sa poitrine ne faisait qu'agiter le soufflet mécanique de la vie. L'étincelle, elle, s'était éteinte. Le lent déroulement des années à venir n'était qu'une étendue poussiéreuse crissant sous ses pas hésitants. Un seul pas, ou dix, ou mille de plus ne changeraient rien à l'affaire. Il n'était qu'un mort en sursis, une épave que l'existence ne distrayait plus.

Alors, qu'avait-il besoin de peindre ce dernier tableau ? À quoi servirait-il ? Dans l'histoire de l'art, déjà chargée si lourdement des œuvres passées, quelle place y aurait-il pour l'ultime création d'un

Goldweiser ? Il ne voyait aucune nécessité d'enlaidir le monde davantage. Il ne l'avait que trop souvent fait.

Il remua les bras, faisant crisser les lambeaux de papier. Il lui sembla un instant nager sur cette mer cotonneuse et froissée. Il bascula sur le côté et lentement se redressa. La tête lui tourna, le plancher ondula imperceptiblement et il vacilla. Il avait les muscles douloureux, ses doigts coupés le piquaient. Il avança vers la cuisine en traînant les pieds, poussant devant lui les fragments de feuilles. Il trouva un grand sac-poubelle et entreprit de le remplir avec les restes légers de ses espoirs déçus. Lorsqu'il eut terminé, il le ferma et l'abandonna dans l'entrée.

Il ne savait plus que faire à présent. Comme il était déjà onze heures, il alla se servir un verre de vin qu'il but à petites gorgées distraites en marchant dans le salon. En passant devant un fauteuil, il vit le coin d'une feuille dépasser entre les pieds. Il la ramassa. C'était une des rares études de Mercedes où elle n'était pas entièrement nue. Debout, elle était enveloppée d'une grande étoffe nouée sur la poitrine, laissant ses épaules et sa gorge découvertes. Le tissu, une indienne souple et chatoyante, soulignait les courbes de son corps. Par l'ouverture que ménageait le drapé le long de sa jambe, son pied s'avançait. Elle avait posé la main sur le dossier d'une chaise, son autre bras s'appuyait contre sa hanche. Ses cheveux défaits tombaient sur ses épaules. Elle observait le peintre de ses magnifiques yeux noirs, guettant quelque chose, un mot, une indication peut-être. Mais cette attente même ne lui donnait pas cette gaucherie qu'ont souvent les modèles inexpérimentés. Elle patientait, se laissant regarder sans aucune gêne. La fluidité de l'indienne accentuait l'élégance de sa silhouette. Un modeste jeté de tissu la parait aussi majestueusement que la robe d'un grand couturier. Jamais personne n'aurait pu soupçonner que cette jeune femme racée n'était que la concierge de l'immeuble. Elle dégageait une telle force qu'elle semblait aristocratique. *Belle, sans ornement, dans le simple appareil d'une beauté qu'on vient d'arracher au sommeil*[1], songea tout à coup Ezra. Le vers de Racine lui était revenu brusquement en mémoire et il comprit soudain qu'il tenait le sujet de son dernier tableau.

1. Racine, *Britannicus*, acte II, scène 2.

13

Après les fêtes de Noël et du nouvel an, Iberio reprit sa place à la réception de l'hôtel Edgar. Son ordinateur ouvert devant lui donnait à son visage un teint blafard. Il lui semblait que les deux semaines d'interruption de ses cours n'avaient duré qu'une journée. Le froid s'était installé sur Paris et, dans la chaleur du hall, Iberio maintenait péniblement son attention sur l'écran. Comme chaque année, sa mère et lui avaient réveillonné ensemble et Mercedes avait trouvé mille façons d'améliorer l'ordinaire et de gâter son fils. Elle faisait toujours trop à manger. Iberio sortait de table le ventre lourd et digérait pendant des heures en somnolant. Elle lui avait offert les deux premiers volumes de *La Comédie humaine* dans l'édition de la Pléiade. C'était un achat dispendieux qui l'avait laissé sans voix lorsqu'il avait ouvert son paquet. Il connaissait leurs moyens et il avait compris qu'elle avait dû économiser pendant des mois pour lui payer ces livres. Il avait été touché qu'elle se soit souvenue de ses lectures, qu'elle ait pris la peine d'enregistrer ses goûts, elle qui ne lisait pas. Dans leur salon se trouvait une petite bibliothèque qui contenait maintenant des éditions de poche obtenues d'occasion chez Gibert Jeune, mais qu'elle ne parcourait jamais. « Je n'ai pas le temps, Iberio », disait-elle lorsqu'il le lui reprochait. Mais elle avait pourtant rassemblé pour lui ses auteurs. Ceux que lui imposait le programme scolaire d'abord, puis ceux qu'elle l'avait vu feuilleter au hasard de leurs promenades ou qu'il mentionnait parfois dans la conversation. Après avoir découvert son cadeau, il avait embrassé sa mère, la serrant contre lui avec force, cherchant ses mots pour la remercier.

— *Pero bueno !* Que tu restes sans voix n'est pas bon signe pour un futur avocat, avait-elle remarqué malicieusement, que diront tes clients ?

Iberio l'avait contemplée, soudain bouleversé par la puissance de son amour. Convaincu que rien ne le surpasserait jamais, il avait baissé les yeux pour dissimuler son émotion.

— Apporte-moi plutôt mon cadeau au lieu de t'attendrir, l'avait-elle tancé en lui donnant d'affectueux petits coups de poing dans l'épaule.

Il était allé chercher le paquet dans sa chambre et l'avait déposé sur ses genoux.

— *Dios mío*, qu'il est gros ! s'était-elle exclamée en riant. Qu'est-ce que c'est donc ?

Elle avait découvert un long manteau de laine grise, à la taille marquée et au large col. C'était à son tour de rester muette. Ses yeux allaient alternativement de son fils au vêtement qu'elle caressait doucement.

— Essaie-le, *Mamacita* !

Mercedes l'avait enfilé avec des gestes lents et précautionneux. La coupe cintrée lui seyait à ravir, donnant à sa silhouette une élégance à laquelle elle n'était pas habituée.

— *Estás fantástica !* avait-il dit en lui prenant les mains, la faisant tourner sur elle-même.

— *Cariño !* C'est trop ! avait-elle murmuré en se regardant dans la glace.

— Il fait froid, *Mamacita*, ton vieux manteau n'était pas assez épais.

— *Sí, sí !* Mais tu as dû le payer une fortune, non ?

Iberio contemplait sa mère en souriant.

— Pas plus que ce que tu as dépensé pour mes livres, avait-il dit en l'embrassant.

— Il ne faut pas faire de folies pour moi, *cariño*.

— *Creo que sí !* Tu es la seule femme de ma vie.

— Ouh ! Ne dis pas des choses comme ça ! Un beau garçon n'est jamais seul !

Il avait éclaté de rire.

Mercedes avait enlacé son fils. Il adorait son odeur. Enfant, il se blottissait dans son cou, écartant ses cheveux pour la respirer.

— *Gracias, hijo mío !* avait-elle soufflé à son oreille.

Elle embrassait son visage, le dévorant de baisers rapides, ébouriffant sa crinière de ses doigts. Ses lèvres pleines parcouraient ses joues, son front, et il frissonnait de bonheur sous l'assaut.

— *Tengo tanta suerte de tenerte*[1], avait-elle murmuré en le serrant contre elle.

Il sentait sa plantureuse poitrine s'écraser sur son torse et, un peu gêné, il avait voulu s'écarter, mais

1. J'ai tellement de chance de t'avoir.

ses mains s'étaient malencontreusement posées sur ses hanches et il les avait ôtées aussitôt.

— *Qué pasa ?* Tu as honte de toucher ta mère ? avait-elle dit en remarquant son embarras.

Il avait haussé les épaules.

— *No, Mamá !* avait-il soupiré.

— Eh bien, alors, moi non plus ! s'était-elle écriée en lui prenant les mains et en les plaçant sur ses reins.

Au souvenir de cet instant, Iberio se sentait rougir. Il aimait sa mère plus qu'il n'aurait su le dire, mais c'était une très belle femme et il éprouvait parfois de troublantes sensations lorsqu'il se trouvait dans ses bras.

Il était perdu dans ses pensées quand le tambour de la porte tourna sur lui-même. Un couple entra et passa devant la réception. L'homme aux tempes argentées frisait la soixantaine. Son pardessus de cachemire s'ouvrait sur un costume sur mesure.

— Bonsoir, lança-t-il à la ronde d'une voix mélodieuse en se dirigeant vers l'ascenseur.

— Bonsoir, monsieur, répondit Iberio, bonsoir, madame.

À cet instant, il remarqua que la femme s'était arrêtée. Figée, elle le fixait avec intensité. Elle était vêtue d'un long manteau beige et portait une toque délicieusement inclinée sur la tête. Ses cheveux étaient rassemblés en un chignon bas et lissé. Ses mains gantées de chevreau blanc tenaient un ravissant petit sac Yves Saint Laurent.

Alors seulement, il reconnut Louise.

Ils demeurèrent face à face pendant quelques secondes, puis l'ascenseur arriva en tintant et l'homme chercha sa compagne des yeux.

— Anna ? appela-t-il doucement.

Louise se ressaisit et le rejoignit sans un mot. Les portes se refermèrent sur eux tandis que le cœur d'Iberio battait à tout rompre. *Combien y a-t-il d'hôtels dans Paris ? Combien de chances y avait-il pour que Louise pénètre dans celui-ci ?* songeait-il. Il ne l'avait pas revue depuis cinq mois et ce soir elle réapparaissait dans sa vie. S'il l'avait croisée dans la rue, il ne l'aurait sans doute pas reconnue, seule sa réaction l'avait trahie. Ses vêtements de marque, son maintien, l'homme qui l'accompagnait, tout indiquait le tour nouveau qu'avait pris son existence. Était-elle mariée à cet homme qui avait deux fois son âge ?

Iberio passa une bonne partie de la nuit à supputer cette rencontre fortuite. Il ne parvenait plus à travailler. L'ordinateur s'était mis en veille et il voyait son visage se refléter sur l'écran, pâle, défait. Le café qu'il ingurgitait compulsivement lui donnait des palpitations. Vers quatre heures, sa Thermos fut vide et il se sentit désœuvré. Il déambula dans le hall, observant la rue de Birague. Les pavés luisaient sous l'humidité que déposait la brume, percée seulement par le halo des réverbères. *L'homme l'a appelée Anna*, songeait-il, et il tentait de s'expliquer le mystère de cette nouvelle identité. Depuis quand le couple logeait-il à l'hôtel ? Il aurait voulu vérifier, mais il ignorait sous quel nom ils étaient inscrits.

À six heures, le téléphone de la réception sonna et il décrocha. Le numéro de la chambre s'affichait sur l'écran. Il reconnut immédiatement la voix du compagnon de Louise. Policée, mélodieuse. L'homme demanda qu'on lui réserve un taxi. Iberio s'exécuta et un quart d'heure plus tard une Espace se rangea devant la porte à tambour. Iberio rappela la chambre 36. L'homme descendit peu après. Il s'était douché, avait changé de costume. Sa peau gardait encore le feu du rasoir et le parfum de son eau de toilette flottait dans l'air. Il tenait une petite mallette de cuir noir. Il monta dans le taxi qui s'éloigna en laissant un nuage de vapeur dense s'élever dans la nuit.

Ce fut à ce moment que Louise appela.

— À quelle heure termines-tu ? demanda-t-elle doucement.

Elle ne s'était même pas présentée. Cela le déstabilisa. Ici aussi, dans son propre hôtel, elle conservait tout son ascendant sur lui. Iberio éprouvait de l'agacement et il faillit couper la communication sans répondre.

— À huit heures, finit-il par dire.

— Je t'attendrai. Chambre 36.

Puis elle raccrocha.

Il reposa lentement le combiné. Sa colère se tempérait de curiosité. Il avait envie malgré lui d'en savoir davantage sur elle, sur l'homme avec qui elle avait passé la nuit. Il consulta le registre et vit qu'ils étaient arrivés la veille sous le nom de Conteville. Il tenta de se remettre au travail, mais son esprit s'échappait. Le droit international ne parvenait pas à retenir son attention. Il fut presque soulagé quand M. Lebel pénétra dans le hall à huit heures.

— Bonjour, Iberio. Qu'avons-nous appris, cette nuit ? demanda-t-il selon son habitude.

— *Ubi societas ibi jus,* « toute société sécrète du droit », récita machinalement Iberio.

— Réfléchissons là-dessus, lança M. Lebel, agitant son index vers le plafond avant de disparaître dans son bureau.

Iberio rangea ses affaires dans son sac. Cédric, le réceptionniste de jour, prenait déjà les appels. Le reste du personnel était sûrement en train de se changer dans le vestiaire. Ils arrivaient tous par l'entrée de service située derrière l'hôtel. Les femmes de chambre parcouraient les couloirs, les garçons apportaient les premiers petits déjeuners. Il se glissa discrètement dans l'ascenseur.

Au troisième, le couloir était silencieux. Sur la poignée de la chambre 36 était suspendu le panneau *Ne pas déranger*. Iberio inspira longuement avant de frapper. La porte s'ouvrit comme remontait l'ascenseur et le jeune homme s'engouffra prestement dans l'entrée pour ne pas être aperçu. Louise lui faisait face, seulement vêtue du peignoir de l'hôtel, ses cheveux lâchés sur ses épaules faisaient des boucles emmêlées par le sommeil. Elle le précéda sans un mot. Les rideaux entrebâillés laissaient pénétrer deux rais de lumière pâle qui donnaient au grand lit défait l'allure d'un champ de bataille. Louise demeurait muette tandis qu'il observait le désordre de la pièce. Il remarqua une pile de journaux financiers sur une console, une chemise froissée sur le dossier d'un fauteuil. Des sous-vêtements féminins traînaient sur le sol. Dans l'air flottait le parfum de l'eau de toilette qu'il avait senti lorsque l'homme avait traversé le hall.

— J'ai commandé du café, tu en veux ? lui proposa-t-elle.

Il regarda la table sur laquelle le plateau du petit déjeuner était posé et constata que la cafetière argentée fumait encore. Deux tasses propres attendaient, retournées sur leur soucoupe à côté d'un pichet de jus d'orange et de verres. Les corbeilles de croissants et de pain étaient pleines, les petits pots de confiture et les carrés de beurre intacts. Louise n'y avait pas touché.

— Je viens de le faire apporter.

Il hocha la tête. Il avait toujours son sac à l'épaule.

— Débarrasse-toi, dit-elle, avant de s'asseoir et de remplir les deux tasses.

Il posa son sac à ses pieds et s'installa à son tour. Il se tenait très droit, sur la défensive.

— Tu vas me parler ou tu vas continuer de serrer les dents ? demanda-t-elle encore avec espièglerie.

Mais il ne savait que dire maintenant qu'il était près d'elle, dans cette chambre tout imprégnée de la présence d'un autre homme.

— Tu étais sûre que je viendrais, hein ? remarqua-t-il.

— Non. Mais je l'espérais.

— Pourquoi ?

— Je pensais que nous avions des choses à nous dire.

Elle avait mis une telle douceur dans sa phrase qu'il demeura un instant sans voix.

— Je dois t'appeler Louise ou Anna ? finit-il par demander.

Il vit passer une ombre dans ses yeux et regretta aussitôt ses paroles.

— Je l'ai sans doute mérité, murmura-t-elle en fixant sa tasse. Tu peux m'appeler Louise.

Il hocha la tête.

— J'ignorais que tu travaillais ici, ajouta-t-elle encore.

— Ça aurait changé quelque chose ?

— Probablement pas, ce n'est pas moi qui ai choisi l'hôtel.

Elle l'observa attentivement, son visage était devenu grave. Elle soupira et reposa sa tasse. Ni l'un ni l'autre n'avait touché aux croissants ou au pain. Il brûlait de la questionner, mais aucun mot ne parvenait à franchir ses lèvres. Ce fut elle qui se décida à l'interroger.

— Pourquoi étais-tu fâché la dernière fois qu'on s'est vus ? demanda-t-elle doucement.

— Tu avais l'air tellement déçue que je sois le fils d'une concierge.

La surprise se peignit sur le visage de Louise. Elle eut un rire aigre, se passant la main sur le front.

— Tu pensais vraiment que ça comptait pour moi ?

Il haussa les épaules, vaguement embarrassé par sa réaction.

— Tu ne serais pas la première à nous considérer comme des domestiques, lança-t-il.

— Mes parents font les marchés en Auvergne ! s'exclama-t-elle sèchement.

— Alors, pourquoi étais-tu gênée ?

— Je ne l'étais pas ! En fait, je savais que l'autre femme qui posait pour Ezra était la concierge, mais j'ignorais qu'elle était ta mère. C'est pour ça que j'étais étonnée. Elle est si jeune, je ne m'attendais pas à ce qu'elle ait un fils de ton âge.

Iberio se sentait vaguement mal à l'aise. Il but une gorgée de café. Il était bon, mais commençait déjà à tiédir.

— Alors, c'est fini avec Ezra ? demanda-t-il pour changer de sujet.

— Oui. Mais je l'aimais bien. Il m'a beaucoup aidée.

— Comment ça ?

— Il m'a appris à m'habiller, à me comporter différemment.

— Je vois !

Elle fit mine d'ignorer sa remarque.

Iberio regrettait l'acidité qui imprégnait la moindre de ses phrases, mais il ne pouvait s'empêcher de la lui faire sentir. Dans la douce pénombre de la chambre, ils étaient à présent silencieux. Iberio n'osait plus regarder Louise. Il découvrait le poids de ses préjugés. Il avait mal interprété la réaction de la jeune femme.

— Qui est-ce ? demanda-t-il soudain en désignant la chemise.

— Un financier.

— On dirait que tu aimes les hommes âgés, remarqua-t-il.

— Ce sont eux qui m'aiment.

Il n'était pas certain du sens de cette réponse.

— Il y a longtemps que tu es avec lui ?

— Tu veux vraiment en parler ?

— Je ne sais pas, admit-il.

— Finis de déjeuner, je vais prendre une douche, dit-elle en se levant.

Il mangea deux croissants et termina le café pendant que coulait l'eau dans la salle de bains. « Réfléchissons là-dessus », n'aurait pas manqué de dire M. Lebel s'il avait découvert la situation. Une leçon pour un jeune homme qui se destinait au droit et se devait de ne pas sauter trop vite aux conclusions. Tout le contraire de ce qu'il avait fait avec Louise.

Quand elle sortit de la salle de bains, elle avait refait son chignon. Il admira les cheveux lissés et enroulés sur sa nuque. Elle portait toujours le peignoir de l'hôtel et par l'échancrure il voyait luire la peau humide de sa gorge. Elle ne s'était pas maquillée. Son teint était frais, ses joues rosies par la chaleur de l'eau.

Il l'avait connue avec Ezra, maintenant elle était avec ce sexagénaire visiblement riche, lui aussi. Il semblait écrit que chaque fois qu'il croiserait son chemin elle appartiendrait à un autre. Pourtant, malgré les hommes qui l'entouraient, il ne pouvait s'empêcher de la désirer.

Il la regarda marcher vers lui. Pieds nus, elle s'approchait sans bruit sur l'épaisse moquette. Instinctivement, il se leva et elle vint se placer tout contre lui. Plongeant ses yeux dans les siens, elle demeura ainsi un instant, l'observant avec gravité, puis, doucement, elle posa ses lèvres sur les siennes. Pour la deuxième fois, un frisson le parcourut et il se mit à trembler.

*

— Il est à Londres. Il ne rentrera pas avant ce soir, murmura-t-elle plus tard, comme ils reposaient l'un contre l'autre en travers du grand lit.

Il avait mis la tête sur son ventre et enserrait sa hanche. Il respirait son odeur, caressant sa peau.

Elle avait placé un bras sur son épaule et ses doigts fouillaient doucement dans ses cheveux, massaient sa nuque. Il ne tremblait plus à présent. Tout son corps s'alanguissait. Il sentait Louise abandonnée contre lui et le monde se réduisait à cette peau contre la sienne dont le chaud parfum l'étourdissait. La lumière de midi coulait entre les rideaux, mais c'était un jour gris, étouffé de nuages bas. Un jour particulier dont les lueurs mourantes étaient à l'image de leurs souffles mêlés. Le temps s'était arrêté et autour d'eux régnait le silence ouaté du couloir. Il lécha sur son ventre le sel de sa transpiration et mordit doucement sa chair. Elle eut un long soupir et poussa instinctivement ses hanches vers lui, comme pour l'aider à la dévorer davantage. Il sentit ses ongles s'enfoncer dans sa nuque et le guider impérieusement entre ses cuisses. Quand ses baisers se firent plus précis, elle se mit à haleter.

*

Pour la première fois depuis son entrée à la Sorbonne, Iberio manqua les cours. Il resta jusqu'au dernier moment auprès de Louise, puis il prit une douche et quitta discrètement l'hôtel. Il patienta dans un bar en attendant l'heure de son service, incapable de penser à autre chose qu'à cette journée, à la façon dont Louise s'était donnée à lui. Il s'aperçut que, malgré leur intimité, il ne savait rien d'elle et comprit qu'il ne la connaîtrait jamais. Elle avait huit ans de plus que lui, ces quelques années représentaient une vie. Un pan entier d'existence dont il était exclu. Elle ne s'appelait plus Louise, à présent. Il voyait ses vêtements de marque, sa nouvelle coiffure et regrettait la jeune femme simple qu'il avait suivie jusqu'au musée d'Orsay, avec laquelle il avait ri durant cette journée d'été où elle lui avait donné ce qu'il considérait comme son premier vrai baiser. D'une certaine façon, Louise venait de faire son éducation. Pas seulement au niveau sexuel, mais surtout par le mystère qui l'entourait et reflétait la complexité des rapports humains.

— Qu'est-ce qui va se passer, maintenant ? avait-il demandé.

— Rien, avait-elle dit.

Elle suivait du bout des doigts le contour des lettres tatouées sur la poitrine d'Iberio.

— *Sans colère ni pitié*, avait-elle lu doucement. C'est une prière ?

— Pourquoi ?

— Parce que tu n'es pas sans pitié. Mais tu pourrais vouloir le devenir, à présent.

Elle le regardait avec intensité.

— Donc, tu restes avec lui, avait conclu Iberio.

— C'est mieux comme ça.

— Pour qui ?

— Pour toi. Lui, il n'a qu'Anna, toi, tu auras toujours Louise, avait-elle répondu en l'embrassant.

Mais ce n'était pas une phrase qui pouvait calmer l'ardeur d'un jeune homme, et encore moins celle d'un futur avocat qui apprendrait assez vite le sens de la formule. Il y songea de nouveau au café où il patientait en contemplant le crépuscule. C'était une journée « sans droit », comme il devait la définir par la suite avec ironie. Une journée pendant laquelle il n'avait pas étudié, pendant laquelle l'amant d'Anna avait perdu ses prérogatives, tout comme Iberio avait un peu plus tard perdu le privilège de posséder Louise.

Est-ce que la vie sera toujours ainsi ? s'interrogea-t-il. Il sentait son corps rassasié et rêvait pourtant des caresses de Louise. Il appréhendait et souhaitait en même temps la croiser de nouveau, accompagnée ou non, échanger avec elle un regard complice, peut-être même un sourire. Tandis que Paris illuminait la froide obscurité de janvier, ses espérances vacillaient comme autant de chandelles soufflées par le vent glacé de l'hiver. Avec sa candeur, il perdait l'optimisme forcené de l'enfance. Il comprenait soudain que tout n'était pas possible, contrairement à l'idée reçue, et que la vie n'était peut-être qu'un tapis d'aigreur parsemé de bonheurs fugaces auxquels on attachait bien trop de prix. Il avait senti de l'irrémédiable dans l'adieu de Louise.

Ce fut aussi ce jour-là qu'Iberio réalisa qu'il n'avait aucun ami avec qui partager ce qu'il venait de vivre. La seule personne en qui il avait confiance était sa mère. Mais pouvait-il lui avouer ce qui concernait Louise ? S'il ne doutait pas de son soutien, il connaissait son point de vue sur l'amour : « Le sexe et les hommes, c'est toujours un problème ! » dirait-elle.

*

Anna et M. Conteville quittèrent l'hôtel Edgar le lendemain, peu avant midi. Iberio ne devait jamais revoir Louise. Dans les semaines qui suivirent, il se replongea dans le travail, mais chaque soir, en s'installant à son poste, il pensait à la chambre 36, et chaque matin, en partant, il réprimait l'envie de monter frapper à la porte du troisième étage. « Tu auras toujours Louise », lui avait-elle dit. Ce qui était vrai, il le comprit plus tard. Le temps idéalise les souvenirs et celui-ci devait prendre au fil des années un éclat que rien ne parviendrait à ternir. Iberio aurait d'autres aventures. Les filles qui étudiaient le droit à la Sorbonne étaient nombreuses, la beauté d'Iberio attirait déjà leurs regards. Sa réserve retenait leur attention et plusieurs d'entre elles étaient tombées sous le charme de sa gentillesse et de son intelligence. Plus tard, elles seraient surprises par la sensualité avec laquelle il leur ferait l'amour. Ce serait l'héritage que lui laisserait Louise. Elle lui avait appris à donner et à recevoir du plaisir. Iberio se forgerait sans le savoir une réputation qu'aurait certainement condamnée Mercedes si elle l'avait connue. En même temps qu'elle aurait infirmé son propos, car le sexe ne serait jamais un problème pour son fils. Ignorant les commentaires flatteurs dont il serait l'objet, Iberio ne pourrait s'en enorgueillir, ce qui ajouterait encore à son prestige. Les femmes apprécieraient sa discrétion.

Pendant les trois années qui devaient le mener jusqu'au master, Iberio s'épanouirait à la fois dans ses multiples relations et dans ses études. M. Lebel lui conserverait toujours son estime, car après son départ il ne retrouverait jamais quelqu'un d'aussi brillant ni d'aussi fiable pour veiller sur son hôtel.

Iberio ne pouvait oublier Louise. Longtemps, il espéra voir la porte à tambour tourner et la jeune femme entrer dans le hall. Il apprit à dominer son attente, à la chérir pour ce qu'elle devait être : le reflet d'un merveilleux souvenir. Un moment unique qui ne se reproduirait jamais. Ce fut pour cette raison qu'il conserva son emploi à l'hôtel Edgar. Ce que M. Lebel attribuait à sa constance et à son sérieux n'était somme toute que le résultat d'une journée d'amour volée, comme son établissement devait probablement en compter par centaines chaque année.

L'autre effet remarquable que provoqua Louise fut le rapprochement d'Iberio avec Ezra dans les semaines qui suivirent. Les confidences faites par la jeune femme sur sa relation avec le peintre, bien que partielles, le mirent dans de bonnes dispositions envers lui. Il le considéra avec plus d'aménité. Il n'avait pas non plus oublié le dessin qu'il avait offert à sa mère, et la délicatesse de son regard sur elle l'avait touché.

Ezra était un contemplatif qui communiquait peu avec ses semblables, mais les examinait néanmoins avec intérêt. Au cours des années, il avait observé attentivement le petit garçon qui jouait devant la loge ou dans la cour de l'immeuble ; puis l'adolescent qui s'était disputé avec Mercedes et l'avait fait pleurer pendant sa pose. Plus tard, il s'était informé des études du jeune homme et, lorsqu'il avait appris qu'il était tombé amoureux de Louise peu avant que lui-même ne la quitte, il éprouvait déjà pour lui une affection discrète, mais sincère.

Pendant les derniers jours de janvier, Iberio prit l'habitude de saluer le peintre lorsqu'il le croisait dans le hall. Il le voyait peu, car Ezra descendait rarement de son penthouse, excepté pour acheter ses cigarettes à La Colline ou faire des courses dans Paris, mais ils en vinrent naturellement à échanger quelques mots, puis à s'accouder au comptoir de la loge pour bavarder plus longuement. En février, ils finirent par s'attabler au café où leurs conversations s'étirèrent.

Mercedes les voyait parfois depuis la fenêtre qui donnait sur la rue. Elle surprenait leurs rires derrière la vitrine du bar et se réjouissait secrètement que son fils partage ces moments avec un homme plus âgé. Depuis leur dernière dispute, ils n'avaient plus parlé du père biologique d'Iberio. C'était désormais un sujet sensible qu'ils évitaient d'aborder. Mercedes savourait ce répit qu'elle savait provisoire. Un jour ou l'autre, elle devrait tout dire à son fils et c'était la seule chose capable de l'effrayer. Ainsi qu'elle le lui avait si souvent répété : « La vérité est parfois dure à entendre. » Mais pour Mercedes, elle serait encore plus difficile à dire.

14

Le tableau fut achevé à la fin du mois de février. Le travail avait été ralenti par la présence de Mercedes. Quand elle venait, Ezra recouvrait la toile d'un grand morceau de tissu. Il aurait préféré, pourtant, peindre à côté de la femme qui occupait toutes ses pensées. Mais le principe qu'il avait de ne jamais montrer un projet avant qu'il ne soit terminé lui imposait cette dissimulation. Il s'arrêtait donc lorsqu'elle faisait le ménage, car il n'aurait pour rien au monde voulu manquer ces rendez-vous. Il lisait et fumait en écoutant l'aspirateur ou le fer à repasser, goûtant ces bruits ordinaires comme s'il s'agissait de la plus douce musique. Mais ce qu'il appréciait le plus, c'était respirer le fumet des repas que Mercedes lui préparait. L'avoir ainsi tout à lui, fourgonnant dans la cuisine, heurtant les casseroles, épluchant les légumes, faisant rissoler la viande et les oignons, le précipitait dans l'illusion d'un bonheur domestique et bourgeois, comme un acteur se plonge dans son rôle. Il imaginait alors son existence sans la peinture, sans aspiration autre que celle de la parcourir avec Mercedes. Il rêvait qu'il se réveillait près d'elle, la regardait se laver et s'habiller, devenant un mari comblé par la passion tranquille qui emplissait sa maison. Dans ces instants, il se voyait habitant l'appartement qui jouxtait la loge, ce petit F3 qu'il savait exigu, et dans lequel il croiserait aussi Iberio, rentrant de l'hôtel pour dormir quelques heures avant de retourner étudier à la Sorbonne. Et cette image d'Épinal d'une vie simple, sans histoire, constituée de difficultés et de privations, de fatigue et de compromis, l'enchantait au plus haut point. Son argent, son penthouse, sa célébrité, rien ne semblait contrebalancer cette existence obscure dans laquelle l'essentiel était tout entier contenu : aimer.

Une fois le travail de Mercedes accompli, la cuisine était parfaitement rangée, la vaisselle faite, et le plat refroidissait sur la plaque de cuisson, protégé par un couvercle. Ezra contemplait les piles de linge propre soigneusement repassé, les sols lavés, les meubles essuyés. L'appartement était tout à coup plus lumineux, plus chaleureux. Il saluait Mercedes, admirant le mouvement de ses hanches quand elle rejoignait l'entrée. Le sourire rayonnant qu'elle lui adressait depuis le palier l'attendrissait et il se délectait encore du pas souple qui l'emportait dans l'escalier. Alors il refermait la porte et il ne lui restait plus que le grand tableau pour rêver.

Il l'accrocha un matin. Sur le mur blanc de cinq mètres de haut, les couleurs éclataient, vivantes et fraîches. Ezra contempla sa dernière œuvre un long moment, fumant et buvant du vin. Il ne pouvait s'empêcher de marcher, se déplaçant pour varier le point de vue. Il avait fait ce qu'il avait pu, avait rassemblé sur la toile toute son expérience, toute sa sensibilité, et il avait la certitude qu'il n'aurait pu mieux faire, que le sujet était parfait tel qu'il l'avait représenté.

Il avait rangé son atelier qui n'avait jamais été aussi propre. Sa palette, ses pinceaux, ses brosses, ses couteaux, tout était soigneusement nettoyé. Il avait brûlé dans sa cheminée tous les dessins pornographiques que contenait le carton de sa chambre. Plus rien ne subsistait de ses délires fantasmagoriques. Il n'avait conservé que la très sage étude au fusain qui avait servi de modèle au tableau.

Tout en dégustant son vin, il constatait avec étonnement que ce dernier travail, qu'il regardait avec une certaine fierté, ne lui faisait pourtant pas regretter sa décision de mettre fin à sa carrière. Au contraire, celle-ci lui apparaissait comme la meilleure qu'il eût jamais prise. Il avait la sensation d'avoir accompli sa tâche, honnêtement et jusqu'au bout. La flamme qui l'avait agité toute sa vie, qui l'avait consumé parfois, porté souvent au-delà de lui-même s'était brusquement éteinte et il n'en éprouvait aucune tristesse.

« Malheur à qui n'a plus rien à désirer, il perd pour ainsi dire tout ce qu'il possède », avait-il lu quelque part. Impossible de se rappeler qui était l'auteur de cette phrase qu'il trouvait naguère pleine de justesse. Plus aujourd'hui. Il désirait encore et n'était pas heureux pour autant. Rien n'était pire que l'amour sans issue. C'était une lame qui déchirait le cœur, un acide qui rongeait le cerveau le plus lucide.

Il monta l'escalier et pénétra dans la salle de bains, rutilante après le passage de Mercedes. Il se rasa pendant que se remplissait la baignoire. Quelques jours plus tôt, il était allé se faire couper les cheveux au salon de coiffure Jean Louis David. La jeune femme maigre qui l'avait accueilli avait eu une seconde d'hésitation en le voyant entrer, mais elle s'était reprise et avait scrupuleusement suivi ses instructions. Elle avait eu la délicatesse de lui épargner le babil insupportable que les shampouineuses se croient obligées d'entretenir avec leurs clients et il lui en avait été reconnaissant. Il s'était abîmé dans ses pensées en lorgnant d'un œil indifférent les mouvements des ciseaux. Dans le miroir, il avait remarqué à plusieurs reprises qu'elle le dévisageait à la dérobée. Il avait eu la sensation qu'elle cherchait à le percer à jour et deviné qu'elle souhaitait engager la conversation, mais, devant sa mine renfrognée, elle n'avait pas osé l'interroger. Plus tard, elle avait placé un miroir derrière lui pour qu'il puisse voir sa nuque et il l'avait remerciée. Il l'avait suivie jusqu'à la caisse, lui avait tendu sa carte bleue et avait laissé un généreux pourboire dans la boîte qui ornait le comptoir.

Quand il eut fini de se raser, il alluma des bougies, éteignit la lumière et entra dans l'eau brûlante. Il avait apporté son verre, ses cigarettes et, pendant que Ravel égrenait *Ma mère l'Oye* sur la chaîne du salon, il paressa, fumant et buvant, s'abandonnant à la mélodie délicate du compositeur.

Quand il se fut lavé et séché, il regretta de ne pas avoir conservé au moins un costume pour saluer dignement la fin de sa carrière. Il s'habilla néanmoins de frais, jetant ses vêtements sales dans le panier à linge, et descendit l'escalier à pas lents tout en admirant la vaste pièce et le tableau qui l'ornait.

*

Tandis que Goldweiser fêtait sa retraite, Mme Chanterelle choisissait de quitter la sienne. Elle avait passé de longs mois dans la discrétion, sortant peu et ne se préoccupant plus du peintre, uniquement taraudée par le désir de retrouver l'estime d'elle-même après l'épouvantable catastrophe de sa dernière visite au sixième étage et le honteux relâchement de sa vessie. Elle venait de s'offrir les services d'Agathe et sa permanente n'avait jamais lancé autant de reflets que ce jour-là. Sa chevelure éclatait en flammèches de couleur prune, et c'est pimpante et toute guillerette qu'elle s'arrêta devant la loge pour prendre son courrier et glaner des nouvelles de l'immeuble.

Mercedes s'apprêtait à distribuer le tas de missives qu'avait déposé Hugo. L'empressé facteur avait encore déployé toute l'ingéniosité dont il était capable pour prolonger son entretien avec la belle brune, caressant ses courbes d'un œil langoureux. Elle l'avait laissé faire un moment, faisant mine de ne pas voir l'attention dont elle était l'objet, déjouant habilement les pièges grossiers qu'il lui tendait pour amorcer un dialogue qu'elle trouvait ennuyeux au possible.

— Eh bien ! Il me tarde de retrouver le soleil, madame Montalvo, il a fait un froid de gueux cet hiver, comme disait mon grand-père.

— Les gueux ne sont pas les seuls à avoir froid, vous savez, avait répondu Mercedes, que les considérations météorologiques agaçaient toujours autant.

Elle avait encore en mémoire les assommants monologues de Clothilde lorsqu'elle fréquentait Iberio. Jamais elle n'avait demandé à son fils ce qu'il était advenu de Poumon Gracieux, ainsi qu'elle la surnommait toujours. La pauvre était le cadet de ses soucis. Elle était certaine que la jeune fille finirait par épouser un homme qui lui ferait deux ou trois enfants et que, pendant sa grossesse, la taille de ses bonnets subjuguerait son mari.

— Vous savez que les travaux de ravalement du 114 ont commencé ? Je suis obligé de me faufiler pour entrer maintenant, et de me mettre à quatre pattes pour déposer le courrier dans les boîtes parce qu'ils les ont toutes décrochées, vu qu'ils font les enduits. Ils n'ont pas de concierge, eux, expliquait Hugo.

— Ah bon ?

— Eh non ! Ils ne savent pas ce qu'ils perdent ! poursuivit-il en lui jetant un regard appuyé.

— Personne n'est indispensable, laissa tomber Mercedes sans relever l'hommage. Y a-t-il autre chose ? demanda-t-elle en rassemblant les enveloppes et en tapotant le tas sur le comptoir pour en égaliser les bords.

— Je vous ai tout donné, je crois, murmura Hugo.

— Alors, je m'en vais distribuer tout ça, lança Mercedes en s'éloignant vers l'escalier.

Mme Chanterelle arriva sur ces entrefaites.

— Bonjour, Hugo, comment allez-vous par ce froid vivifiant ? s'informa la vieille dame de sa voix flûtée.

— Fraîchement, madame Chanterelle, fraîchement ! On voudrait pédaler plus vite pour se réchauffer, mais il faut bien s'arrêter pour délivrer le courrier.

— Mais évidemment, mon pauvre ami ! Je vous admire, vous savez ? Dites-moi, madame Montalvo, y a-t-il quelque chose pour moi ?

Mercedes, qui avait cru pouvoir s'esquiver, dut feuilleter les enveloppes pour vérifier.

— Non, rien, madame Chanterelle.

— J'y pense, s'il y a des lettres pour M. Goldweiser, vous n'avez qu'à me les donner, ça vous évitera de monter jusqu'au sixième.

— Pas la peine, M. Goldweiser est absent pour le week-end. Je lui garde son courrier jusqu'à son retour.

— Ah bon ? Absent ? Mais où va-t-il donc ?

— Je l'ignore, il ne me fait pas de confidences, vous savez.

— Bien entendu ! Je disais ça comme ça. Eh bien, alors, bonne continuation, Hugo ! lança-t-elle en trottant vers l'ascenseur derrière la concierge.

— Merci à vous, mesdames ! s'exclama le facteur avec un geste de salutation maladroit qui se voulait galant.

Lorsque la porte se fut refermée et que la cabine s'éleva, Mme Chanterelle renifla.

— C'est drôle, avant, il partait souvent, M. Goldweiser. Mais depuis huit ans, c'est bien la première fois qu'il quitte l'immeuble.

— Tout arrive, répondit machinalement Mercedes en feuilletant la pile de courrier.

— Comme vous dites, murmura la vieille dame en observant la concierge d'un œil acéré.

La cabine s'immobilisa et elle sortit vivement ses clefs de son sac, tandis que Mercedes lui tenait la porte.

— À plus tard, ma chère, chantonna-t-elle en entrant chez elle.

Comment ai-je pu passer à côté de ça ? songea-t-elle en se débarrassant de son manteau de cachemire. Huit ans ! C'était le moment où étaient arrivés les Montalvo. Le petit n'avait que dix ans, Mme Chanterelle se rappelait fort bien leur installation. Mercedes lui avait semblé bien trop jeune pour avoir un fils de cet âge. Elle s'était dit qu'elle avait dû avoir une adolescence délurée pour tomber enceinte aussi tôt. Depuis, le peintre n'avait plus quitté l'immeuble ! Et pour cause, puisque la concierge ne s'absentait jamais non plus, travaillant été comme hiver sans jamais prendre de vacances. Si elle n'avait pas déjà vu de ses yeux la preuve de leurs turpitudes dans l'horrible carton à dessin de sa chambre, ce simple fait aurait suffi à confirmer ses assertions. Et dire qu'Agathe avait douté de sa parole ! Quand, pour la première fois, le peintre s'était décidé à s'offrir une coupe au salon Jean Louis David, la coiffeuse avait confié à Mme Chanterelle qu'elle s'était retenue à grand-peine de l'interroger.

C'était donc ça ! Il préparait son petit week-end et faisait peau neuve. Il fallait une raison impérieuse pour qu'il s'absente. Peut-être une exposition de ses dernières œuvres ? Le puzzle s'emboîtait parfaitement dans l'esprit de Mme Chanterelle. En même temps que s'ouvrait devant elle la perspective de deux jours de fouille dans le penthouse. Puisque la concierge prévoyait de conserver son courrier jusqu'à son retour, c'était la preuve qu'elle n'envisageait pas de monter faire le ménage. « CQFD ! » comme disait son mari lorsqu'il résolvait un problème.

Mais pour plus de sûreté, la vieille dame décida de ne pénétrer chez le peintre que le dimanche matin. C'était le jour de repos de la concierge et elle serait parfaitement tranquille.

*

Ezra n'était pas parti. Il avait fermé tous les volets et tiré le rideau qui masquait la verrière. De l'extérieur, le duplex semblait inhabité. Le peintre dîna aux chandelles et poussa même le scrupule jusqu'à écouter Mozart à très faible volume, afin que personne ne l'entende depuis l'étage inférieur. Le reste du poulet basquaise que lui avait mitonné Mercedes la veille était délicieux, il l'accompagna d'un vin de Cahors un peu corsé qui lui allait tout à fait. Il regrettait l'hiver qui le privait de sa terrasse, mais il décida tout de même d'y fumer une cigarette et s'habilla chaudement. Il aurait voulu que la neige recouvre les toits pour contempler encore une fois le merveilleux paysage qu'offrait Paris, lorsque le blanc duveteux étouffait ses contours et que les lumières parsemaient l'horizon immaculé. Mais les quelques chutes éparses des jours précédents n'avaient déposé sur les avenues qu'un léger glacis qui s'était rapidement transformé en une boue grisâtre.

Il trouva que la retraite de Goldweiser manquait d'éclat et finit par rentrer.

Dans le grand salon envahi par la pénombre, la cheminée dispensait une chaleur parfumée de résine et les braises explosaient par intermittence avec des bruits sourds. Il s'installa devant l'âtre et termina sa bouteille. Il repassait dans sa tête les différentes étapes de son projet, vérifiant qu'il n'avait rien oublié. Il avait effectué toutes les démarches, mis ses papiers en ordre, annoncé à Jean de Bièvres que le pendant était achevé et pris rendez-vous avec lui afin qu'il vienne le voir dès le lundi matin. Mercedes était prévenue : elle devait lui donner les clefs et le laisser seul avec le tableau. Au moins n'aurait-il pas à supporter la mine dubitative et les moues du galeriste lorsqu'il découvrirait la toile. Plus jamais il ne s'inquiéterait de l'avis des autres.

Ezra ouvrit une des bouteilles qu'il avait préparées, un bourgogne cette fois, un côte-de-beaune tout à fait suave en bouche. Il plaça quelques bûches dans la cheminée et s'installa dans son fauteuil. *Les Noces de Figaro* s'écoulaient en sourdine dans le salon. Il avait une passion aussi bien pour l'opéra que pour la pièce, qui l'enchantait par sa gaieté et son impertinence. Les différentes mises en scène auxquelles il avait assisté n'avaient pas toutes la même inventivité et l'interprétation pouvait se révéler approximative, mais on ne pouvait gâcher complètement ce chef-d'œuvre. L'esprit éblouissant de Beaumarchais emportait chaque acte, offrant des moments de fantaisie réjouissants.

Il se sentait bien, parfaitement apaisé. C'était un état qu'il n'éprouvait que rarement et, baigné par Mozart, écoutant la comtesse tenter de déjouer la folle jalousie du comte, il souriait en regardant le feu rougeoyer. Le bonheur, parfois, était tellement simple.

*

Ce samedi-là, Iberio étant de garde à l'hôtel, Mercedes en avait profité pour se coucher de bonne heure. Appuyée contre ses deux oreillers, elle avait contemplé un long moment le portrait qui lui faisait face sur la commode. Elle avait beau le regarder chaque soir, elle ne cessait d'en admirer l'exquise habileté de trait. Tout y était rendu, depuis le moelleux du peignoir qu'elle portait jusqu'à la brillance de jais de sa chevelure. Le modelé de son visage se réduisait à une ligne unique qui partait du front pour rejoindre la base du cou et qui esquissait tout : l'œil, la pommette, l'arrondi de sa joue, son menton. Mercedes s'extasiait, oubliant qu'elle se regardait elle-même. Seule comptait la qualité de l'œuvre : les ombres qui donnaient leurs reliefs aux formes, les traits simples qui soulignaient le corps avec tant de précision. Elle découvrait toute l'économie d'une main sûre qui, en quelques mouvements, faisait surgir un être de la blancheur du papier. Elle avait beau avoir fait peu d'études et ne rien connaître des arts en général, elle ressentait une vive émotion et cela lui semblait la preuve du talent d'Ezra. Le peintre l'avait observée comme aucun homme ne l'avait fait.

Elle songea alors à la visite qu'il lui avait rendue la veille au soir. Elle était assise dans son salon. Sa petite radio diffusait *Verano Porteño*, un morceau d'Astor Piazzolla qu'elle aimait beaucoup, tandis qu'elle achevait son dernier collage. Après de nombreux essais infructueux, elle avait enfin réussi à assembler les pièces découpées en un ensemble cohérent et harmonieux. Elle contemplait son œuvre en souriant, quand on avait soudain frappé à la porte de la loge. Mercedes avait fait claquer sa langue contre ses dents, émettant un léger bruit de succion. Elle détestait qu'on interrompe les trop rares moments de bonheur paisible qu'elle s'octroyait.

— *Miseria !* avait-elle murmuré en se levant.

Par défi, elle avait marché lentement vers le comptoir de réception. *Je ne vais certainement pas me mettre à courir, maintenant !* avait-elle songé. Les rideaux verts masquaient la porte et il lui était impossible de deviner qui la dérangeait si tard. Elle avait été surprise de découvrir Ezra sur le palier.

Le peintre s'était rasé et, avec ses joues glabres et sa nouvelle coupe de cheveux, il avait un aspect plus jeune, presque fringant. Mercedes avait remarqué que son pantalon était impeccable, sans ces faux plis qui d'habitude donnaient l'impression qu'il avait dormi dedans. Elle avait reconnu la jolie chemise verte qu'elle avait repassée quelques jours plus tôt et qu'elle aimait bien le voir porter. Elle n'avait pu s'empêcher de penser qu'il avait certainement rendez-vous avec une femme.

— Pardon de vous déranger, Mercedes, avait-il dit, se dandinant d'un pied sur l'autre.

— Ce n'est rien, Ezra, avait-elle répondu, souriant malgré elle devant son embarras.

Elle avait aussitôt oublié sa mauvaise humeur.

— Qu'y a-t-il ?

— J'ai un petit service à vous demander.

Mais, tandis qu'il s'expliquait, elle avait ressenti une gêne diffuse, sans parvenir à en déterminer le motif. Était-ce l'intensité de son regard qui l'avait presque mise mal à l'aise ? Elle s'en était défendue, car jamais Ezra n'avait laissé percer une quelconque ambiguïté dans leur relation. Durant toutes ces années, il s'était montré au contraire délicat et réservé.

Quand finalement il avait pris congé, le doute de Mercedes était demeuré, mais elle était si pressée de retourner à son collage qu'elle n'avait pas approfondi davantage. À présent, couchée dans son lit, elle ressentait un léger pincement au cœur, comme si le service qu'il lui avait demandé, anodin en vérité, n'était qu'un prétexte et qu'il n'avait pas abordé le but réel de sa visite.

Elle songea alors que depuis dix-huit ans, uniquement préoccupée par son fils, travaillant à lui fournir le cadre dont elle avait manqué, elle n'avait jamais créé de liens avec ceux qu'elle côtoyait. Sans doute était-ce la raison de sa réaction tardive à la venue d'Ezra. Face au portrait, elle constatait l'absolu de leurs deux existences. Lui s'enfermait dans la peinture comme elle se vouait à Iberio. Toute sa vie, elle avait lutté pour lui. Il avait fallu le préserver quand il n'était qu'un bébé vagissant et chétif, le nourrir et le vêtir quand il avait grandi, le soigner quand il était malade et que l'argent manquait. Dans ce pays qui n'était pas le sien, elle avait dû tout apprendre et se battre pour leur faire une place. Mais aujourd'hui, enfin, il était à l'université. Il allait pouvoir obtenir ce dont elle avait toujours rêvé pour lui. Dans quelques années, son angoisse disparaîtrait, son fils aurait réussi.

Peut-être, alors, pourrait-elle penser à elle. À ces désirs qu'elle parvenait de moins en moins à refouler. Parfois, au cœur de la nuit, une onde sourde l'envahissait. Elle avait des appétits qui lui faisaient serrer la mâchoire, éprouvant l'envie de mordre dans de la chair comme dans un fruit, et elle se retournait dans son lit, cherchant malgré elle la présence chaude d'un corps. Dans la pénombre, elle aurait voulu se jeter sur quelqu'un, l'enlacer et se briser contre lui, se sentir emplie et comblée. Elle rêvait d'embrassements moites, de cris étouffés. Elle était submergée par le besoin de plus en plus pressant d'être caressée par les mains d'un homme, de se coller contre sa peau, de s'étourdir de son odeur. Dans ces moments où seule la lune voyait qu'elle frémissait, il lui semblait qu'elle devenait une autre, découvrant avec stupeur qu'un animal se réveillait en elle et pouvait, pour une brève étreinte, l'enchaîner à un étranger. Alors, pour calmer sa fièvre, elle poussait son oreiller entre ses cuisses, y frottant son ventre jusqu'à ce que cesse cette faim dévorante.

Mercedes soupira à l'évocation de ces instants. Elle éteignit la lumière et remonta la couette sur ses épaules. Tout cela était-il si important, au fond ? Iberio lui avait apporté tellement de bonheur par sa simple présence. Bien plus que ne lui en donnerait aucun homme. Elle eut encore une pensée attendrie en imaginant son fils dans le hall désert de l'hôtel Edgar, face à son ordinateur, ingurgitant ces connaissances qui lui faisaient défaut à elle, qui ne serait jamais qu'une concierge d'immeuble. Puis elle ferma les yeux en souriant, soulagée d'être si près du but.

*

Ce fut vers deux heures du matin, dans la nuit du samedi au dimanche, qu'Ezra s'installa face à son ultime tableau. Le dos bien calé contre le mur, il entama sa troisième bouteille de vin, un bourgueil cette fois, et posa près de lui la dernière étude qu'il avait conservée de Mercedes. Il avait rassemblé plusieurs crus autour de lui : Bordeaux, Loire, Alsace. La tête lui tournait un peu, sa vision périphérique commençait à se réduire, son sens de l'équilibre était sérieusement compromis, ses gestes étaient malhabiles, néanmoins, il gardait encore sa lucidité. Il observa un moment le dessin dont les lignes semblaient onduler. Les traits de fusain se mélangeaient, leurs ombres s'allongeaient. Il avait l'impression qu'une brise légère faisait frissonner l'indienne qui drapait le corps de Mercedes : il crut même voir sourire la jeune femme. Ce sourire l'émut tellement qu'il ne put s'empêcher d'embrasser la feuille, la pressant contre son visage. Il regretta de ne pas retrouver la délicieuse fragrance de miel qu'il aimait tant, mais la poussiéreuse odeur de coton et celle plus fade encore du fusain. Il éclata brusquement en sanglots. Les larmes sillonnaient ses joues et tombaient en larges gouttes sur le format raisin, délayant les lignes, noircissant le papier. Il laissa se répandre le chagrin qui l'oppressait depuis trois ans, éprouvant une douleur aiguë en même temps qu'un vif soulagement dont il fut le premier surpris. Son désir, ses appétits déçus, son amour brûlant, tout se fondait en une vague intense qui le submergeait et le portait à la fois. Il poussait de petits cris rauques qui se transformèrent bientôt en une plainte continue qui le galvanisait, dont il se repaissait et se libérait à la fois. Et il laissait sortir à grands jets salés le désespoir qui l'empoisonnait, se purifiant de ces mille quatre-vingt-quinze jours de deuil amoureux, de faim inextinguible, de désir lancinant qui avaient été ses seuls compagnons d'infortune. Il pleura pendant une demi-heure sans discontinuer, ses mains étaient mouillées, la feuille de gros grain, humidifiée, n'était plus qu'une pelure froissée et grisâtre qu'il se mit à déchirer en petits morceaux. Enfin, son cœur lui offrit un répit et il put se verser un verre de vin. Il y trempa le papier et commença à le manger. Il mâchait lentement, buvant des gorgées pour s'aider à déglutir. Il sentait la poudre de fusain crisser sur ses dents et les fibres de coton s'emmagasiner le long de ses gencives, il les délogeait de sa langue pour les ingurgiter. Et il poursuivit, alternant vin et papier, absorbant peu à peu Mercedes, se nourrissant d'elle, de l'image qu'avait encensée son cœur malade. À la moitié du format raisin, la bouteille était presque vide et il dut en déboucher une autre pour remplir son verre et achever son repas. Son ventre gonflait sous l'afflux de pâte à papier et d'alcool ; il desserra sa ceinture pour ouvrir son pantalon.

*

Mme Chanterelle se leva de bonne heure, le dimanche matin. Elle prit son petit déjeuner dans le salon, emmitouflée dans la robe de chambre en soie rouge de feu M. Chanterelle. Elle l'avait fait retoucher à ses mesures par une couturière et la portait avec un immense plaisir. Elle but plusieurs tasses de thé en écoutant France Inter, croquant quelques toasts généreusement nappés de confiture de myrtilles. Son « cochon » de mari ne supportait que les gelées, il détestait que les petits grains des fruits se glissent entre ses dents. Pendant trente ans, elle avait donc absorbé cette pâte translucide bien qu'elle ne l'appréciât que modérément. Lorsqu'elle eut terminé son délicieux repas, elle se fit couler un bain dans lequel elle paressa jusqu'à huit heures, enveloppée d'une mousse parfumée au lilas. À huit heures trente, elle monta sans bruit au sixième et ouvrit la porte d'Ezra Goldweiser.

Lorsqu'elle pénétra dans le vestibule du penthouse, elle fut d'abord surprise par l'odeur de résine chaude et de bois fumé qui flottait, puis elle détecta ensuite des effluves nauséabonds. Elle jeta un regard angoissé sur le placard, témoin de sa honte passée, et glissa prestement vers la grande pièce. Il faudrait bien qu'un jour elle parvienne à effacer tout à fait cet inavouable souvenir. Grâce au ciel, il était désormais enfermé dans sa mémoire où personne ne pourrait jamais le déloger. Il aurait sans doute été plus raisonnable de ne pas céder à la terrible curiosité qui l'agitait sans cesse pour s'éviter de tels désagréments, mais elle en était incapable. Elle le savait. Le délicieux frisson qui la parcourait quand elle pénétrait l'intimité des autres, l'onde de chaleur qui naissait dans son ventre à chaque secret découvert lui étaient aussi nécessaires que l'air pour vivre. Plus elle rencontrait de bassesse, plus elle plongeait dans la mesquinerie, plus elle s'épanouissait. La laideur du monde l'enivrait plus que l'alcool, plus que toutes les drogues, et lui offrait davantage de satisfaction que ne lui en avait apporté son « cochon de mari » lorsqu'il s'adonnait au devoir conjugal. Oui, l'aurait-elle voulu, Mme Chanterelle eût été incapable de résister au fumet du linge sale d'autrui. Pendant cinquante ans, elle avait été tour à tour une enfant candide, une vierge naïve, une épouse aimante et dévouée, une voisine attentionnée toujours prête à rendre service, une contribuable scrupuleuse ; mais un beau jour, le voile qui tamisait le monde s'était déchiré, ses yeux s'étaient dessillés et elle avait regardé l'humanité en face. Ce qu'elle avait découvert lui avait séché le cœur et refroidi le sang. Pendant les vingt années suivantes, elle était devenue aussi amère que la bile, aussi dure que le diamant, et elle avait commencé à fouiller les ordures.

La première constatation que fit Mme Chanterelle en pénétrant dans le vaste salon obscur fut que des braises rougeoyaient encore dans la cheminée – ce qu'elle trouva étrange, car le peintre était censé s'être absenté depuis la veille –, la deuxième fut que l'odeur nauséabonde était plus prégnante que dans le vestibule. Instinctivement, elle alla tirer les rideaux qui masquaient la verrière et ouvrit l'une des fenêtres pour aérer. C'est en se retournant qu'elle fit sa troisième observation : une grande toile était suspendue au mur.

Le tableau était récent, les couleurs en étaient visiblement fraîches. Elle songea que le peintre n'avait pas lambiné pendant tout ce temps pour réaliser une œuvre de cette taille. Puis elle eut un sursaut en reconnaissant la concierge. Enveloppée d'une indienne chatoyante, dont les tons ocre, verts et pourpres éclataient, les épaules dénudées, les cheveux retenus par un chignon qui laissait négligemment une mèche torsadée caresser sa joue, elle se tenait debout devant un miroir qui reflétait sa cambrure, la main appuyée sur le rebord d'une chaise. Bien que chaque élément pris séparément fût d'une simplicité flagrante, l'ensemble renvoyait l'image d'une splendeur racée. Le maintien parfait du corps, le visage calme et attentif qui dénotait à la fois la réserve polie et l'abandon, les courbes qu'épousait langoureusement le tissu, jusqu'à ce pied nu qui s'avançait, découvrant légèrement la jambe entre les deux pans répandus sur le sol et formant une traîne, tout évoquait la beauté altière d'une aristocrate au sortir de son lit.

Mme Chanterelle resta saisie devant la toile. Cette beauté aux perfections physiques indéniables la clouait de son regard tranquille et la taille du cadre ajoutait encore à la sensation qu'elle avait de sa propre petitesse. La concierge la dominait de toute sa hauteur. La vieille dame se sentait comme une musaraigne se faufilant dans les endroits les plus improbables pour y grappiller sa nourriture. Un long moment s'écoula, pendant lequel elle fut incapable d'émettre un son. Puis elle recula, cherchant à échapper à l'attrait hypnotique que provoquait le tableau. Dans son esprit, un florilège de mots tournoyaient : *folie obscène, honteuse cochonnerie, délire mensonger !* Mais les phrases lui faisaient encore défaut. La passion du peintre pour sa maîtresse avait atteint son paroxysme.

— Il faudrait l'enfermer, murmura-t-elle d'une voix sourde.

C'est alors qu'elle sentit dans son dos le contact froid de la verrière. Elle avait reculé jusqu'à l'extrémité de la pièce et en se retournant elle fut saisie de vertige. Paris emplissait l'horizon de ses toits blanchis par le givre.

Elle en avait assez vu, elle ne voulait pas rester un instant de plus dans ce bouge. Elle s'élança vers le vestibule d'un pas nerveux et, comme elle dépassait la méridienne, elle eut un sursaut et poussa un cri.

Au pied du mur, affalé sur le dos, les bras en croix au milieu de bouteilles vides, gisait Ezra Goldweiser, le visage et le torse maculés de vomissures. Mme Chanterelle eut un hoquet et s'écroula à son tour sur le plancher.

Quand elle revint à elle, elle ne comprit pas d'abord où elle était. Le plafond lui semblait extraordinairement lointain. Ses yeux fouillèrent l'espace à la recherche d'un détail qui puisse l'orienter et s'arrêtèrent sur les bords d'un grand châssis flottant au-dessus d'elle. Peu à peu, la lumière se fit dans son esprit, en même temps qu'une odeur acide, écœurante, s'insinuait dans ses narines. Alors tout lui revint d'un seul coup et elle roula sur le flanc pour se relever aussi vite qu'elle le pouvait. Elle eut un éblouissement et retomba sur la méridienne. Elle se força à respirer lentement, par la bouche, pour ne plus sentir cette infection qui s'élevait juste derrière elle. Là, à côté, se trouvait le cadavre du peintre. Car il était mort, elle en était presque certaine.

Et s'il ne l'était pas ? S'il émergeait tout à coup de son sommeil d'ivrogne pour se dresser devant elle, l'œil vitreux, l'haleine fétide, et la découvrait chez lui, que ferait-elle ? Mme Chanterelle se redressa et, s'agrippant au dossier de la méridienne, jeta un regard furtif par-dessus.

Il était bien là, toujours immobile, et les relents de ses vomissures lui donnèrent encore un haut-le-cœur. Il avait le teint gris, son ventre anormalement gonflé jaillissait de son pantalon ouvert, laissant voir les pans de sa chemise à moitié sortis. Aucun mouvement n'agitait sa poitrine. Derrière le dossier, le visage dissimulé, Mme Chanterelle l'examinait attentivement, cherchant un signe quelconque de vie.

Mais rien.

Il lui fallait pourtant en avoir la certitude. Elle allait devoir s'approcher, le toucher peut-être. L'idée seule la faisait défaillir. Poser la main sur ce tas visqueux la répugnait. Elle se mit lentement debout, fit quelques pas prudents, puis marqua un temps d'arrêt. Du bout de sa chaussure, elle tapota la basket du peintre qui demeura rigide.

Elle était bien avancée avec ça !

Elle poussa un long soupir de dégoût et se pencha vers la main qui se trouvait la plus proche. Les phalanges étaient tachées de traces noires et de coulées vineuses, parsemées de petits éclats de papier. Avec une infinie précaution, elle posa ses doigts tremblants sur son poignet. Il était froid.

*

Ne rien dire, c'est la seule chose à faire, songea Mme Chanterelle aussitôt qu'elle fut rentrée chez elle. Comment aurait-elle pu expliquer sa présence dans le penthouse du peintre sans se mettre dans une position extrêmement délicate ? Elle n'était pas censée posséder les clefs de cet appartement.

Elle allait devoir attendre que la concierge découvre le corps le lundi matin, en apportant le courrier. Car ce serait certainement elle qui pénétrerait la première chez lui. Elle allait avoir une sacrée surprise en tombant sur le cadavre de son soupirant, il n'était pas dans un bel état, le vieux bouc !

Mme Chanterelle avait enfin rassemblé ses esprits. Son teint retrouvait peu à peu des couleurs tandis qu'elle buvait son thé au jasmin. Certes, elle s'était évanouie, là-haut, et pendant un moment elle avait perdu son sang-froid, mais l'urgence de la situation avait généré une dose d'adrénaline salutaire. Elle avait aussitôt refermé la fenêtre, tiré les rideaux, et son cerveau avait rapidement passé en revue les options qui s'offraient à elle.

Maintenant, plus que jamais, elle était certaine d'avoir pris la bonne décision. Hormis celle qu'elle avait arrêtée, toutes les autres mettraient en péril sa réputation. Elle poussa un soupir de soulagement. Encore une fois, elle s'en était bien sortie. Finalement, Dieu veillait sur elle ! Satisfaite, parfaitement détendue, elle s'octroya un deuxième petit déjeuner, étalant avec gourmandise la confiture de myrtilles sur son toast.

15

Jean de Bièvres se présenta le lundi matin vers neuf heures. Il n'était plus revenu chez le peintre depuis de nombreuses années et n'avait jamais rencontré Mercedes. Lorsqu'elle ouvrit la porte, il ne put réfréner un léger mouvement d'inclinaison du buste devant la beauté qui lui faisait face.

— Excusez-moi de vous déranger, madame, je cherche la concierge.

— C'est moi, répondit Mercedes.

La stupéfaction dut se lire sur son visage, car la jeune femme laissa échapper un sourire. Jean de Bièvres se reprit aussitôt.

— Enchanté de vous rencontrer, madame, dit-il en plaçant instinctivement sa voix dans le médium grave qui charmait toujours la gent féminine. Sans doute M. Goldweiser vous a-t-il parlé de moi, je suis Jean de Bièvres.

— Bien sûr. Je vais vous chercher les clefs, dit Mercedes en rentrant dans la loge.

Décidément, la colline de Passy réservait d'ineffables surprises. *Il n'y a que dans le XVIe arrondissement qu'on croise un tel personnel*, songea le galeriste en patientant.

Comme la concierge reparaissait, il s'efforça de fixer ses grands yeux noirs, réfrénant l'envie de caresser du regard sa voluptueuse silhouette. Indifférente, Mercedes déposa les clefs dans sa main.

— Il m'a aussi demandé de vous remettre ceci, dit-elle en lui tendant une lettre cachetée.

— Je vous remercie, chère madame, je n'en aurai pas pour longtemps.

Il s'engouffra dans l'ascenseur et, tandis que les portes glissaient pour se refermer, il put encore admirer les hanches somptueuses de la jeune femme.

Lorsqu'il pénétra quelques minutes plus tard dans l'appartement, une odeur désagréable l'accueillit. Un mélange de bois fumé et de remugles vaguement pourrissants qu'il ne parvint pas à identifier. *Il faudrait aérer de temps en temps, Ezra*, songea-t-il.

Ce fut alors qu'il pensa à décacheter la lettre qu'il avait à la main. Elle était brève.

Mon cher Jean,

Pendant de longues années, tu t'es occupé de mes œuvres, c'est-à-dire d'une grande partie de ma vie, j'ai donc jugé que tu étais le mieux placé pour gérer ma mort. Tout est déjà réglé afin de t'épargner des démarches fastidieuses. Tu trouveras ci-joint le contact de l'entreprise de pompes funèbres que j'ai retenue et qui prendra en charge toutes les formalités, le numéro du médecin qui fera les constatations d'usage, ainsi que celui de mon notaire. Je n'oublie pas l'option de ton client sur mon dernier tableau, elle reste toujours possible, sous réserve que mon légataire l'accepte.

Cordialement,

Ezra Goldweiser

*

Le docteur Ménard, qui constata la mort d'Ezra, conclut à un suicide. Le peintre avait absorbé six bouteilles de vin rouge et portait quatre patchs de Fentanyl sur le thorax.

— Il ne s'est laissé aucune chance, déclara-t-il à de Bièvres. C'est un opiacé quarante fois plus puissant que l'héroïne. Avec l'alcool, il ne risquait pas d'en réchapper. En plus, il était allongé sur le dos, ce qui suffisait à lui assurer de s'étouffer en cas de régurgitation.

Il s'était penché sur le corps et avait pointé le doigt vers un filament clair au coin de sa bouche.

— Ce que je ne m'explique pas, c'est pourquoi il a mangé du papier, dit-il en montrant aussi les petits éclats blancs parfaitement identifiables qui surnageaient dans les vomissures.

Après le départ du médecin, de Bièvres demeura un long moment perdu dans ses pensées. Il avait ouvert les fenêtres de la verrière pour chasser l'odeur entêtante de bile qui empuantissait l'atmosphère et allumé une cigarette, relisant pour la dixième fois la lettre du peintre. Force était de constater que, pour un artiste, Goldweiser avait fait preuve d'un sens pratique hors du commun. Il comprenait à présent que le tableau n'avait servi que de prétexte pour le faire venir. Ezra l'avait choisi pour découvrir son cadavre et le galeriste ne pouvait s'empêcher de trouver dans cette morbide attention un camouflet indigne des relations qu'il croyait avoir entretenues avec lui. Mais il ne pouvait s'y soustraire. La sécheresse de la lettre l'avait également vexé. Quelques phrases, une liste de noms et de numéros, une formule de politesse, et tout était dit. Rien sur la raison qui l'avait amené à se supprimer.

Tout en attendant les employés des pompes funèbres qu'il avait contactés, il déambulait dans la pièce. Par moments, ses yeux se posaient sur le cadavre étendu derrière la méridienne et qu'il avait failli ne pas voir en entrant. C'était un endroit étrange pour mourir. À sa place, de Bièvres aurait choisi le magnifique panorama de Paris qui s'étalait devant lui. Mais sans doute le peintre s'en était-il lassé et portait-il davantage d'attention à sa dernière œuvre ?

Le galeriste ne savait qu'en penser. Il examinait le tableau en songeant : *Alors, c'était ça, le pendant !* Il ne voyait pas la raison d'une telle association. Et il se demandait si la concierge avait également posé pour *Anonyme 1*, auquel il préférait la grande toile qui dominait le salon. Il lui trouvait une facture presque classique. Quelque chose d'intemporel s'en dégageait qui évoquait le portrait de *Madame Jean Trentesaux* peint par Boulet. Il détaillait la chaise toute simple sur laquelle s'appuyait le modèle, le miroir dans lequel se réfléchissait sa chute de reins et dont le cadre de bois foncé ne portait aucune moulure, le tissu qui l'habillait. Pris séparément, ce n'étaient que des objets vulgaires, mais l'ensemble distillait une élégance raffinée, un parfum désuet. C'était pourtant si éloigné de ses productions précédentes. Il ne reconnaissait rien de ce qui avait fait le succès de Goldweiser dans cette œuvre ultime.

Ezra reposait sur le sol, attendant sagement qu'on l'emmène, et rien ne semblait plus absurde que ces deux hommes, réunis dans cette vaste pièce éclairée d'une lumière froide sous le regard calme de la sculpturale concierge.

Vers onze heures, les employés des pompes funèbres se présentèrent. Ils emballèrent le cadavre dans un grand sac qu'ils transportèrent sur une civière. Le peintre avait choisi la crémation, sans aucune veillée ni service religieux. Il avait demandé que son corps soit emporté immédiatement après son décès et ses cendres placées dans une urne confiée à son légataire.

— Connaissez-vous son nom ? interrogea de Bièvres.

— Non. L'urne doit être rapportée ici. Le reste sera réglé après la succession, sans doute, répondit l'un des deux hommes.

De Bièvres soupira. Il devait maintenant prévenir Max Bouchard. À combien pouvait-il estimer la toile ? Quatre-vingt mille euros ? Cent mille ? La nouvelle de la mort du peintre donnerait une plus-value à son œuvre, désormais. Il regrettait de ne pas avoir conservé *Anonyme 1*. En quelques mois, il venait de doubler sa valeur et c'était Bouchard qui allait en tirer profit. Le rusé Canadien ferait même probablement une excellente affaire s'il parvenait à racheter le tableau qui appartenait maintenant au légataire et à vendre le diptyque.

De Bièvres considéra la flaque de vomissure qui s'étendait sur le plancher. Il ne put s'empêcher d'y voir une analogie avec ce qu'en peinture on nomme un repentir[1]. Le dernier laissé par Ezra Goldweiser.

*

Maître Bourdoin-Jaulieu était un homme de haute taille, au physique athlétique bien loin des a priori liés habituellement à l'image d'un notaire. Ses cent quatre-vingt-dix centimètres et sa poignée de main virile imposaient toujours le respect aux clients qui pénétraient pour la première fois dans son étude. C'était un avantage dont il ne se privait pas d'user quand il se trouvait face à la mesquinerie procédurière de successions difficiles ou de ventes hasardeuses et qu'il avait besoin de restaurer le calme. Mais ce jour-là, ce fut lui qui demeura sans voix en accueillant le légataire d'Ezra Goldweiser.

Mercedes ne comprenait pas vraiment la raison de sa présence dans cette étude. Elle regardait les hautes bibliothèques surchargées de registres, de dossiers et de chemises, devant lesquelles trônait ce géant aux cheveux coupés en brosse qui lui souriait finement.

— Asseyez-vous, je vous en prie, madame Montalvo, dit-il en lui désignant un fauteuil en face de son bureau.

Il avait rarement eu l'occasion d'accueillir une telle femme dans son étude. Il en était pourtant passé de

1. Un repentir est la partie d'un tableau recouverte par le peintre pour masquer ou faire apparaître des personnages ou des objets.

ravissantes. Des veuves encore accortes, des épouses dans la fraîcheur de l'âge, quelques mannequins et un bon nombre de concubines appétissantes, mais jamais une beauté aussi parfaite. Il fut d'autant plus subjugué qu'elle était vêtue très simplement et que sa séduction ne tenait ni à la haute couture ni à un savant maquillage. Son joli manteau, ouvert sur un jean et un pull de coton noir, provenait visiblement d'une grande surface. Elle ne portait aucun bijou, pas même une bague.

— Bien. Je vais vous donner lecture du testament de M. Ezra Goldweiser…

— Excusez-moi, je suis seule ? s'étonna Mercedes en regardant autour d'elle.

— En effet, vous êtes l'unique bénéficiaire.

— Il n'avait pas d'autres héritiers ? demanda encore Mercedes.

La fraîcheur de la question ravit le notaire. Il n'avait pas l'habitude que l'on soit scrupuleux, dans son étude. En général, une succession aussi confortable s'accompagnait de sourires entendus. On se rengorgeait en tentant de cacher sa joie, on affichait une mine modeste, et on s'appliquait à paraître plus concerné par le deuil récent que par la manne qui s'offrait. Mais la jeune femme avait posé la question en toute naïveté. Il était évident qu'elle ne s'attendait pas à hériter du peintre.

— Non, madame.

— Il y a certainement quelqu'un de plus proche. De la famille, peut-être ?

Maître Bourdoin-Jaulieu sourit avec aménité.

— Les parents de M. Goldweiser sont décédés depuis près de quinze ans, il ne s'est jamais marié et n'a aucun enfant reconnu.

Le visage de Mercedes reflétait la perplexité.

— Puis-je procéder à la lecture ?

Elle acquiesça en haussant légèrement les épaules.

Le document était fort court et sans ambiguïté aucune. Mercedes héritait l'appartement, les droits concernant toutes les œuvres du peintre, ainsi que deux millions d'euros, dont la plus grosse part était investie dans un portefeuille d'assurances vie, le reste étant constitué par les liquidités disponibles sur deux comptes courants.

Lorsque maître Bourdoin-Jaulieu eut achevé la lecture, il leva les yeux sur sa cliente. Figée, incapable d'articuler un son, elle le fixait sans comprendre. Après un long moment de parfaite immobilité, elle retrouva enfin l'usage de la parole.

— Quand a été fait ce testament ? demanda-t-elle d'une voix blanche.

— Il y a un mois.

— Ce n'est pas possible ! souffla-t-elle machinalement.

— Je vous assure qu'il n'y a aucun doute sur son authenticité. M. Goldweiser est venu dans mon étude et nous avons vu ensemble les modalités de la succession. Il s'agit bien de ses dernières volontés. Comme il vous a fait don de son appartement de son vivant et s'est acquitté des frais, vous n'aurez rien à payer. En revanche, comme vous n'êtes pas héritière en ligne directe, l'État prélèvera soixante pour cent du portefeuille d'assurances vie et des liquidités, ce qui vous laisse huit cent douze mille six cent quarante-sept euros exactement.

Le chiffre était tellement énorme pour Mercedes qu'elle ne pouvait l'appréhender. Elle regarda le notaire, puis la bibliothèque derrière lui, et enfin ses yeux dérivèrent au-delà des fenêtres, vers l'avenue du Président-Wilson qui longeait le musée Galliera. Elle se sentait oppressée.

— Je n'étais rien, pour lui, murmura-t-elle encore.

— Vous comptiez davantage que vous ne le croyiez, dit doucement le juriste.

Il contemplait cette femme magnifique et ne pouvait s'empêcher de songer que le peintre avait gardé une reconnaissance certaine à sa maîtresse.

— Je ne comprends pas pourquoi il a fait ça.

Maître Bourdoin-Jaulieu réprima un sourire entendu. Pour lui, l'affaire était claire, mais il ne pouvait s'immiscer dans l'intimité de ses clients, c'eût été fort mal venu.

— Sur ce point, je ne peux rien vous apprendre. M. Goldweiser s'est borné à me donner ses instructions, le reste m'est totalement étranger, dit-il avec une réserve pleine de dignité.

— Vous ne comprenez pas, dit soudain Mercedes, je ne suis que la concierge de l'immeuble. Je faisais simplement son ménage.

Ce fut au notaire d'accuser le coup. Il fut à double détente. En premier lieu, jamais il n'aurait pu imaginer que cette femme exerce un tel métier, mais découvrir qu'en plus elle ne partageait pas la vie du peintre fut un étonnement encore plus grand. Voilà qui tranchait avec toutes les dispositions habituelles.

Il avait souvent rencontré les cas de vieux employés récompensés pour leur dévouement, ceux d'enfants issus d'une relation adultérine couchés sur testament, mais jamais il n'avait vu une fortune entière passer aux mains d'une concierge sans lien d'aucune sorte avec le testateur. Décidément, les motivations cachées des hommes réservaient toujours des surprises au moment de leur mort.

— Quoi qu'il en soit, madame Montalvo, vous avez été désignée comme unique bénéficiaire de ce legs. Il vous appartient néanmoins de l'accepter ou non.

— *Cómo le dio por hacer esto, Ezra*[1] *?* murmura Mercedes en secouant la tête d'un air navré.

Maître Bourdoin-Jaulieu ignorait l'espagnol, mais il ne demanda aucune précision à Mercedes, estimant qu'il s'agissait probablement d'une question rhétorique vaguement adressée à son bienfaiteur.

*

Mme Chanterelle n'avait jamais voulu que Mercedes pénètre chez elle pour y faire le ménage. Elle savait trop ce qu'il était possible de découvrir dans l'intimité de quelqu'un et, prévoyante, elle refusait que les locataires puissent apprendre quoi que ce soit la concernant. Elle faisait appel à une femme extérieure à la copropriété, en qui elle avait confiance et dont les années de service lui garantissaient la discrétion. Elle la payait fort bien, au-dessus du tarif en vigueur, et n'oubliait jamais de lui offrir ses étrennes sous la

1. Qu'est-ce qui vous a pris de faire ça, Ezra ?

forme d'une généreuse gratification en liquide chaque Noël. Forte de ces dispositions, la vieille dame jouissait d'un calme relatif quant à la préservation de sa vie privée.

Son employée de ménage portait le doux prénom d'Anne-Aymone, en hommage à l'épouse du président Giscard d'Estaing sous le septennat duquel ses parents avaient obtenu la nationalité française. C'était une Haïtienne ronde et gaie, d'une honnêteté sans faille et d'une énergie qui faisait le bonheur de Mme Chanterelle lorsque celle-ci lui donnait ses ordres. Elle venait trois fois par semaine et tenait le grand appartement de deux cents mètres carrés aussi reluisant qu'un bloc opératoire.

Ce fut elle qui, un matin, découvrit Mme Chanterelle inerte sur le tapis du salon. La brave Anne-Aymone souleva la vieille dame sans effort et la porta aussitôt dans sa chambre avant de descendre au premier étage où se trouvait le cabinet du docteur Ménard. Elle bénit le ciel qui faisait vivre sa patronne dans un immeuble pourvu d'un généraliste. Le praticien abandonna ses patients et s'empressa de monter au cinquième.

Lorsqu'il vit Mme Chanterelle, les yeux papillotants, la bouche entrouverte, un filet de bave sur le menton et les membres flasques, il sut immédiatement de quoi il s'agissait. Il posa les questions d'usage pour vérifier l'état de conscience de la malade.

— Madame ? Vous m'entendez, madame ?

Les paupières de la vieille femme battirent frénétiquement.

— Comment vous appelez-vous ? demanda le docteur Ménard qui, bien que la connaissant de longue date, désirait la faire parler.

Un clapotis baveux fut la seule réponse qu'il obtint.

— Levez le bras, madame Chanterelle ! ordonna-t-il ensuite. Allez ! Faites un effort !

Mais la vieille dame demeurait inerte.

Le docteur Ménard lui prit la main droite.

— Serrez ma main !

Rien. La griffe restait froide sous ses doigts. Il saisit alors sa main gauche et répéta :

— Et maintenant, pouvez-vous bouger ?

Les phalanges frémirent péniblement.

— Parfait. Je sais que vous m'entendez. Il est dix heures trente, depuis combien de temps étiez-vous comme ça lorsqu'on vous a trouvée ? Battez des paupières pour m'indiquer le nombre d'heures.

La vieille dame cligna trois fois des yeux.

— Trois heures ? C'est bien ça ? insista-t-il.

Le docteur bascula doucement Mme Chanterelle sur le côté, en position latérale de sécurité, les genoux remontés, dégageant sa trachée en inclinant légèrement sa tête en arrière, puis il composa le numéro d'urgence du Samu et demanda une intervention. La patiente était consciente, mais visiblement hémiplégique, et exigeait des soins rapides. Ayant raccroché, il se tourna vers la femme de ménage.

— Allez les attendre devant l'immeuble, vous les guiderez jusqu'à l'appartement.

Anne-Aymone fila aussitôt.

Lorsqu'il fut seul avec elle, le docteur Ménard se pencha vers l'oreille de sa patiente.

— Vous avez certainement fait un accident vasculaire cérébral, expliqua-t-il, ce qui a entraîné une hémiplégie totale du côté droit. Vous êtes consciente, mais vous ne pouvez parler. Le Samu sera là dans une quinzaine de minutes.

Le docteur Ménard fit une pause.

— Ce qui me va tout à fait, dit-il en toisant la vieille dame.

Mme Chanterelle vit alors la pointe glacée qui filtrait des prunelles du praticien et ressentit une onde de peur. Elle ne pouvait rien faire d'autre qu'écarquiller les yeux en sentant cette lame terrible la fouiller.

— Pendant toutes ces années, vous vous êtes bien gardée de venir consulter dans mon cabinet. Je n'étais pas suffisamment fiable pour vous, n'est-ce pas ? Cela ne vous a pas empêchée de fouiner dans ma vie privée pour y dénicher de quoi vous repaître. Vous auriez pu vous contenter de jouir de votre découverte et me laisser vivre en paix, mais non ! C'était trop vous demander. Il vous fallait enfoncer le clou, appuyer là où ça faisait mal. Alors, vous vous êtes arrangée pour faire savoir à mon épouse que je la trompais, vous lui avez donné l'adresse de la maison close du boulevard Wallace que je fréquentais. C'était tellement simple. Vous assistiez au spectacle depuis chez vous, attendant que les choses suivent leur cours. Et c'est ce qui est arrivé. Ma femme m'a quitté peu après. Mais vous auriez dû vous douter que tout finit par remonter un jour ou l'autre et qu'une rumeur circule toujours dans les deux sens. Quand j'ai appris à qui je devais mon divorce, j'ai voulu vous faire payer votre satanée curiosité. Un soir, j'ai sonné chez vous. J'étais certain que vous étiez là, mais que vous refusiez de me parler, alors j'ai forcé votre porte. J'ai découvert par la suite que vous étiez en cure à Dax. Bien vous en a pris, car j'étais tellement en colère que je vous aurais probablement frappée.

Les yeux de Mme Chanterelle papillonnaient. La peur la submergeait. En écoutant le récit du docteur, elle sentait son cœur s'affoler. Il lui saisit doucement le poignet et tâta son pouls. Il sourit largement.

— Excellent ! Je vois que vous comprenez à quoi je fais allusion et votre pulsation cardiaque me confirme que je ne m'étais pas trompé. On dirait celle d'un lapin pris au collet. Vous avez dû vous demander pourquoi on était entré chez vous sans rien vous dérober, non ? J'espère que vous avez apprécié mon petit cadeau. J'ai trouvé amusant de vous offrir quelques CD de musique pour parfaire votre éducation, vous qui n'écoutez que de l'opéra. Finalement, je crois que votre absence a eu du bon. Depuis, j'ai eu le temps de me calmer et d'envisager les choses plus froidement. Après tout, je suis médecin, je suis un homme pragmatique. J'étais certain que vous auriez besoin de mes services, un jour ou l'autre. Il me suffisait de patienter. Et regardez donc : trois ans après, vous êtes entièrement à ma merci !

Le docteur Ménard consulta sa montre.

— Le Samu ne tardera plus à présent. J'aurai fini dans un instant. Un AVC n'a rien de définitif si on agit rapidement, seulement voilà, le temps qu'on vous emmène à l'hôpital et qu'on vous examine, vous serez dans cet état depuis plus de trois heures, il y a de grandes chances que les dégâts soient irrémédiables.

Le docteur Ménard tenait toujours délicatement le poignet de la vieille dame et il sentit nettement l'accélération de ses pulsations sous son pouce.

— Vous bavez, vous ne maîtrisez plus votre vessie, vous êtes quasiment muette et incapable de bouger le côté droit de votre corps. Vous allez perdurer comme ça un certain temps, mais je vous rassure : une personne sur cinq décède dans les cinq mois. Et si vous n'avez pas cette chance, dites-vous qu'un AVC est souvent suivi d'une récidive ; il y a fort à parier que le prochain vous laissera sur le carreau…

Il tenait toujours son poignet, lui caressant affectueusement la veine avec le pouce. Il regarda sa montre et calcula que son rythme cardiaque atteignait maintenant les cent quatre-vingts pulsations par minute.

La porte de l'ascenseur claqua et des voix retentirent bientôt dans l'entrée. Le docteur Ménard se pencha un peu plus vers Mme Chanterelle..

— Bienvenue au pays des légumes ! murmura-t-il très distinctement à son oreille.

Puis il s'écarta pour laisser la place aux urgentistes.

*

Quand Iberio avait appris le suicide d'Ezra, il était demeuré stupéfait. Jamais il n'avait soupçonné que cet homme si calme, d'humeur toujours égale, puisse être aussi tourmenté. Les conversations qu'ils avaient entretenues tous les deux au bar-tabac La Colline, les mois précédents, lui avaient laissé une impression d'amicale complicité et de gaieté. Le peintre avait montré une bienveillance qui l'avait touché et ses réflexions pleines de drôlerie révélaient un esprit caustique et un grand sens de l'observation. Mais au souvenir de ces moments, Iberio se rendit compte qu'Ezra avait très peu parlé de lui-même, préférant l'écouter, lui posant de nombreuses questions sur sa vie étudiante, son travail à l'hôtel Edgar et ses projets. Il comprit rétrospectivement que ces instants de partage avaient masqué une solitude qu'il n'avait pas su percevoir, et il en ressentit une profonde tristesse.

Ils n'avaient jamais abordé le sujet de Louise. Par pudeur, sans doute, mais aussi par gêne, Iberio n'avait rien dit de sa rencontre avec elle. Ils avaient reçu tous les deux les faveurs de la jeune femme et cette expérience commune les rapprochait sans qu'il soit besoin d'en parler. En observant le peintre, Iberio s'était fait la réflexion que, malgré ses cinquante ans, il était encore bien conservé. Lorsqu'il se rasait, il faisait facilement dix ans de moins que son âge et son énergie transparaissait dans ses gestes. C'était un homme bien charpenté et seul un très léger bourrelet de graisse abdominale trahissait sa musculature. Sa chevelure était abondante, c'est à peine si les golfes au-dessus de ses tempes commençaient à s'élargir. Son sourire découvrait des dents saines et régulières, quoique jaunies par le tabac. Mais lorsqu'il demeurait pensif, son visage se rembrunissait, ses yeux perdaient leur éclat, et tout à coup le voile de la vieillesse semblait se répandre sur ses traits relâchés. Plusieurs fois, Iberio s'était étonné de cette transformation à vue qui révélait deux faces complètement opposées. Avec le recul, il songea avec amertume qu'il n'avait pas su prendre la mesure de la douleur qui rongeait le peintre.

Lorsque Mercedes lui avoua qu'elle héritait de sa fortune, Iberio fut assommé. Il observa sa mère avec acuité et ne put s'empêcher de chercher la raison d'une telle générosité.

— Je ne comprends pas pourquoi il a fait ça, Iberio, murmura Mercedes, encore sous le coup de l'émotion.

Iberio marqua un très long temps avant d'oser l'interroger.

— Tu étais sa maîtresse, *Mamacita* ?

— *Sangre de Dios !* Non ! Jamais !

— Quand bien même, je ne te reprocherais rien, tu sais.

— Regarde-moi, Iberio ! s'exclama Mercedes. Je faisais son ménage, je posais pour lui, mais c'est tout. Il ne s'est jamais rien passé entre nous !

— *Sí*, *Mamacita*, je te crois, dit Iberio, mais il t'aimait, c'est certain, à présent.

Mercedes avait hoché la tête et haussé les épaules.

— *Claro, sí.* Je suis une idiote de ne pas l'avoir vu plus tôt.

Peu de temps après, Iberio ouvrit un nouveau fichier Word sur son ordinateur et prit l'habitude d'écrire régulièrement quelques pages. Il n'aurait pu expliquer ce qui le poussa à commencer ce qui serait plus tard son premier roman. Au début, ce ne furent que des anecdotes éparses, des impressions sommaires ; mais peu à peu, elles devinrent plus détaillées. Il fut surpris par l'aisance avec laquelle il s'éloignait de la réalité pour composer une histoire où l'imagination suppléa rapidement à son inexpérience de la vie. « Le fait que tu sois mon fils m'interdit la pitié », écrivit-il une nuit, et les mots coulèrent, s'ordonnant autour d'un récit qui se faisait plus dense au fur et à mesure de sa progression. Il travaillait vite et découvrit que son rythme naturel était d'une dizaine de pages par jour. Il étudiait ses cours de droit jusqu'à deux heures du matin, puis s'attelait à son manuscrit avec la sensation de se délasser. Les longs services durant lesquels il veillait sur l'hôtel Edgar semblèrent tout à coup raccourcir et il était souvent surpris de voir poindre l'aube.

Il ne dit rien à Mercedes. Bien que ce fût elle qui lui avait insufflé l'idée de devenir auteur, il conserva le secret sur cette autre part de sa vie. Sans doute pensait-il éviter ainsi les reproches de cette mère qui s'inquiétait tant de sa réussite. Longtemps, il ignora pourquoi il lui était aussi nécessaire d'écrire que de lire. Il suivait une inclination qu'il ne cherchait pas à analyser, comme s'il avait peur de détruire la magie qu'il sentait se déployer lorsque ses doigts effleuraient le clavier.

*

Mme Chanterelle mourut pendant son transfert vers l'hôpital Henry-Dunant. L'effroi provoqué par les paroles volontairement alarmistes du docteur Ménard agit plus sûrement que l'AVC lui-même. Son rythme cardiaque ne put ralentir malgré les efforts des urgentistes. La fibrillation ventriculaire s'intensifia, le sang cessa brusquement de circuler et elle perdit connaissance. Cette mort, qui s'ajoutait au suicide du peintre à un mois d'intervalle, fit tomber sur l'immeuble de la rue de la Tour une chape de morosité. En dépit de ses quatre-vingt-neuf ans, le juge ne céda pourtant pas à l'humeur générale.

— Chaque fois que je vous vois, ma chère, mes artères palpitent comme celles d'un adolescent ! lança-t-il un matin à Mercedes en recevant son courrier.

Le docteur Ménard, quant à lui, accueillit la nouvelle avec flegme. Il n'éprouvait aucune culpabilité à avoir poussé sa vieille ennemie dans la tombe. Personne ne pourrait jamais lui reprocher la moindre négligence médicale. Surtout pas la brave Anne-Aymone, qui avait loué la précision de son diagnostic et la rapidité avec laquelle il avait réagi.

*

Dans les premiers jours du mois de mai, Mercedes se décida à remonter au penthouse. Elle n'y était pas revenue depuis qu'elle avait nettoyé le sol après l'enlèvement du corps d'Ezra. Devant la porte, le courage lui manqua et elle dut prendre sur elle pour introduire la clef dans la serrure. Le soleil l'éblouit lorsqu'elle pénétra dans l'appartement. Le ciel, comme chauffé à blanc, déversait une ardente clarté à travers l'immense verrière. Insensible, le printemps régnait, faisant chanter les oiseaux, éclaboussant le lieu d'une gaieté presque cruelle. Ezra Goldweiser était parti en ne laissant que cette tache qui marquait l'endroit où il s'était étouffé dans ses vomissements. Malgré le nettoyage à grande eau, la bile et les sucs gastriques avaient décoloré le bois.

Mercedes sentit son cœur se tordre. Le peintre était mort seul, comme un chien. Il avait choisi et orchestré sa fin. Tandis qu'elle dormait, ignorante et paisible, il agonisait, abruti par l'alcool et la drogue.

Mercedes se détourna de la portion de plancher souillée. Elle regarda la toile qui trônait sur le mur. Elle n'osait pas s'approcher de cette chose trop haute et trop large qui emplissait le vaste salon de ses couleurs.

La mâchoire serrée, Mercedes glissa jusqu'au sol. Une plainte rauque s'éleva de sa gorge. Elle n'avait rien vu du désespoir d'Ezra et cette seule pensée l'étouffait. Elle ferma les yeux et appuya sa tête contre le mur, se forçant à respirer profondément. Lorsqu'elle eut repris son calme, elle se leva et s'approcha de la verrière.

Paris s'étendait, immuable, ses toits de zinc luisants sous le ruissellement du soleil. De la rue lui parvenaient les chocs cinglants des montants métalliques que les employés municipaux installaient pour le marché du lendemain. Elle eut soudain conscience que, derrière elle, son image contemplait la même vue. Elle se retourna et lui fit face. La distance qui la séparait de la toile rendait plus facile la confrontation. Elle devina que le peintre n'avait pas seulement choisi ce mur parce qu'il était le plus grand et le mieux exposé à la lumière, mais parce qu'il dominait la ville. Elle réalisa alors à quel point il l'avait aimée, sublimant son image et la plaçant au centre de sa vie.

Elle réprima un sanglot. En nettoyant, elle avait reconnu les morceaux filandreux du papier qu'il utilisait pour dessiner. Il s'était voué à son art et, finalement, l'art l'avait nourri jusqu'à l'étouffer.

En découvrant les six bouteilles de vin qu'il avait bues, elle avait songé avec amertume qu'une telle quantité d'alcool, absorbée quotidiennement par son père, ne l'avait pas tué, lui.

« Trois pour la colère, deux pour la pitié, une pour le pardon… »

Le peintre lui avait menti. Son faux départ, le rendez-vous qu'il avait donné au galeriste afin qu'il trouve son cadavre, les dispositions prises, les frais payés, tout avait été pensé et orchestré pour lui épargner le moindre souci.

Et il lui avait laissé toute sa fortune. C'était un geste d'une générosité inouïe qui la submergeait. Pourtant, deux mois après, elle ne parvenait toujours pas à considérer cet endroit comme le sien. Elle avait trop souvent frappé à la porte, attendant qu'Ezra vienne lui ouvrir.

Il lui avait menti pour la protéger. Comme elle avait menti pour protéger Iberio. Elle s'était attribué un rôle, l'avait joué et ne pouvait plus reculer. Toute sa vie, elle devrait l'assumer et elle était encore jeune. « Sans colère ni pitié » avait été sa seule maxime dès l'âge de huit ans. Elle avait tué son père et le ciel de la Meseta lui était témoin qu'elle ne le regrettait pas. Elle avait toujours fait ce qu'elle devait faire.

Le souvenir de ces jours lointains dont elle n'avait jamais pu parler à quiconque l'envahit. Elle revit la bâtisse misérable où elle était née. À la mort de son père, sa mère était déjà enceinte de son sixième enfant. Mercedes était restée près d'elle, travaillant comme un homme pour lui donner le meilleur de leur pitance. Mais Dolores était morte en accouchant d'un petit garçon. La sage-femme avait baigné le bébé chétif et pâle.

— Il ne vivra pas, avait-elle murmuré, mais il lui faut un nom.

— Iberio, avait répondu Mercedes, afin qu'il n'oublie jamais d'où il vient !

— Il n'aura pas le temps d'apprendre à le dire, avait ajouté la sage-femme d'un ton las en franchissant la porte.

Mercedes n'avait pu s'empêcher de penser combien ce fils aurait réjoui son géniteur s'il l'avait connu. Lui qui croyait que l'utérus de sa femme était irrémédiablement détruit et qu'il ne pouvait qu'engendrer des cadavres.

En une seconde, Mercedes avait pris sa décision. Elle avait résisté au froid, à la faim et aux coups, elle savait affronter les hommes et les rigueurs de la terre desséchée des hauts plateaux, elle pouvait tout tenter. Elle ensevelit Dolores et s'employa pendant un an à garder Iberio en vie. Puis, lorsqu'il fut un peu plus fort, considérant que l'Espagne pouvait toujours reprendre ce qu'elle donnait, elle émigra. Dans un autre pays, nul ne pourrait jamais contester sa maternité.

Ce n'est que plus tard qu'elle réalisa combien elle était prisonnière de son mensonge. Son frère grandissait et les yeux qu'il posait sur elle étaient ceux d'un fils. Chaque jour, les liens qui se tissaient entre eux étouffaient davantage la vérité.

La chaleur de midi brûlait ses épaules. Un sentiment de plénitude montait en elle. C'était une magnifique journée, la première d'une nouvelle vie. L'Espagne lui avait donné un enfant, elle en avait fait un homme. Maintenant, elle pouvait se consacrer à elle-même, et cette sensation entièrement neuve, cet appétit qui la submergeait adoucissaient sa peine.

Mercedes Montalvo venait de la Meseta, de l'autre côté des sierras de Gredos et de Guadarrama, du cœur de la vieille Castille, rien ne lui était impossible. Elle serait toujours mère, il lui restait à devenir une femme.

Du même auteur :

San Perdido, Calmann-Lévy, 2019

PAPIER À BASE DE
FIBRES CERTIFIÉES

Le Livre de Poche s'engage pour
l'environnement en réduisant
l'empreinte carbone de ses livres.
Celle de cet exemplaire est de :
250 g éq. CO_2
Rendez-vous sur
www.livredepoche-durable.fr

Composition réalisée par NORD COMPO

Achevé d'imprimer en France par
CPI BRODARD & TAUPIN (72200 La Flèche)
en février 2023
N° d'impression : 3051494
Dépôt légal 1re publication : mars 2023
LIBRAIRIE GÉNÉRALE FRANÇAISE
21, rue du Montparnasse – 75298 Paris Cedex 06

73/2512/6